MALDITAS, BENDITAS MASCARILLAS

Matilde Bagán Navarro

Aliarediciones

Corrección: Inés González Calo
Diseño de cubierta: Jaime Galisteo
Maquetación: Aliar Ediciones

Depósito Legal: GR 569-2024
ISBN: 978-84-10155-94-7

Impreso en España

Edita
ALIAR Ediciones
www.aliarediciones.es
info@aliarediciones.es

MALDITAS, BENDITAS MASCARILLAS

Matilde Bagán Navarro

Malditas benditas mascarillas

¡Pandemia! ¡Pandemia! ¡Pandemia!

¿Qué era aquello que cerraba las puertas del cielo contaminando lo que vivían todos?

¿Cómo era posible vislumbrar entre pantallas a media voz y noticias de la radio, un ancho y lúgubre camino al infierno más inmediato?

Las bromas fueron el primer paso que dio parte del mundo cuando vio en la caja boba de la que disponían todos en su casa, la noticia de un virus que estaba dejando a los chinos *plegaos*. Nada que ver con el mundo occidental donde la protección venía del dios divino, la arrogancia era el padre de todos y cada uno del reino de los necios. La superioridad del que se creía inmune al estropicio que generaban los rumores entre nubes de orgullo y mucha curiosidad.

Porque en el fondo las personas no creyeron que todo aquello de contagios, enfermos y muertos llegase a sus vidas. Una expectación bastante morbosa y cotilleos se desplegó en primer lugar en la conciencia. Después fue la certeza del problema en el mundo y por último la desbandada de no saber dónde meterse.

La sencillez solía ser la mejor explicación para las reacciones que surgieron cuando la cosa se puso seria y las voces susurradas entre bares, tiendas de ropa, descansos en los trabajos y la sobremesa del medio día. No hubo más tema de conversación que el contagio. Los miedos asegurados, los reproches a los chinos y la risa nerviosa del que no sabía si todo aquello sería una broma de mal gusto.

Y por supuesto los medios de comunicación que se pusieron contentos de tener manga ancha para pregonar a todas horas la llegada del apocalipsis mundial. Sin límites y sin filtros en el comentario morboso y dramático.

Los contagios se contaban como si fuese la lotería del desgraciado y la rapidez de la reacción se debía más a las insensateces del mundo que a la realidad más inmediata. Hubo presidentes de países supuestamente avanzados y bien vistos por el resto de los mortales, que sugirieron beber lejía para matar al virus, indiferentes al sarcasmo que prometían sus palabras y la falta de hacerlo él mismo como ejemplo para constatar la efectividad del remedio. Nadie pudo distinguir si fue una solución desesperada o sencillamente le importaba un pimiento la vida ajena, que solía ser lo acertado. Como siempre solía suceder en aquel mundo de prisas y memoria selectiva, se quedó en el recuerdo como anécdota.

Desde el principio se pudo comprobar que las grandes fortunas y los más ricos tenían al alcance de su mano hospitales y médicos, medicinas y tratamientos. Sin olvidar las espaciosas viviendas de las que disponían y que fueron el éxtasis del confinamiento. Pero eso se constató más tarde.

Si había alguien con posibilidades de estar bien atendido y poder salvarse de aquel caos, eran los ricos. Como siempre se pudo comprobar en libros de historia y en todos los recientes acontecimientos mundiales. Guerras y conflictos, crisis económicas y otras tantas historias inventadas por los que tenían de todo, pero querían más. Estatus que pagaban con esfuerzo los más pobres y los que nunca pudieron decidir sus futuros.

Aunque no todo podía pagarlo el dinero. La enfermedad fulminaba a la mayoría sin distinción de clases, pero los que tenían poder adquisitivo se dejaban una pasta gansa sin garantía de cura. A los más pobres solo les quedaba rezar para que les alcanzase un milagro.

No era lo más justo, pero era lo que normalmente pasaba en aquel mundo donde la justicia divina y el equilibrio nada tenían que ver con el presupuesto monetario de cada familia, de cada gobierno y, por lo tanto, de la sanidad universal.

Normalmente la salud se trataba como un contrato de negocio y, como tal, tenía sus cláusulas en letra pequeña, de lo que no se podía hacer para salvar a la gente, excepto si había dinero a ganar y posibilidades de mejorar el negocio. Con la pandemia no les resultó tan fácil, pues el contagio y la virulencia con la que atacó a las personas, no dejó margen para mucho entusiasmo entre usureros de la salud.

Solo las instituciones de sanidad pública se dedicaron en cuerpo y alma a tratar a los enfermos y salvar a todos con los tratamientos que tuvieron a su alcance.

Se hizo todo lo posible, que no fue mucho, dado la rapidez y devastación del virus en el cuerpo humano y, con todo, la gente moría sin más ceremonia que la soledad. El personal sanitario pagó con su propia vida en muchas ocasiones la atención que brindó a la sociedad en aquellos momentos de espanto.

No se podía vislumbrar todavía la fortuna de aquel país al tener una sanidad pública que salvó miles de vidas y se dejó la piel en ello, despreciándola con el tiempo y dejándola de lado los políticos y todos los demás. Sin salvar lo que los había mantenido con vida y esperanza. Pero eso vino después de una odisea que nadie podía prever.

Por lo que todos estaban en un sin vivir, un miedo a lo desconocido, creando sus propias fantasías de terror, la indiscutible y aparente fortaleza para no derrumbarse ante la puerta del primer hospital que tuviese camisas de fuerza para semejante histeria.

Tuvieron que ser más fuertes que todo eso y más locos de lo que se consideraba oportuno y elegante, algo de lo que después muchos no pudieron desprenderse y se quedaron sumidos en la eterna espera de un nuevo bicho que debía surgir de tanto pánico. La capacidad de protección y de sublimes ideas de cómo evitar la llegada de la nueva peste moderna del siglo XXI, hizo que tiempo después nadie reconociese, jamás, ni bajo tortura ni de manera placentera, las medidas que cada cual impuso en sus casas, en sus familiares y en su propia persona.

Debemos resaltar algunos ejemplos para constatar la realidad del momento.

Las bolsas de plástico en la cabeza llegaron a resultar incómodas, más que nada porque en un momento de descuido podían morirse de ahogo, y no estaban para risas de circunstancias, la verdad. Incluso en aquellos momentos de «sálvese quien pueda» todo tenía que ser lo más tranquilo posible para no dar qué hablar y avergonzarse del miedo intenso del que sufría cada uno en su pellejo. Pocas cosas hacían sentir tan ridículo a un humano como el miedo visible al resto, incomprensible pero cierto. Otras medidas que se tuvieron en cuenta fueron el consumo de enjuague bucal, se rumoreaba entre listos y espabilados que si tomaban el enjuague mataban el bicho de cuajo, como si la garganta fuese el criadero del virus y con ello dejasen de contagiarse unos a otros. En muchos hogares no tuvieron a tiempo el famoso gel desinfectante y llegaron a rociarse con todo tipo de colonias con tanta devoción y ansias que se intoxicaron en arranques de tos con lagrimeo incluidos. Y otras muchas medidas tan extremas e inútiles. Como buscar en sus móviles videos raros y estrambóticos que aseguraban la prevención y que nadie contó en voz alta, porque no sirvieron de nada. Y la vergüenza de haberlo creído se ocultó sin comentarios.

Hay que aclarar que en aquellos momentos de estrés e incertidumbre, toda lógica era aplastante y verdadera sabiduría entre personas que habían perdido el norte, el sur y toda la longitud meridional.

Como respuesta desesperada al estropicio del momento, se dio por sentado que lo mejor era tomar la iniciativa en cuanto las dudas alcanzasen al ambiente caldeado, cerrar puertas, ventanas y respiraderos. Si no conseguían desterrar al demonio aquel que los mataba, por lo menos podían quedar tan achicharrados entre cuatro paredes, que cuando salieran a la luz del sol, hubieran perdido el miedo a morir entre sofocos, sintiéndose felices de la soledad que vino después.

Inesperado sería decir poco, sorpresa entre gentes incrédulas acostumbradas a la ficción del día a día, con trabajos de pena y alegrías esporádicas que solo conseguían si les llegaba el sueldo para soñar. Todo aquello los dejó con la sensación de que eran seres insignificantes en un mundo que los aguantaba, alimentaba y soportaba sus disparates sin explotar. Sobre todo después del soponcio y la gran lección de humildad que no les llegó a todos en el mismo centro de sus acartonados corazones, pero sobre todo se sintieron triunfadores de la desgracia ajena.

No hubo nadie al que la incertidumbre del futuro no lo dejase en ascuas durante un tiempo, añorando los momentos de vida que tuvo miedo de perder, a sabiendas de que si conseguía superar aquella historia terrorífica, y un poco torpe de respuestas a preguntas llenas de morbo y pánico en un mismo bocata, la echaría de menos durante el tiempo suficiente para darse cuenta de que las personas no cambiaban con el miedo y la muerte, sobre todo si no eran los suyos quienes se morían.

Como era de esperar, solo los famosos personajes que se fundieron con el bicho en el cuerpo salieron en la gran pantalla, para lamentar su muerte y de paso ampliar las audiencias. Y más de uno suspiró de gusto al comprobar que en aquellos casos no había diferencia de clase y poderío, la muerte era igual para todos, pero incluso en eso era diferente la atención mediática y el mundo terrenal.

Todo dependía de dónde y cómo se encontrase cada cual en los momentos del esperado y conflictivo confinamiento, que llegó sin más alternativa posible.

Nunca fue lo mismo estar encerrado en cuarenta metros cuadrados que en cuatrocientos, sobre todo si se disponía de las comodidades a las que solían estar acostumbrados los dueños de casas con esas dimensiones: jardín, piscina y gimnasio, por ejemplo. La diferencia podía resultar de importancia a la hora de tomar decisiones desesperadas. Como poder tomar el sol en una espléndida terraza o en un pequeño y estrecho balcón que hacía mirar abajo a más de uno con ganas de saltar gritando «GERÓNIMO».

Ante la circunstancia jamás imaginada, y la posibilidad de morir de un día para otro, todos creyeron que aquello cambiaría la humanidad profundamente y se valoraría lo importante. Pero no fue exactamente así.

Pocos fueron los que se vieron con la disposición de cambiar su negro interior por la luz del compromiso humano, cuidar el planeta y evitar la contaminación, de ser mejor persona, amigo y vecino después de toda la mandanga de la pandemia. Aunque muchos lo juraron y lo rezaron con el alma, todo quedó en suspiros de alucinados y disculpas aconsejables.

Desde los más avispados, los más escépticos, los más crédulos y los que nunca se desprendieron de la costumbre de husmear en asuntos ajenos, se sintieron por un tiempo en la cuerda floja del pánico, la memoria de lo que no habían hecho jamás y que seguramente no harían, aunque todo se quedase en un susto. Y otro millón de sueños que solo se recordaron ante el futuro más nefasto. De las añoranzas del cariño, amor y contacto que se negaron por consejo médico, confinamiento, leyes improvisadas y un miedo visceral, a que todo lo visto en la pantalla de televisión de cada casa dijese la verdad y todos se fueran a morir en un santiamén, si llegaba el momento del contagio entre aires llenos de angustias. Tampoco quedó nada con el tiempo, la memoria se la comió el virus y todos lo dejaron correr .

Entre los ciudadanos sencillos y esperanzados, aguardando soluciones mágicas, rápidas, eficaces y duraderas, nunca hubo más tramas increíbles, mafias en los supermercados, empresarios bien intencionados en llenar sus bolsillos, políticos que degradaron la credibilidad, comentarios de ciencia absurda y más consejos estúpidos que en los últimos cien años.

Ante el caos que se vivió entre las naciones del mundo, las lamentaciones de lo que vendría y la desgracia que hizo al ser humano un manojo de nervios estirados al límite sin más conciencia que la incredulidad, solo se quedó la emoción de lo vivido. Por lo menos al principio, después hubo opiniones distintas de lo ocurrido.

Pero contaremos unas circunstancias distintas a todas las demás de la pandemia.

Antes, durante y después

Antes o después de todo eso, hubo quien tuvo la oportunidad, la perspicacia o la información privilegiada para llevar a cabo una empresa de incierto final, pero de un éxito rotundo. La ocasión o la iniciativa de proteger a la gente y de paso hacer un negocio fabuloso.

Cuatro o cinco hombres, socios, amigos o simplemente conocidos, debieron discurrir sobre cómo conseguir hacer realidad un negocio y de paso ayudar al prójimo, algo que dejaba un estado de dudas al respecto del bien común, pero eso era otra historia.

Sus ahorros, inversiones o préstamos, los invirtieron en el sueño que todo dios deseaba que le ocurriese en algún momento de sus vidas. Tan esperado como la brillante idea que solo se puede tener si los astros se alinean, para dar fe de que estaban en el camino correcto para forrarse y llegar el primero a la línea de meta.

Y ocurrió, así con más empeño que menos, consejos y visión de futuro, se levantó un mini imperio de mascarillas casi mágicas que perseguía todo el mundo y que se pagaban a precio de oro.

No se supo cómo en los meses de confinamiento, dado que el mundo estaba paralizado y solo las cosas más esenciales, como alimentos, medicinas y poco más se movían por tierra mar y aire, pudieron llegar hasta una ciudad como Castellón, las máquinas, los materiales y un largo etcétera para poner en marcha todo un engranaje que hizo posible la producción de millones de mascarillas. Dichas mascarillas eran de lo mejor, con varios filtros y una gran capacidad de protección contra el virus que se colaba entre países como un espía renegado pero descubierto.

Debieron conseguir muchos permisos y un sin fin de autorizaciones, problemas intensos y de difícil solución, o eso creyeron todos y nadie se interesó en saberlo a ciencia cierta, para poder comercializar algo tan esencial como los indispensables trocitos de telas pegadas a unas gomas y que todo humano debía usar en todas partes, esas o alguna parecida. Las autoridades pertinentes apoyaron el proyecto, algo lógico y necesario, dado que aquel país tenía una enorme demanda para dar cobertura en este tipo de necesidades a los ciudadanos. Sin olvidar que fueron una de las mascarillas más caras del mercado y que no todo el mundo podía pagar semejantes precios. Mucho menos en las circunstancias en las que se vieron millones de personas sin oficio ni beneficio.

Poner todo en funcionamiento en poco tiempo y con un mínimo margen de error, resultó complejo pero efectivo y se vivieron circunstancias que permanecieron en la memoria de todos. Donde cada ser humano que tuvo la experiencia de trabajar en aquella empresa y compartir los días difíciles y en algunas ocasiones llenos de cuentos para no dormir, se sintió integrado gracias a la mayoría de mujeres que llenaron los silencios de valentía al presunto fatal desenlace, con risas, alegría, sentimiento y muchísimo trabajo duro.

No todos sintieron ni compartieron los mismos fines ni la esencia de los compañeros, pero a todos los marcó la trayectoria que pareció una estrella fugaz, por brillante, pero tan intensa como efímera. Así fue la empresa que surgió de la nada y consiguió mantener la esperanza. La diferencia fue la victoria contra el virus en todo el mundo, y la imposibilidad de los jefes para emprender un producto distinto en aquellas máquinas tan especiales como ineficaces para hacer cualquier otra cosa que no fuesen las benditas mascarillas.

Fue en aquella empresa donde unos amigos emprendieron un lucrativo invento y muchas mujeres y hombres trabajadores vivieron de forma distinta la pandemia. Algo que forjó amistades, grandes momentos, enfrentamientos y un sinfín de cosas tan absurdas como humanas y necesarias.

Las usureras

Una llamada de la usurera ETT pocas horas antes y docenas de personas cambiaron su vida en un suspiro de los que rondaban entre parques vacíos y colegios tristes, avenidas frías y escaparates oscuros, porque todo no estaba perdido ni lleno de histeria y tristeza.

No eran sanitarios ni personal esencial de grandes logros, nada de titulaciones universitarias ni grandes gestos de orgullo, ni siquiera sabían cómo debían hacer su trabajo, pero aprendieron rápidamente y minuciosamente cada detalle importante y no tan importante. Cada duda resuelta y la capacidad humana fue imprescindible. Con ello lograron un mérito que solo les llegó cuando se terminó la obligación de usar mascarillas, así como el silencio compartido con el resto de compañeros y compañeras.

Tampoco era imprescindible tener un máster para realizar el esfuerzo de meter mascarillas en bolsitas y después en cajas lo más rápido posible o tener buena vista para detectar los fallos del producto, solo era imprescindible saber cómo funcionaba la máquina que cortaba el bacalao y para eso estaba un electromecánico cubano, que por circunstancias de la vida terminó en Castellón al principio de la pandemia. Y hacía milagros con aquel armatoste cuando se estropeaba, que solía ser muy a menudo. Profesional ante todo, atento y trabajador, educado y amable, resultó un personaje muy querido y valorado por sus compañeros. Pero sobre todo por los jefes que dispusieron de su gran capacidad laboral para enseñar al resto y aguantar turnos interminables. Eficazmente y con la sencillez que le caracterizaba.

Dani, el cubano, fue uno de los primeros electromecánicos que conocieron en aquella empresa novata. Con buen carácter, sencillez, resultó ser buena persona. Más sabio que la vida y más paciente que la mayoría, con un sentido del humor excelente, afortunadamente, pues muchos otros españoles y extranjeros no tuvieron ese don.

Después se conocieron muchas otras gentes de todos los rincones y lugares del mundo y con cada uno tuvieron los momentos que forjaron un vínculo especial. O malos ratos, que también llegaron y que no pudieron solventar entre personas de mal genio o pobres desgraciados que se creyeron los más preparados y sin embargo no sabían cómo arreglar un solo tornillo de las máquinas. De todo hubo y de todo se chismorreó con ganas, indiferente al género masculino o femenino, en aquella empresa nada se dejaba a la discreción y menos entre almuerzos y cafés en la madrugada.

El primer día de trabajo para los nuevos contratados resultó ser en el turno de noche, personas que no se habían visto nunca y que acompañaban la esperanza de un sueldo decente en circunstancias lamentables para todo el que no tenía un trabajo desde casa. Trabajo esencial, según el gobierno, y con pocas opciones de semejante cosa, la nevera vacía y la cuenta del banco en números rojos casi todos.

Se vieron entre el fresco de la noche y la soledad en las amplias calles donde estaba la nueva empresa rodeada de otras naves grandes, silenciosas, vacías y de aspecto lúgubre, de un color gris y la débil luz de unas viejas farolas que no alcanzaban para ver más allá de la puerta. Silencio extraño y miradas nerviosas, era todo cuanto rodeaba las expectativas del momento en la ancha acera que daba paso a una nave pequeña. Con los trabajadores del turno anterior saliendo como un río desbordado camino de casa, más nervios que menos ante la llegada de nuevos compañeros a los que no sabían si saludar o ignorar dadas las circunstancias.

Momento en el que se conocieron Carmen y Magda, con miradas ansiosas y sonrisas ocultas por la inevitable mascarilla, sintiéndose ambas como dos flores en el extenso desierto ante las puertas de la nave, donde debían trabajar con otras personas que daban la impresión de tener las mismas dificultades para integrarse en aquel ambiente de desinfectantes, guantes, gorro y mascarilla protectora.

En cuanto entraron lo primero que vieron fueron las enormes y altas estanterías industriales de metal a los lados, que albergaban grandes rollos de tela, cajas pequeñas en palés apiladas de manera que parecía un enorme cuadrado forrado de plástico trasparente para mantenerlas en el sitio. Las paredes no se distinguían dado la extensión de las estanterías que estaban pegadas en ellas. Un techo con vigas de hierro cruzaba de lado a lado la estructura de las ondulaciones que se percibían en las grandes planchas de chapa que protegía el interior de la caja rectangular que parecía aquella fábrica.

La oficina se trataba de una mesa de madera, con forma ovalada de color negro en un rincón, al lado de la puerta de entrada. Llena de papeles, bolígrafos, un pequeño ordenador que nadie supo nunca si funcionaba, archivadores para dejar los pedidos y otros cientos de cosas que no dejaban margen para nada más. Con un mini sillón detrás de la mesa para aparentar el oficio de administrador más que de otra cosa.

El baño justo al lado con proporciones diminutas y de uso indiscriminado de mujeres y hombres que debía limpiarse al final de cada turno, con lo cual la mayoría de mujeres terminaron por ser fregonas en los descansos y turnos rotativos. Algo de lo que los hombres disfrutaron sin una sola mención al hecho de ensuciar tanto o más que las chicas y que lo dejaron para perpetuar la cultura del machismo entre pipí y cacas.

Todos los pedidos terminados y el trabajo hecho en las horas del turno correspondiente debían ser anotadas en folios que se dejaban encima de la mesa-oficina. Con la plegaria de que el encargado tuviese la suerte de encontrar a tiempo lo que habían hecho durante la noche, la mañana o la tarde, todo dependía del tiempo que tuviese el oficinista para acertar en las horas trabajadas. Era un milagro que cada cual cobrase sus sueldos y más milagro todavía que los pedidos llegasen a su destino sin contratiempos y en perfectas condiciones, pero con todo el esfuerzo humano y la habilidad de un conjunto de personas se hacían maravillas, sin olvidar la suerte que también estaba presente y se puso a trabajar como una más.

La máquina era larga y con estructura de metal y complejos mecanismos para trasportar las telas hasta las planchas que hacían los moldes de la mascarilla, con rodillos en la parte de atrás donde iban encajados los rollos del tejido. La cinta central que doblaba por la mitad las capas de filtro que debían ser esenciales para la protección del contagio, era bastante estrecha, con pequeñas tijeras a los lados que cortaban al milímetro la longitud de las gomas y las telas, pegando en el lugar adecuado los filtros y el alambre incrustado en el centro, y siempre en constante funcionamiento con un ruido espantoso de tren viejo y vías oxidadas.

Había mesas rectangulares de color blanco y de fácil movilidad enfrente de ella rodeadas de sillas, cajas alrededor, palets a medio llenar y pasillos invisibles que nadie encontraba nunca. Y un millón de artilugios, desde cajas vacías hasta tiras enormes de etiquetas, hojas, cintas adhesivas y producción en cada rincón. Así se creaba la imagen de que todo estaba comprimido en un solo lugar demasiado pequeño para semejante faena.

Pero nadie dijo ni una palabra sobre aquello, dejaron que las otras mujeres con más experiencia en aquella función desesperada por crear las benditas mascarillas, las guiasen en el nuevo horizonte que se vislumbraba ante la mirada atónita del resto del mundo.

Cada nuevo empleado era instruido para hacer la función que se esperaba de él. Los más experimentados hacían de maestros para poder enseñar a los que nunca habían visto semejante artilugio, ni nada parecido. Algunos fueron seleccionados para controlar la máquina, puesto de trabajo llamado maquinista, evidentemente, y solo se les permitía hacerlo a los hombres. Otros para controlar el producto, control de calidad, ese puesto de trabajo era exclusivamente femenino. Fue mucho más tarde cuando algunas mujeres consiguieron ser maquinistas y algunos hombres no tuvieron más remedio que hacer control de calidad . Y ocurrió por necesidad de producción, nada que ver con la igualdad entre hombres y mujeres. Se dio por sentado que las circunstancias del mundo y la necesidad de mascarillas no daban para el aprendizaje de las mujeres en tema de máquinas y complicados artilugios de la empresa, nada que ver con la inteligencia y capacidad personal. Y nadie puso objeciones al criterio empresarial.

Otras muchas chicas solo fueron llevadas a las mesas de encajado y no hizo falta mayor explicación para embolsar toda la cantidad posible en un tiempo récord.

Y pocas fueron las que se instruyeron en el manejo de algo llamado emblistadora. Parecía ser un privilegio tal cosa. El funcionamiento del aparato resultaba entretenido y fácil, solo hasta que se atiborraban las mascarillas en la cinta transportadora y se hacía un desastre bastante escandaloso. Después de varias semanas y la hecatombe de trabajo imparable, se hizo evidente la necesidad de enseñar al resto el funcionamiento del artilugio y no hubo más remedio que hacerlo con todas las mujeres, por supuesto solo mujeres. En aquel caso y aparato, sí que les llegaba la inteligencia y la preparación para contribuir al desarrollo del producto. O eso debieron pensar algunos. No se supo si alguien hizo sugerencias o preguntas al respecto.

Algunos hombres se entretenían con la máquina que embolsaba las mascarillas sin parar y con el tiempo resultaron tan necesarios como todas las trabajadoras, dejando el listón muy alto y las sonrisas de las más cansadas, que eran muchas.

Otras se dedicaron a practicar con delirio en cada turno, lo que se convirtió en la competitividad de lo absurdo y la prepotencia de lo más que aprendido. La velocidad del aparato estaba directamente relacionada con los desastres y la mayoría hacía oídos sordos ante las amonestaciones que se dijeron para evitar máquinas atascadas, plásticos quemados, mascarillas rotas y un sinfín de problemas. Pero resultaba adictivo e hipnótico acelerar todo lo posible y dejar al resto con la boca abierta y la fanfarronería en el ambiente. Como si hubiesen ganado un Oscar a la mejor interpretación de la película.

Y nunca se pudieron subestimar las indicaciones y consejos del personal más experimentado, ya que en las siguientes naves donde se llevaron toda la maquinaria y demás parapetos necesarios para continuar con la producción, hubo varias mujeres que se dejaron los dedos entre las fauces de la emblistadora. Magda fue testigo en primera línea al ver cómo a su compañera, en un intento de arreglar el plástico para continuar con el trabajo, la cinta le llevó su mano entre las cuchillas calientes que cortaban y separaban los embalajes. Se dejaba las uñas y casi los dedos en menos de dos segundos, con gritos de dolor intenso, quemaduras graves y pocas contemplaciones. Una máquina aparentemente inofensiva y que resultó de lo más traicionera.

Mildrey fue afortunada, pues hubo otra chica que no lo fue tanto y perdió algún dedo sin remedio. Llegaron los controles de prevención de accidentes y la orden de hacerlo por cursos en Internet en los ratos libres.

Las medidas que se tomaron fueron imprescindibles para evitar cualquier accidente casual entre prisas y tensiones, lo que era más normal de lo que se dejaba ver entre cantidades increíbles de mascarillas preparadas para vender y la satisfacción del encargado. Se instalaron planchas de metacrilato fuerte y trasparente, en la entrada de las cuchillas y de la salida, no fuese que algún espabilado quisiera arreglar el problema con plásticos y demás fallos por otro lado y volviese la locura de bomberos y gritos histéricos.

Para tales estropicios estaban los mecánicos que sabían arreglar el desastre con sonrisas de cansancio y paciencia infinita. Y algún que otro momento de indiferencia para no volverse locos por las continuas llamadas de otras mujeres para arreglar otro descalabro.

Pero aun con todo, seguía siendo el trabajo preferido de la mayoría. Más entretenido que ningún otro y el más satisfactorio, dado que de aquellas emblistadoras salía la producción lista para embolsar miles de mascarillas en un solo turno. Y se quedaba muy bien ante el jefe y las encargadas, sin olvidar el conjunto de personas en todos los puestos imprescindibles, sin los cuales nada de todo aquello hubiese sido posible.

También resultaba un medio de pasar las horas laborales de una manera más movida, retando a la propia máquina a ganarle en el ritmo, ya que ponían la velocidad casi a tope. Fue imposible ganar al aparatejo y se mantenía el estatus de las orgullosas mujeres que siempre pensaron que habían ganado la fama y el *glamour* por saber emblistar rápido.

Dieciséis noches

Volvamos a las recién llegadas a la empresa.

Las primeras noches todo el mundo mantuvo las distancias, solo metafóricamente, ya que no se podía mover un pie sin que el resto tuviese que dejar paso. El nerviosismo y las apariencias de sumiso trabajador y responsables hasta límites que resultaron cómicos, entre otras muchas cosas. También se perfilaron las personas más discretas, las menos tolerantes y las más pillas. Como en todas partes, el que no tenía ni idea del tema solía dar un discurso entre gestos de supuesta capacidad y dejaba la impresión de que era una eminencia en desarrollos industriales inesperados. La suerte del resto era que gracias al ruido ensordecedor de la máquina nadie escuchaba semejantes halagos personales a sí mismo y continuaban con indiferencia su trabajo.

Las pretensiones de los jefes estuvieron claras desde el principio: había que trabajar duro sin descanso y con la rapidez que se marcaba en relojes de los encargados para saber la cantidad exacta que embolsaba cada una en el tiempo estipulado. Todo muy generoso y de un mejor trato, ya que solían tener en cuenta varias cosas para juzgar el esfuerzo realizado.

En primer lugar se consideraba importante si la persona en cuestión era conocida, amiga, familia o íntima de alguien del entorno empresarial. Más que nada porque había muchos de ese tipo de compañero, y todos comprendían que los más allegados a la élite de los que mandaban debían ser los más disculpados si cometían errores. En su más íntimo reconocimiento todos aceptaban que en el caso y lugar de los jefes, también hubiesen llamado para trabajar a los amigos y familiares antes que al resto, que eran simples desconocidos con los que podían permitirse tener más mano dura.

Pero como la ciencia de estas cosas no fue nunca exacta, se encontraron con algún sapo en vez de príncipe, y algún que otro marrón con las relaciones fraternales de poca duración y menos confianza. Por lo que tomaron la decisión de mantener las distancias todo lo posible con el personal de currantes invisibles, lo que generó tensiones entre mujeres que debían creer que todo aquello se trataba de ganar el pepino de oro, pues hubo personas que se dedicaron a disfrazar sus intenciones con sonrisas mientras desbarataban el trabajo y el esfuerzo de otras con artimañas de película y poca imaginación, algo que se descubría sin remedio y dejaba la desconfianza entre las mesas de trabajo. También hubo quien, a pesar de los contratiempos y las majaderías ajenas, se empeñó en seguir con su trabajo e ignoró todo lo posible los tejemanejes del entorno.

De eso y otras muchas cuestiones, errores de cantidades en las cajas, errores en los plásticos de envasado del producto y fallos casi invisibles, sabían todas y ponían de los nervios a casi toda la plantilla. Saltaban las alarmas y siempre se buscaba antes al infractor que la solución del problema. Lo más inteligente era callar y dejar que la cosa se quedase en un pequeño rapapolvo y pasara inadvertida. Mientras se producían miles de mascarillas Carmen y Magda se encontraban en la misma situación en aquella nave, llena de personajes curiosos y de creencias tan diversas como el plumaje de un loro. Empaquetaban lo más rápido posible, sin descanso y de pie para poder acceder a las grandes cajas llenas del producto emblistado encima de la larga mesa blanca, de una manera eficaz y práctica. Consideraban imprescindible no sentarse ni hablarse y no mirar a nadie mientras hacían malabares con los dedos, para contar la cantidad exacta que metían en otras cajitas más pequeñas.

En las primeras noches se mantuvieron tan distantes como les fue posible, nada de confidencias y mucho menos de compañías en la hora del descanso. Se consideraba imprescindible mantener las distancias con cálculos exactos de tres metros, por lo menos mientras se descansaba, en el puesto de trabajo era imposible. Los que salían a fumar fuera en la calle eran los más adictos y los que se alejaban del resto una distancia infinita, que había que recorrer de vuelta al trabajo cuando terminaba el descanso de la cena. Eran los más imprudentes, pero con todo solían ser encuentros de pocas palabras y menos simpatías .

Muchas noches después, cuando hubo circunstancias y atenuantes, la familiaridad se hizo presente en las miradas cómplices y un compartido lenguaje visual. Algo poderoso e imposible de evitar, llegó el entendimiento entre las mujeres recién llegadas, el primer obstáculo que debían solucionar entre ellas para poder continuar en aquel trabajo tan necesitado como agua de mayo. Tantas y tantas noches seguidas y nadie sabía cuándo llegaría el descanso ni la continuidad del contrato, como tampoco se hablaba con libertad del tema que todas llevaban en la mente y sobre todo en el cuerpo agotado. Ya que la obediencia y la fe ciega en los jefes tenía su precio y sus dudas. Eso era lo que habitualmente llamaban resignación entre personas necesitadas que nunca se atrevieron a pedir explicaciones, ni exigencias sobre la nocturnidad continuada, sin más motivo que sus propias necesidades.

Pero semanas más tarde en el descanso, ya tomado como un respiro de conversaciones discretas y lejos de miradas curiosas, y en otras circunstancias de inevitable cercanía, ocultas bajo la mascarilla y evitando las cámaras, que todos sabían eran espiados con detenimiento, ambas mujeres se cuchicheaban comentarios mordaces y divertidos que las hizo profundizar en una amistad diferente. Un cansancio inevitable de la lucha por conseguir un trabajo que a todas luces no era la maravilla del siglo. Sin un reproche, sin una queja, sin más ganas de la que les dio la madurez y la responsabilidad, que otorgaban en la entrega de su trabajo, sin más honradez que la fe en haber hecho lo correcto. Infinita resultaba la indiferencia de los que tenían en su poder pagar a las mujeres que se dejaban la piel todas los días y todas las noches.

Dieciséis noches seguidas trabajaron, dieciséis noches tardaron en descansar. Por miedo a preguntar y ser despedidas resultaban obedientes hasta la estupidez más absoluta. Para conseguir ser alguien en una empresa que desechaba chicas jóvenes y mujeres maduras como pañuelos de papel. Una empresa que no tenía intención de molestar y dañar a nadie, pero tenía muchas intenciones de despedir a todos los que no resultasen de su conveniencia y hablasen o preguntasen demasiado.

Magda y Carmen aguantaron como pudieron aquellas largas y frías noches, trabajaron con ahínco y rapidez, educadas y respetuosas. Se mantuvieron lo bastante fuertes para no soltar todo lo que pensaban y dejaron pasar los momentos de frustración e incertidumbre hablando a escondidas entre cajas y en minutos de fumar en la calle. Pero no tuvieron nunca ninguna duda de que se quedaron en aquella empresa por méritos propios, o por tontas de remate que callaban hasta parecer invisibles. No lo pudieron distinguir por mucho que se esforzaron en hablar de ello durante años.

Fue mucho tiempo después en otro lugar con más perspectiva de futuro y más espacio para los empleados, donde se tuvieron en cuenta los obligados días libres, los turnos, cuando se consiguió cierto equilibrio. Pero todo aquello a Carmen y Magda les llegó un poco tarde, sus caminos de esfuerzos y sacrificio ya le habían perdido la cuenta, las horas de trabajo se les habían convertido en un remanso de ruidos y costumbres y como, en muchas otras mujeres, la confianza entre ellas se hizo evidente.

Nuevos horizontes

Los días de aparente tranquilidad en la primera nave, donde todos los trabajadores se reducían a un puñado de hombres y mujeres desesperados y agotados, se acabaron con las nuevas instalaciones, donde empezó el vuelo de alta élite en lo que a mascarillas se refería. Poco más allá del polígono industrial donde se produjo el milagro, se alquiló otra nave con más amplitud y más apaño en el tema taquillas, zona de descanso y cambios de turno sin encontronazos entre salidas y entradas, pero solo en apariencia, ya que en el fondo seguía siendo un reducido espacio entre la pretensión de lo correcto y la realidad de lo necesario.

En la nueva ubicación, todos oían divertidos la intención de las encargadas que daban órdenes a gritos desde el altillo, para evitar que se juntasen los salientes y los entrantes al trabajo, donde las máquinas se habían instalado, y la invisibilidad del que se equivocaba, que eran muchos. Sin culpa y con reparo no tenían más opciones que seguir el rastro de los que iban en su turno.

Una nueva y extraña perspectiva de la empresa en aquella nave de altillos y escaleras para poder acceder al trabajo de las máquinas y el emblistado. Al final de las escaleras, en el lado derecho, separado por unos pilares de ladrillos, estaban las encajadoras en sus mesas separadas entre ellas por pocos pasos, y al final de todo en el rincón de los castigados, las mesas un poquito más sofisticadas de oficina, que debían gestionar todo el papeleo que daba vida al lugar y hacía posible vender el producto que se hacía en aquel entramado de gente, máquinas ruidosas y murmullos histéricos.

Mucho *glamour* no tenía la empresa, por lo menos en sus comienzos. En ocasiones todo parecía un caos y un enjambre de abejas revoloteando entre los oficinistas que permanecían ajenos a todo, aunque estuviesen a menos de diez metros del barullo, sin más protección que el aire que compartían y las mascarillas. Las mesas pegadas a la pared y de cara al resto de personal con gente encajando, máquinas en el otro lado y gritos por todas partes. Parecía ser que tenían el don de la indiferencia al resto y se centraban en poner en marcha los ordenadores, rellenar papeleos y sacar adelante las ventas del elixir que se vendía como rosquillas.

Todo aquello en un altillo con el techo bajo e inclinado casi pegado a sus cabezas y en reducidas dimensiones. En aquella nave la oficina era un reducido espacio en una pequeña habitación que se instaló en la entrada, frente al supuesto almacén. Llena de rollos de tela, cajas grandes de gomas y pasillos estrechos con poca visibilidad. Tuvieron que apuntalar los pilares en la parte de abajo para prevenir un derrumbe por el peso de las máquinas y las personas, no fuese que una desgracia llegase en el momento más inoportuno.

En cuanto faltaba material, algún encargado tenía que subir los rollos de tela, y un largo etcétera con las máquinas que utilizaban para cargar los camiones. Subían al piso de arriba el material por una abertura en la barandilla, ya que por las escaleras era imposible. Lo hacían con los famosos toritos, imprescindibles para hacer el desarrollo de la función laboral. Complejo engranaje que funcionó durante unos meses. Aun con todo, las cosas mejoraron de una manera lógica pero incompleta, ya que en el cambio de turno siempre se mezclaba la gente y sin pretenderlo conseguían hacer un lío tremendo. Sin suficientes taquillas y con el aparato de fichar estropeado día sí, día no. También seguía faltando espacio para la producción que crecía más rápido que los cambios, y los eternos conflictos entre máquinas y trabajadores fueron los mismos. Se había conseguido pasar de una máquina de producción a tener cuatro, un logro que todos celebraron y que dio más trabajo a mucha gente en momentos complicados. Y seguían mejorando continuamente, por lo menos lo intentaron.

Fue en aquella nave de altillos y escaleras donde llegó la televisión para promocionar el producto, donde todos se ponían las mejores mascarillas, aconsejados por el jefe televisivo jovial y de cierto carisma que solo aparecía en momentos para la historia. Para salir en la pantalla y presumir un poco de haber sido el protagonista de las noticias sin estar en la UCI. Y los empleados sin poder decir ni una palabra delante de la cámara. Dado que no se reconocía ni al vecino a un palmo de distancia, era imposible saber quién era el que salía entre noticiarios de esperanza con las mascarillas más imprescindibles de cierta clase y calidad, que daban mucho trabajo a cientos de personas.

Por supuesto que no faltaron las mujeres y hombres dispuestos a trabajar gratis durante horas para poder disfrutar entre luces y cámara, su momento de gloria. Ni tampoco faltó el arreglo de cabellos y maquillaje discreto. Fue el momento de éxtasis de Paqui, que se vistió como una reina, se depiló hasta las cejas, y no consiguió verse en todo su esplendor a pesar del continuo esfuerzo por descubrirse en las grabaciones que hizo su madre en el video que programó en la tele.

Se hizo presente la necesidad de batas blancas para todo cristo, hasta ese momento nadie tenía un uniforme ni algo parecido.

Por lo que las batas dieron un barniz necesario a la empresa de ciencia y salud que también apreció el público, que vio el trabajo que se realizaba con sus propios ojos. Lo que no vieron fue el estrés que causaba la llegada de las cámaras, y el postín que necesitaban todos para poder llevar a cabo el trabajo con elegancia, eficiencia y sin resoplidos que era lo normal. Para Carmen y Magda resultó agotador y se negaron a participar en el montaje.

Las máquinas se ponían a un ritmo tranquilo y las emblistadoras solo eran utilizadas por las más experimentadas que dejaban todo el esfuerzo en demostrar la capacidad de aquella industria de telas y plásticos. Varias cadenas de televisión hicieron acto de presencia y todas ellas ignoraron convenientemente a los trabajadores que con eficiencia, tenacidad, honradez y más perseverancia que opciones, daban un buen resultado en las ventas y los pedidos que llegaban de todo el mundo. Pero todo quedó atrás y todavía se emocionan ante el recuerdo de ver sus manos forradas con los guantes, ya que otra cosa no se vio por ningún lado, en la pantalla plana de sus casas. Y removiendo cielo y tierra para que todos se enterasen que ellas llevaron el estandarte de la salvación a la humanidad, pero discretamente, por supuesto. Las cadenas de televisión dejaron de visitarlos y en la última y enorme nave donde se fueron después, no hubo momentos de tanto nervio. Sencillamente dejaron de hacer teatro para trabajar con indiferencia del resto, eso y que solo fueron una vez a visitarlos y que el reportaje lo había pagado la empresa. Todo aquello discurrieron los pensantes de la fábrica, que había muchos, no todos sabían de publicidad y de expansión empresarial, casi nadie.

Jefes de diario

El reconocimiento debió llegarles por el esfuerzo y las horas de lucha, pero no a todos los jefes por igual, ya que no eran del mismo carácter y empatía demostrados. Ni su presencia se hizo real cuando fue necesaria mano de obra colaboradora en problemas acuciantes. Eso los trabajadores lo valoraban mucho, y solían comprender las complejas relaciones entre socios y los momentos que trabajaron codo con codo con los compañeros más humildes, arreglando máquinas de todo tipo, sin perjuicios de ningún tipo y ensuciándose las manos cuando hizo falta. Poniendo en marcha nuevas ideas y la sencillez del que sabía cuánto esfuerzo costaba levantar una empresa. Sobre todo en las noches que acompañaban a los empleados sin más pamplinas que el sacrificio y la esperanza de compartir un futuro lleno de promesas. Jefes que no lo parecían y que se ganaron el respeto de toda la plantilla. Y por mucho que se dijese entre susurros, confidencias y algún que otro mal intencionado comentario, todos valoraron su compromiso con los currantes y el esfuerzo de mejorar las condiciones de trabajo, porque se empeñaron en mejorar y lo consiguieron. Una montaña rusa de cambios, nuevos lugares donde llegaron a instalar catorce máquinas de producción y que resultó un éxito agridulce. Más por la incertidumbre del futuro que por las dudas que causó la promesa de trabajo eterno. Ya que todo aquel que podía pensar con lógica, debía ser consciente del final de aquel caos y contagios, sobre todo por la necesidad del mundo de continuar con la vida conocida. Y que la codicia, la estupidez y la indiferencia debían volver a las calles con fuerza e inconsciencia absoluta si se quería conseguir idiotizar al mundo de nuevo. Algo que no fue tan difícil y se pudo comprobar con pocos datos un tiempo más tarde.

Pero esa era otra historia.

Después de meses entre naves de mediano tamaño, y dificultades para conseguir el objetivo de una empresa en condiciones laborales con expectativas de futuro, con empleados de contratos indefinidos, una plantilla con experiencia responsable y capaz de afrontar los nuevos retos, se volvieron a trasladar a otro sitio mucho más grande y con la certeza de que aquel era el adecuado, donde debían quedarse para siempre. Si es que la producción no decaía entre vacunas, prevención y aplastamiento del virus, que se había conseguido dominar lo suficiente para que las angustias y los miedos dejasen un poco de oxígeno al mundo.

Las primeras impresiones siempre contaron mucho y con esta enorme nave fue exactamente igual. Una impresión que dejó a todos con la duda de haber hecho lo correcto, ya que los chismes y las opiniones eran gratis y no faltaban nunca, pero no tuvieron más opciones que adaptarse.

Antigua, de ladrillo viejo sin lucir, las puertas grandes de hierro que daban a un muelle de carga en un lado, y en el otro unas escaleras que debieron ser lujosas en algún momento. Escalones de mármol y que alcanzaban una puerta con ínfulas de señorío pasado, llevaba a la entrada a las oficinas y también al núcleo de trabajo. Bastante oscura y con poca ventilación, se conservaba como si hubiese estado hibernando, y al despertar se encontrase en medio de un *fregao* incomprensible. Las oficinas en el piso de arriba habían estado cerradas durante años y tenían desconches en las paredes, por lo que solo utilizaron la mitad que estaba en mejores condiciones. Eso y que no necesitaban tanto espacio. Por lo que se cerraron el resto y se las arreglaron para, sin mucho gasto y poco presupuesto, hacer un lugar acogedor y agradable para los que se dedicaban al papeleo diario.

Las ventanas del piso de arriba, en un largo pasillo, daban directamente hacia la extensa planicie de cemento pulido que era el suelo de aquella nave de otro siglo. El techo de uralita no dejaba entrar demasiada luz, y muchos se preguntaron si tendría amianto, dada la época en que aquel mastodonte se construyó, pero pocos tuvieron respuesta. Y otros tantos no llegaron a preguntarse nunca. Los baños fueron mejorados con esfuerzo y muchas ganas, pero no consiguieron cambiar en absoluto la antigüedad en las paredes y el suelo. El resto de sanitarios se mantuvieron lo más dignamente posible para poder hacer las necesidades básicas y a pesar del envejecimiento del edificio, se pudo trabajar con seguridad y decencia. Un frío endemoniado en invierno y un calor asfixiante en verano, pero sobre todo espacio para no volver al enjambre de abejas revoltosas que habían sido en el pasado.

Y después el *parking*, tenía unas dimensiones desproporcionadas.

Rodeaba toda la nave y daba directamente a la carretera, que normalmente llevaba un tráfico abundante excepto en los días de confinamiento que se quedaron en el pasado, desde donde se podía admirar las bonitas rotondas, llenas de árboles y césped bien cuidado, hasta la moderna y práctica universidad donde la juventud intelectual se afanaba en conseguir títulos importantes y sueños de algo parecido a una vida mejor.

Aquel *parking*, siempre silencioso de todas las miserias que conoció, y otros misterios que se quedaron en aquel espacio con techo de estrellas y lluvia, y que cada uno de los que ponía los pies allí se dejaba un poco de sí mismo sin saberlo.

En cuanto llegaba al trabajo, un muchacho colombiano, que llegó a ser encargado del turno, el más inexperto que surgió de la necesidad más apremiante, llamado Roberth, con su moderna bicicleta entraba en el recinto y centraba la mirada con infinita tristeza al frente. Desde allí se podía ver a través de la valla con claridad, la elegante universidad de Castellón, con sus diferentes edificios modernos y de varias alturas. Muchos con grandes cristales que dejaban ver a los pocos estudiantes que subían las escaleras llegando a las grandes aulas, que los albergaban entre sus paredes, todos ellos con mascarilla y manteniendo las distancias. Los jardines y aparcamientos que rodeaban toda la pequeña ciudad, que resultaba aquel entramado de cultura y juventud apasionada que era el futuro en el que todos querían creer.

Resurgía su dolor más íntimo y arraigado, lo dejaba durante minutos ensimismado recordando lo que debió tener y perdió por su alocada juventud. Y el arrepentimiento llegó con la dureza de la vida sin más disculpas que el trabajo del olvido. Sacudía la cabeza y caminaba por el *parking* con la coraza de la indiferencia aprendida con los años. Un muchacho que sabía más de la historia de España que la mayoría de nacidos en su propio país. Sabía más de lenguas de cada comunidad autónoma que muchos de aquellas tierras. Un chico que hablaba mejor el valenciano que la mayoría de valencianos. Un joven que debatía con inteligencia y educación sobre la guerra civil española, resaltando el golpe de estado a una democracia y la dictadura fascista donde estuvo presente el miedo y el terror durante cuarenta años. Una dictadura que todavía se llevaba a cuestas. Lo que se demostró poco tiempo después en las urnas.

Su sabiduría daba para mucho más de los pocos años que tenía, y su inteligencia mucho más que lo aparente. Por lo que solía investigar, leer y buscar información ante cualquier tema que consideraba importante, y dejaba a la mayoría con la sensación de haber olvidado a conciencia los muertos en las cunetas y el silencio perpetuo que se vivieron después de la guerra, no tan lejana. Y que todavía las familias pudientes, que las había, querían mantener en un altar al régimen del dictador. Solo con Magda pudo hablar con aquella libertad de pensamiento, y sin temor al conflicto del compañero fascista o racista disimulado.

Pero eso era otra historia que pocos conocían y que nunca quiso contar. Cuando llegó el momento de los despidos y las eternas esperas para un futuro incierto y precario, decidió marcharse a trabajar a Holanda. Y consiguió visitar a su madre antes de desaparecer en Europa donde se sentía como pez en el agua. Hombre acostumbrado a llevar ligero y práctico equipaje, sus pasos siempre le llevaron donde los sueños todavía estaban intactos. Persona sencilla y sincera, fue querido por muchas de las mujeres que tuvieron el placer de trabajar con aquel moreno y delgado muchacho. Con la mirada despierta y alegre, uno de los más inteligentes que hubo en tiempos de mascarillas. Discreto, comprensivo y sabio, consecuencias de la vida que siempre tuvo que defender. Llegó hasta allí a la empresa de mascarillas con la sonrisa que le acompañaba y las ganas de construir un hogar. No fue posible y las fuerzas le llegaron para volver a emprender otros caminos, su hogar era tan sencillo como los pasos que le llevaban donde pudiese sentirse libre y en paz, como cientos de personas que buscaron lo mismo.

Cada uno en aquella vieja fábrica mantenía en secreto los logros perdidos, las mentiras evidentes y el equilibrio del bien y el mal que les llevó a sentir el fracaso en sus ambiciones, o que les hizo creer que con la fuerza y la esperanza era suficiente para conseguir el sueño dorado del triunfador, sin poder cambiar sus vergüenzas por la mentira contada millones de veces en todos los lugares del planeta, que hacía sentir la culpa como la carga que debían llevar por merecer la pobreza que se habían buscado al nacer perdedores.

En aquel *parking* de pocas alegrías se dejaban las lágrimas los despedidos y, los recién llegados, la ilusión con la ignorancia y la fuerza que daba la esperanza.

Pero resultó útil para poder aparcar sin contratiempos y mantener las formas. Excepto en las plazas de *parking* que tenían un techo que protegía y no dejaban aparcar a nadie, pues estaban para uso exclusivo de visitas importantes y no tan importantes. Solía ocurrir que cuando llovía o hacía mucho calor las ocupaban los trabajadores, hasta que las advertencias y la insistencia de la chica encargada del tema, consiguió que se quedase grabado en las mentes e impulsos de todos y todas las trabajadoras y dejaron de hacerlo. Eso no evitó el refunfuño de la gente cuando debía dejar el coche a pleno sol en verano y el calor que salía del automóvil era insoportable, o en caso de granizo proteger el bien más preciado con el que iba todo el mundo a trabajar. También había quien llevaba patinete y podía dejarlo dentro bajo techo, pero con todo, nadie dijo una palabra más alta que otra en cuestiones tan aparentemente banales.

Catorce máquinas instaladas en un tiempo récord llenaron todo el espacio de la nave, del cual se hicieron fotos y videos para la posteridad. Montadas y preparadas para llenar hasta la luna de mascarillas de colores, tamaños y texturas diferentes, pues hasta ahí se llegó con la necesidad de protegerse. Nada más guay que llevar la mascarilla a juego con el bolso, los pantalones, el peinado o las marcas de su identidad, de todo se hizo y de todo se vendió. Para niños, de tamaño medio, grande y extragrande para los más cabezones. Con banderas incluidas, con logotipos de diferentes instituciones y empresas, hasta con dibujos artísticos. Era el momento de lucir un aspecto diferente con la incógnita que daba ver a los demás y no reconocerlo. Podía ser fantástico lucir su bien más moderno, que no era otro que la mascarilla más cara y el *look* más original. Pero la estrella del invento fue siempre la de color blanco FFP2 que resultaba infalible incluso en las distancias cortas y se consideró un bien patrimonial. De las cuales se exportaban cantidades infinitas, y se hacían pedidos que durante semanas consistían en una competición de trabajo acelerado pero bien hecho. Concienzudamente, llevando a cabo el proceso de producirlas con esmero y vislumbrando cualquier tipo de fallo, que solo se podía percibir al trasluz y con lupa, emblistar, empaquetar y conseguir que se cumpliesen los plazos de entrega resultaba un éxito que celebraban todos y por el que muy pocos recibían felicitaciones. Aunque fuese una labor hecha en equipo y un fin para lograr la continuación de algo que resultaría efímero. En caso contrario, el mundo se iría al carajo y el consumismo, el egocentrismo, el eterno ir y venir para tener un futuro equilibrado, algo dudoso, se vería seriamente comprometido con el sentido común, y para eso no había respuestas. Y nunca las hubo.

Fue en aquellas instalaciones donde Reidy, llamado con afecto Rey, jerarquía de monarca y con carácter parecido, nombre conocido solo en su tierra de nacimiento y de poca traducción, se quedó con el diminutivo, se hizo un lugar de reconocimiento y el aprecio de todos. Hombre de mediana edad, con eterna sonrisa y con buenas palabras en su vocabulario. Cubano de nacimiento pero con recorrido en la vida de muchos intermedios difíciles, en países distintos donde tuvo que adaptarse para sobrevivir, con experiencias vividas tan complicadas como sencillas, eran sus palabras para comprender al resto de compañeros. Divertido, bondadoso, siempre dispuesto para el trabajo y la predisposición alegre, y confesor de mujeres que hablaron más de lo debido y con menos prejuicios de los que debían.

Electromecánico inteligente y con gran capacidad para las dificultades humanas, se comprometió con todo aquello por propia terquedad, y por considerar importante el respeto que debía llevar consigo el esfuerzo, la honradez y el trabajo bien hecho. Donde arreglaba máquinas al mismo tiempo tomaba nota de las personas más tristes, más desgraciadas y conseguía sacar sonrisas donde solo había penas y soledad.

Llegó a conocer el entramado de máquinas, producción y sectores desconocidos hasta ese momento, solo por efecto de la fuerza de voluntad, inteligencia, práctica y mucho trabajo, por pura tenacidad y experiencia aprendida con la vida de trotamundos, que le llevó al lugar donde llegó a pertenecer e instalarse. Con nostalgia de su país y con la alegría de tener cerca a su primo Janier, en la misma empresa donde trabajaron los dos como compañeros. Recordaba con él momentos pasados de juventud en su tierra natal, y la despedida que se produjo entre ellos cuando la vida los separó por circunstancias sin opciones. Pero la fortuna o el destino los volvió a unir en la pandemia. Nostalgia de su familia y los recuerdos que lo reconfortaban en los momentos más duros, pero con la certeza de haber conseguido algo más valioso que el sueldo que percibía, consiguió amigos y lazos que perduraron a pesar de la distancia.

Con el tiempo también llegó a trabajar en la misma empresa su esposa, una mujer con eterna sonrisa y con un sentido de la vida práctico, sencillo y de buen corazón. Las bromas entre ellos se consideraron lo más innovador y dejaron a muchos con la sonrisa y el inesperado descubrimiento del amor limpio, sincero, y sin vergüenzas al demostrarlo, al decir en voz alta «te quiero». O demostrar el deseo compartido en noches de pasión juvenil y espontánea. Una manera de vivir que no todos entendían pero todos querían tener. Como muchos otros, que también llegaron de países lejanos y que construyeron una red de apoyo para que nadie se sintiese desamparado y perdido, algo que siempre iba añadido a sus vidas.

Pero los cubanos siempre fueron de los más emprendedores, de los más amables y sobre todo de los que se quisieron con el corazón y el respeto, recordando a los arrogantes y soberbios que también los hubo, y simplemente se fueron sin dejar rastro. Sin olvidar que siempre hubo personajes entrañables y un sinfín de buenas personas que se recordaron con una dulce sonrisa. Indiferente al lugar de nacimiento, o tiempo compartido, ya fuesen días semanas o meses entre compañeros.

Pero todo aquello se quedó en buenas intenciones y mejores deseos. La realidad llegaba sin descanso y la dudas alcanzaron a todos. El trabajo se ralentizó y dejó poco a poco conversaciones de carácter amargo y preocupado. Un sinfín de circunstancias complicadas, ya que con el paso del tiempo y la falta de pedidos, se propagó como el fuego la necesidad de cambio de producto o la mejora de este. Y resultó un fin lento, agónico y con esperanzas mediocres. Triste el sueño infinito que sería el trabajo de producir mascarillas eternamente. Algo que absolutamente todos eran conscientes, llegaría a su fin sin remedio. Pero que no faltó el que consideró un fraude el resultado, y puso el grito en el cielo para poder ir directamente al dios de las quejas y servirse un plato frío.

Siempre sería decir demasiado, pero resultaría increíble la complicidad de todos durante mucho tiempo y el recuerdo de lo vivido, quedaría entre pensamientos de nostalgia y otros divertidos.

Y como Carmen, Paqui y Magda hubo docenas de mujeres. Cada una con sus circunstancias diferentes y las peripecias que cada uno llevaba en su maleta de vidas privadas. Las soledades, miedos, alegrías y esperanzas en los bolsillos de las batas blancas donde dejaban un trocito de piel con muchos sueños perdidos.

Resaltaremos la vida de algunas de tantas mujeres, que trabajaron en la empresa de mascarillas y como muchas otras llegaron allí por casualidad.

Carmen

A la mujer tan aparentemente fuerte y con la piel más dura que un rinoceronte, el trabajo le llegó caído del cielo por varios motivos, el primero de ellos alejarse de casa, el segundo el dinero que siempre faltaba en la familia y el tercer y más importante motivo fue sentirse libre.

Esta era Carmen.

La estatura siempre fue un problema para ella, pocos hombres le llegaban a la barbilla y otros tantos ni siquiera podían darle un beso sin tener dolor de cuello. Claro que eso fue en su juventud, en los tiempos que corrían, le era indiferente si algún hombre podía llegar a besarla algún día, con su trocada y rara relación tenía más que suficiente.

Sus ojos azules resultaban espectaculares, los labios sensuales todavía eran tentadores, aunque las arrugas y la flacidez ya eran evidentes en su cara. Con un cuerpo lleno de curvas rellenitas y las piernas largas, natural como la vida misma, según decía divertida e indiferente. El atractivo que tuvo se había alejado de su vida sin avisar y con prisas. El cabello de color oscuro y apagado, de tinte mediocre y el corte de pelo moderno evitaban que se le añadiesen más años de los que realmente tenía. Con dedos de pianista y uñas largas, solía evitar pintárselas por las normas del trabajo, pero en cuanto podía hacerlo su color preferido era el rojo. Para Carmen era el color de la sangre, o sea, la pasión personificada, en todos los sentidos y no precisamente románticos.

Más que asustada se sentía perdida al oír las noticias de la radio, si las cosas eran difíciles en aquellos momentos, no quería ni imaginar lo que sería no poder salir de casa y vivir entre las cuatro paredes en aquel pequeño y desvencijado piso.

Pero no podía ignorar los beneficios que podía obtener de la nueva circunstancia, podría mantener a sus hijas controladas y de paso a su madre lejos de su hermano. Fijó la mirada en el suelo y recordó que el problema más acuciante y de posible desastre era la falta de trabajo. Hacía más de dos meses que no trabajaba, la temporada de la naranja ese año había sido corta y la ayuda que percibía del paro estaba a punto de llegar a su fin.

Si las cosas estaban mal se iban a poner peor, sin duda. Suspiró y dejó vagar la mente en un intento de ser objetiva. Pero poco podía hacer para cambiar las cosas. Sin darse por vencida, pensó llamar a algunas amigas y preguntar si sabían de algún trabajo.

Tendría que intentarlo, una y otra vez hasta que consiguiese encontrar algo que ayudase en la economía familiar. Con la paga de su madre no se podía llegar para todo, sin contar con los rocambolescos gastos que se permitía la vieja. Sonrió al recordar las cosas que compraba en los chinos, en las rebajas y donde le venía bien hacer un desfalco a la estrechez con la que vivían desde siempre.

Nada le hacía entender que debía ser cuidadosa con el dinero, que se acababa antes de que pudiesen pagar las facturas del mes y que debían administrarlo bien, o por lo menos no utilizar las tarjetas como si fuesen cartones del bingo. Pero era imposible que cambiase a esas alturas, más cuando se ponía a llorar como una descosida si le decía cuatro verdades sin filtro.

Salía en las conversaciones a gritos el pasado y la escasez de responsabilidad y un montón de carencias más que tuvieron los padres con ella. Pero la madre siempre alegaba que nunca le faltó de nada, y Carmen se mordía las uñas al recordar que en su infancia le faltó de todo. Cuando llegaba al punto más frustrante y doloroso, se decían barbaridades directas al corazón para poder destruir al adversario a toda costa, conseguir la razón que debía llevar un premio inmediato pero que dejaba un residuo de porquería imposible de tragar. Siempre terminaba de la misma forma.

Su madre perdía la poca cordura que le quedaba y amenazaba con el suicidio, buscaba las pastillas en el cajón de la cocina y desesperada hacía el espectáculo de querer tomárselas delante de todos. Con el añadido de la lucha con la hija para arrebatarle de las manos el potingue que quería tomar, independientemente de que fuesen somníferos, pastillas para la garganta o vitaminas, no importa si con eso la discusión se dejaba en aquel momento y el tema gastos inútiles se olvidaban por un rato.

Muchas veces en su vida Carmen pensó en dejar que se tomase hasta la medicación del perro si hubiesen tenido mascota, pero lo que tenía de conciencia también lo tenía de cariño por su madre y sabía que no podría soportar perderla por ignorar aquella faceta dramática que acompañaba a su madre desde que tenía uso de razón.

Sin contar a sus hijas, que normalmente eran testigos de aquellas interminables peleas sin más remedio que dejar que la abuela continuase haciendo lo que había hecho siempre, que no era ni más ni menos que lo que le salía de las narices.

Debía ser agradecida, vivía en el piso de su madre desde hacía muchos años y nunca le pidió un alquiler. Desde la muerte del padre, con la indemnización de la empresa al fallecer, pudieron pagar el viejo piso y tener un techo seguro sobre sus cabezas. Algo que tenía siempre presente y que inevitablemente salía en las broncas que se daban en la cocina rebuscando las medicinas.

Como siempre que necesitaba ayuda le pedía dinero al novio medio fantasma que tenía, un pequeño préstamo y se lo devolvía con intereses y muchos reproches. No le gustaba hacerlo pero lo hacía y con eso la cadena que tenía atada al cuello apretaba un poco más. Pero la nueva situación podía ser hasta liberadora, si conseguía no ver al novio durante semanas, eso de la pandemia, contagios y confinamiento, empezaba a gustarle.

Carmen estaba sentada en el inodoro, en aquel cuadrado y diminuto baño, con el suelo de azulejos azul oscuro, manchados, la bañera un poco rotosa y antigua, con cortinas que habían visto mejores tiempos y el lavabo lleno de cremas baratas rejuvenecedoras que solían ponerse ella y su madre. Convencida de que no funcionaban, pero que por pura rutina y esperanzas absurdas se ponía todas las noches al acostarse.

El espejo envejecido y de dimensiones desproporcionadas para el cubículo de aquel funcional aseo, resultaba lúgubre con la luz débil que salía de la parte de arriba en el techo. Todo aquello miraba Carmen sin verlo en realidad, solo ocupaban su mente las novedosas noticias y el inmediato cambio que se avecinaba en sus vidas. No se creía capaz de soportar la convivencia con sus propias hijas y con la madre que le tocó en la vida.

Todo daba vueltas en su cabeza y cada vez que se paraba a pensar en todo cuanto podía salir mal, su corazón se volvía loco de preocupación. Lo único bueno de todo aquello sería que su hermano no podría visitarlos, eso dejaría tranquila a la familia durante un tiempo.

Los gritos de su madre y las contestaciones de su hija mayor hicieron que buscase el papel para secar lo que no había salido. Se escondía en el baño por pura rutina de momentos robados y mentiras contadas al resto, que por un instante la dejaban tranquila y con eso debía conformarse.

Suspiró con fuerza y por un momento deseó escapar, huir lejos y dejarse llevar por los sueños locos que un día tuvo. Pero a los que tuvo que renunciar por motivos más poderosos que ella misma. La vida de una pequeña que se gestaba dentro de su cuerpo fue lo que determinó el futuro deprimente en el que se había dejado llevar durante los mejores años de su vida.

Se miró en el espejo y lo primero que vio fue que estaba sucio, en aquella casa todo estaba sucio, pensó con cansancio. Los sentimientos que volaban entre la familia era lo que más sucio estaba y lo que empeoraba la vida de todos. Con frustración y fingida calma, se miró con detenimiento y se fijó una vez más en las finas arrugas que salían alrededor de sus labios, en el contorno de los ojos, las patas de gallo y la necesidad de ponerse el tinte. Cerró los ojos y el entrecejo fruncido daba muestras del desasosiego que salía por los poros de su piel. Y la sensación de haber dejado su vida en aquel retrete que era toda su historia hacían imposible que la ilusión y la esperanza fuesen algo a tener en cuenta.

Inesperadamente sonrió y abrió el grifo que goteaba. Por las noches tenían que cerrar la puerta para no romper de un golpe al dichoso grifo que no habían cambiado, por dejadez y por considerar que el arreglo sería demasiado caro. Salió el agua limpia y fría y mojó sus manos, jugó con el agua como una niña divertida al sentir el líquido entre sus dedos, volvió a sonreír y se dejó llevar por la imaginación.

Se avecinaban momentos de intensidad electrificante, eso en el mejor de los casos, en el peor siempre podía amordazar a su madre y meterla debajo de la mesa camilla. A su hija mayor la encerraría en la cocina y la atiborraría a cerveza, se dormiría encima de la mesa y dejaría de gritar un rato. A la pequeña, que no era tan pequeña, podía dejarla en el limbo después de darle de comer porquerías de las que le gustaban, hamburguesas, patatas fritas, salsas, Coca Cola y bollería industrial. Eso la haría feliz eternamente, sí, podía ser una oportunidad para tener paz durante un tiempo.

Dejó las tonterías que se imaginó por un segundo de fantasía y escuchó de nuevo la riña entre nieta y abuela. Refunfuñó y se miró de nuevo, abrió la boca y se vio los dientes de un color amarillento por el tabaco, cabeceó pensando que debía dejar de fumar algún día, en el que tuviese voluntad suficiente y dinero para la terapia. Pero con una risa nerviosa y burlona, se contestó a sí misma que las estupideces estaban bien de vez en cuando, abusar de ellas podía resultar un mal vicio, la realidad no era demasiado divertida.

Y salió del baño con pasos lentos y actitud despreocupada, no tenía muchas opciones, de lo contrario podía pasarle por la cabeza marcharse de casa con aquella bata vieja y estrecha que le había regalado su padre cuando tuvo a su hija, de eso hacía más de veinte años.

Acarició el tejido y lo sintió gastado, áspero y a pesar de todo apretó el cinturón con fuerza al darse cuenta de que el color rosado de la prenda casi había desaparecido. Y antes de entrar en el salón rectangular lleno sillas de respaldo alto y de madera oscura con acolchado fofo del color de las berenjenas, muebles incómodos y antiguos, envejecidos más por el uso que por los años y la esencial mesa camilla en el rincón más alejado, pensó en lo buena que debía ser la bata para durar todos aquellos años y no caerse a trozos. Con una sardónica sonrisa se recordó que era lo único bueno y de calidad que su padre le compró en los años que todavía aparentaba ser un buen padre.

Preparada para poner paz entre las dos mujeres que a pesar del parentesco se trataban con desprecio y poco afecto, se quedó de piedra al ver a su madre sentada en el suelo, cerca de la puerta, con el pelo revuelto y las risas que compartía con la nieta que la miraba desde la ventana y se sacudía por las carcajadas que ambas soltaban con diversión.

Llegó a sus oídos el agradable sonido de la melodía más importante y necesitada de su hogar, de su familia, y no pudo evitar contagiarse de la alegría y el entusiasmo con el que aquellas dos que decían odiarse, se dejaban llevar por el momento y se evaporaba la tristeza por un segundo de luz.

Carmen tenía un hermano mayor que se había divorciado hacía varios años, lo que empeoró su ya mal carácter. Desde entonces le había amargado la existencia a todo aquel que se cruzase en su camino, sobre todo a la madre y las sobrinas que no quería ver, pero se aparecía en el piso inesperadamente y se armaba la de dios con los gritos, los insultos, las maldiciones y las sentencias de fracaso inminente y perpetuo.

A Carmen no se atrevía a insultarla en exceso, podía encontrarse con los dientes en el fregadero y tener que comer papilla el resto de su vida, era un engreído pero no era tan tonto.

Nadie podía soportarlo, excepto su madre que por serlo no podía evitarlo más de unos minutos sin ganas de tirarlo por el balcón sin miramientos y reconocer que la muerte fue merecida, justificada y la pena de cárcel por ello valdría la pena, si con eso dejaban de ver y oír al borrico que las tenía a todas martirizadas.

Pero eso iba a cambiar sin remedio, sin mentiras para alejarlo, sin esperas detrás de las puertas fingiendo salir para no tener que continuar escuchando los sermones y las quejas constantes. Machista, egoísta e inmaduro, culpaba al mundo de sus desgracias y a la familia por no haber ayudado a conservar su matrimonio. Algo que de buen seguro no habrían hecho de ningún modo. Más por lástima de la que un día se casó con aquel energúmeno, que por discreción de pareja.

Muy en el fondo la prohibición de salir a la calle, de no visitar a los familiares, mantener cerrados los comercios excepto los de alimentación y pocos más era algo fantástico, pensó Carmen al recomponerse de la sorpresa y la risa contagiosa que llenó su esperanza de algo parecido al cálido cielo.

Se sintió satisfecha, acababa de comprobar que no estaba muerta, que todavía seguían dentro las ilusiones y las tiernas caricias que un día prodigó a sus hijas. Debía cogerse a eso, todavía había algo por lo que seguir, sobre todo ahora que su hermano dejaría de visitarlas y podrían tener paz durante un tiempo, rezó con fuerza para que fuese muy largo.

Aquella ilusión o lo que fuese, solo se mantuvo unos minutos intactos dentro de su mente. El grito de frustración de su madre la llevó de vuelta a la realidad con la rapidez de un rayo, dejó de sonreír y se centró en las reclamaciones maternas que se sabía de memoria.

Recordaba su infancia siendo más responsable que su progenitora, más cuidadosa que su padre y mucho más adulta que cualquiera de su casa. No pudo ir al colegio tanto como le hubiese gustado porque debía cuidar a sus padres de los desmadres que solían hacer y que dejaban al vecindario escandalizado. Se encargaba de mantener a su madre cuerda y ocupada, llevándola de la mano al médico de urgencias del ambulatorio más cercano, para que le diesen calmantes inmediatos. Era lo único que funcionaba para que durmiese doce horas seguidas y que en la casa hubiese un poco de paz.

De su padre solo recordaba las bofetadas que le soltaba cuando estaba enfadado y bebido. Sin trabajo estable, en cuanto llegaba a casa y cenaba, lo que hubiese hecho la niña sacaba su genio. Desaparecía sin explicación durante días y la ficticia fluidez familiar se hacía presente, volviendo al punto de partida en cuanto regresaba y su madre estaba preparada para empezar las continuas y mortíferas peleas.

Carmen se hizo cargo de todas las necesidades familiares y continuó con la apariencia de buenas maneras y mejores padres en el colegio, en las tiendas, en la calle y hasta en las visitas de servicios sociales. Por lo que terminó de creerlo ella misma y se convenció de que su vida no era tan diferente al resto de la gente.

Y si lo era, nada ni nadie podía cambiarlo.

Nunca tuvo la ingenuidad de los niños, algo que solo se tiene cuando los miedos aparecen sin avisar y no tienes dónde esconderte, la infancia que le tocó vivir y que dejó partir sin una lágrima.

Madre como la suya había a capazos por el mundo, se confirmaba una y otra vez cuando su madre amenazaba con el suicidio para acabar con el dolor de sus sentimientos confusos y compasiones ajenas. Era una víctima y todos sin excepción debían saberlo, ayudarla y comprenderla. Hasta su hija lo creyó y fue muchos años más tarde cuando ya nada tenía remedio, que vio la realidad tan clara como lo fue siempre.

Solía recordar los buenos momentos, que no eran muchos, pero sí bastante memorables. Lo hacía cuando estaba sola en aquel piso diminuto y triste, donde de vez en cuando se permitía sentarse y mirar el feo cuadro que su madre había colgado hacía varias décadas en la pared donde estaba el sofá. Mirándolo se sentía satisfecha de no pertenecer a aquella casa, no, ella se forjaría un futuro mejor y con más estilo, se juraba entonces cuando la juventud llamaba a su puerta cada día y cada noche.

De aquello casi no recordaba nada, de las promesas que se hizo tampoco y de los juramentos que se marcharon por las rendijas de la tristeza menos todavía.

Pero nada pudo con ella, ni el hermano abusón e idiota que ya lo era cuando nació y los padres lo disimularon con indiferencia. Las broncas de los adultos, peleas y bofetadas que recibió con gusto mientras se interponía entre ellos, y los platos rotos que se reponían mientras había dinero para comprar otros. Todo aquello lo recordaba con una precisión increíble, debía fallarle un tornillo, se recriminaba casi todos los días el hecho de que no podía evitar recordar.

Pero algo intenso y satisfactorio dejó aquel pasado lleno de miserias. La certeza de que había hecho todo lo posible y más por conservar lo que para ella era su familia, sus padres, su protección, algo que no existió y si lo hubiese hecho nada habría sido lo mismo.

Sabía por experiencia que casi todo lo que soñabas se quedaba escondido entre ropas viejas y amargos delirios de grandeza. Y que la vida que debió vivir se quedó atascada entre una madre deprimida y ausente y un padre alcohólico y violento. Del hermano recordaba lo suficiente para saber que era egoísta, mal educado de niño y mucho más de adulto. Pero lo que más le alegraba el día era saber que él le tenía miedo, algo que no reconocería ni hipnotizado, pero que se le veía en los ojos cuando llegaba con ganas de crear problemas.

Y sí, le pegó muchas veces de pequeños. Con la sartén, con la tapa del cubo de basura, con la fregona y la escoba, pero sobre todo le dio con ganas y fuerza cada vez que se le acercaba demasiado y no podía quitárselo de encima. Le soltaba unas patadas en sus partes nobles que lo dejaban temblando durante bastante tiempo y eso la hacía feliz. No podía entenderlo, pero la hacía tan feliz que salía a comprar chuches con el dinero que le daba su abuela materna, que solo iba de visita los domingos, y se las comía sentada en un banco del parque mientras otros niños compartían con sus mamás y hermanos la experiencia de jugar en el tobogán o el columpio.

Debía tener una tara muy seria para sentirse bien después de haber dejado al hermano tirado en el suelo. Pero nunca hizo mucho caso y su vida no se vio gravemente perjudicada por la experiencia, teniendo por resultado el miedo que desde entonces rondaba a su hermano cuando le cantaba las cuarenta, de eso estaba segura y lo estuvo siempre.

Con el paso de los años, la adolescencia en plena evolución y las creencias de que podía encontrar un futuro mejor, más normal y más equilibrado, fue a encontrar la horma del zapato familiar. Muchacho bebedor, sinvergüenza, machista y bastante feo, pero del cual se enamoró, más por sentirse querida y deseada, consentida y cuidada, que por sentimientos de un amor profundo que llenase el vacío que le salía por los ojos.

Nada más hermoso que el amor juvenil y la pasión recién descubierta, que duró exactamente el tiempo que tardó en quedarse embarazada, cuando llegaron las prisas del recién asustado novio por evitar el enfrentamiento que vendría después de que fuese imposible ocultar su estado.

Pero la sorpresa llegó realmente cuando los padres de la novia celebraron con fiesta y alcohol el embarazo de una niña con poco más de dieciséis años. Y la confirmación de que en aquella familia estaban todos locos.

Apenas cumplió diecisiete estaba casada y a punto de dar a luz, con el miedo en el cuerpo y la angustia de un marido que no la quería tanto y que dejó de cuidarla en el mismo momento que tuvo que administrar el dinero con mano dura, dejar de salir a beber cerveza, lavarle los calzoncillos, cocinar, limpiar y todo cuanto se hacía en la casa.

La máxima demostración de amor que podía esperar era que la dejase en paz y que no volviera a tocarla nunca más. Pero todo pasaba rápido y pronto creía de nuevo en sus engaños y mentiras, por lo que en cuanto tuvo a su hija, las hormonas circulando por su cuerpo, la sangre caliente de la pasión mezclada con impetuosidad juvenil y un amor mal entendido, hicieron que un año y medio después naciese otra niña preciosa y que la madre se sintiese más sola que nuca.

Se dedicó a cuidar de sus hijas, a trabajar y olvidar que solo tenía diecinueve años. Sus esfuerzos y sacrificios harían posible que el futuro de las pequeñas fuese más luminoso y bonito que el suyo. Pero quedó en un espejismo deteriorado que nada dejó a la fortuna y la suerte. De todo aquello perduró una mujer envejecida prematuramente y con las alas rotas de tanto volar en la oscuridad.

No tuvo más remedio que volver de donde nunca debió salir, se dijo un millón de veces, y donde se juró no volver a poner los pies en toda la vida. Pero el orgullo no entraba en la boca de sus hijas y no las alimentaba, así que tuvo que hacer de tripas corazón y pedir ayuda a sus más que cuerdos y responsables padres, viva la ironía, pensaba al volver a casa, que no se sorprendieron en absoluto.

Y rezó como nunca lo había hecho para no volver a abrir las piernas por un desgraciado capullo que le había roto la cara tantas veces como el corazón.

Pero sobre todo, que sus padres la dejasen en paz y no la utilizasen como moneda de cambio. No estaba en condiciones de poder defenderse. Dependían de ella las niñas, que eran lo único bueno que había salido de aquella familia y de los errores cometidos por ingenuidad y soledad.

Por supuesto volvió a cuidar de su madre, de la casa, tuvo que cocinar diariamente y todo lo que hubiese que hacer. Mientras, las neuras de su madre dejaron de importarle. Sintió apatía por todo y la desesperación llenaba solo los pequeños rincones que dejaba para la noche en la habitación que siempre tuvo y que permanecía intacta como si la hubiese estado esperando.

La única diferencia era la cuna de sus pequeñas y lo estrecha que se hacía la cama cuando dormían las tres juntas.

Olvidó a su padre y lo ignoró de tal manera que, tiempo después, cuando la llamaron del hospital para comunicarles que había fallecido en un accidente laboral, se tomó tres vinos y dejó que su madre le gritase sin alterarse por ello.

Lo único que consiguió recordar del entierro fue la esperanza de vivir libre y sin el hombre que tantos problemas había dado. Sin el reconocimiento del dolor y la sensación de ser una mujer que podía prescindir del cariño, de la compasión y de la pena que se percibía en la iglesia. Dejó que sus pensamientos ocupasen otras cuestiones más cotidianas y todo pasó rápido, sin emociones y menos remordimientos.

Lo que se avecinaba no era tan malo ni tan complicado, solo hacía falta ser tenaz y continuar con sus vidas, se dijo una y otra vez Carmen en aquellos años de renuncias y trabajos duros, de sacrificios y responsabilidades, de ver crecer a sus hijas con una abuela medio loca, con el dinero justo, con poca disciplina y los castigos como ejemplo. Libros para el colegio, ropa del mercadillo, cursos de verano y repaso de asignaturas pendientes, riñas en la adolescencia y un miedo enrome al fracaso más absoluto. Por lo que nunca estuvo segura de hacer lo correcto y al final solo quería vivir en paz.

Ni más ni menos.

Su único orgullo fue conseguir que su hija no se quedase embarazada antes ni después de los veinte y menos de un desgraciado parecido al que fue su padre biológico, pues su presencia siempre brilló por sus ausencia. Mejor así, se recordaba en momentos de locura compartida y escasos recursos. Instantes de lucha interna para que se implicase en los gastos, pero siempre le podía el recuerdo de los años compartidos y desistía de tal pensamiento.

Un laberinto que la engulló entera y le hizo perder la alegría, la esperanza y la fe en las cosas buenas, la resignación pasó a formar parte de su carácter y la amargura asomaba en su mirada casi siempre que no conseguía cerrar la puerta del corazón a tiempo.

Nunca se rindió, a pesar de la soledad y la desesperación, y la vida le dio compensaciones inesperadas, amistades sinceras y momentos de reconocimiento entre las mujeres que le dieron su apoyo y mucho cariño sincero.

Cuando llegó la madurez y la aparición de las primeras arrugas, llamó de nuevo el amor a su vida. Eso la hizo desconfiar de las pasiones amorosas, con motivos para ello.

En aquellos años su cuerpo cambió como lo hizo el color de su pelo. Engordó un poco, dejó de importarle la moda, no se sintió nunca guapa y menos todavía gastó dinero en ella misma. Tampoco disponía de medios para mejorar su imagen y aunque lo intentó con ganas, no se vio capaz de dejar atrás sus temores y vergüenzas. Solo quiso tapar las canas con un tinte oscuro que le pareció buena idea, el estilo de ropa y las más íntimas necesidades las solucionó con mucha imaginación y poco presupuesto. Pero nunca consiguió alejar de sí la fuerte necesidad de protección y de respaldo económico, por lo que el amor lo traducía en dinero si podía beneficiarle todas las carantoñas que permitía.

Carmen nunca sintió remordimientos por tales cosas, consideraba que si debía recibir algo a cambio de sexo prefería que fuese seguridad económica. Pero en sus más recónditos sentimientos se recriminaba la falta de compromiso y sincera demostración pasional, se disculpaba ante el novio y se juraba cambiar. Pero la vida le había dado fuerte y la decepción en toda el alma, por lo que se sentía incapaz de compartir un solo afecto hacia el género masculino sin pedir recompensa.

Hacía años que la sangre se le había enfriado y la necesidad de cuatro besos y dos caricias se le antojaban innecesarias. Solo la educación y la aparente cultura social llamaba su atención y reconsideraba las posibilidades de conseguir el amor del que tanto hablaban.

Mientras duraron las dudas se fue dejando querer por quien le daba tanto amor interesado como dinero y regalos. Sin darse cuenta llegó el compromiso de mantener la pareja estable y aceptada por todos, sin más garantías que las concesiones que se hacían y los secretos que nunca se contaron. Él divorciado y ella también, él sin hijos y ella con dos hijas, eran la pareja perfecta de la desconfianza y el interés común.

Lo único que no consintió fue que viviese en la misma casa y con las hijas, se veían los domingos y algún sábado que debían hacer acto de presencia, pero el resto de sus vidas les pertenecía y los familiares aceptaron que no había nada en el mundo capaz de romper la coraza del engaño.

Todo permaneció estático e inamovible hasta que la pandemia hizo su aparición y todo se fue al traste. Las cosas no contadas se vertieron en el más dulce veneno y las que realmente debían importar no cambiaron nada.

Durante aquellos días inciertos del bicho en el aire y las más curiosas noticias en la televisión, se reencontraron con el hermano y la poca vergüenza de este queriendo visitar a la madre, las sobrinas y la hermana para hacerles la vida imposible que llevaba dentro. Pero no lo pudieron evitar en muchas ocasiones, por lo que acudía sin avisar y la liaba gorda si se le antojaba, rompiendo la rutina y la monotonía del hogar establecido con esfuerzo y milagros imposibles.

Era en aquellos instantes cuando Carmen lo despreciaba como no lo había hecho en la infancia y en la soledad que se vio con la madre.

Sacaba todo lo que tenía dentro y renegaba del parentesco, algo que causaba más risa que asco y no conseguía alejar de la madre y del núcleo familiar al bicho que no volaba ni contagiaba, ni moría en aquel ser humano lleno de rencores y de envidias mal escondidas.

Dichosa sería la sensación que tuvo con el confinamiento y la prohibición de salir a la calle, nada de visitas, ni de salidas nocturnas, ni de gastos estúpidos, nada era la definición perfecta para lo que debían hacer y eso también podía resultar peligroso.

Llena de paciencia consolaba a su madre cuando aseguraba estar enferma del virus y sin remedio moriría dejando contagiados a todos. Era entonces cuando debía abrazarla y asegurarle que no tenía la enfermedad, explicarle que solo eran nervios por estar encerrada. Pero la mujer se negaba a reconocer la verdad en las palabras de su hija y montaba un cirio de los buenos cuando se ponía a gritar que no le importaba a nadie. Aseguraba que la dejarían morir como a un perro y se alegrarían por ello.

Carmen apretaba los puños y se mordía la lengua para no cogerla por el pescuezo y meterla en la nevera, más que nada porque no cabía, pero era una idea tentadora.

Con el paso de los días y las semanas, incluso los meses, fue una revelación ver a la anciana olvidarse del drama personal y chuparse los programas de televisión como un maratón, uno tras otro y otro más, los cotilleos de los muertos y las desgracias ajenas. Las advertencias para no contagiarse y un sin fin de consejos que no tenían ni pies ni cabeza.

Empezaba por las críticas al resto, lo cochinas que eran por no limpiar todos los días, por dejar la ropa sucia en el suelo, por no dormir temprano, por poner la música demasiado fuerte y terminaba por perseguir a las nietas con una botella de lejía para desinfectarlas cuando volvían del supermercado. Las muchachas la esquivaban el tiempo suficiente para escabullirse de la paranoia y encerrarse en sus habitaciones, pero no siempre funcionaba.

Los gritos llegaban hasta la calle cuando no le hacían caso, exigiendo una desinfección en toda regla. Porque los viejos morían como moscas y si eso pasaba sería culpa de sus nietas. Sin discreción ni tapujos, de tal manera que algunos vecinos llamaban a la policía, algo que tuvo que solucionar Carmen un par de veces, por lo que al final no hacían demasiado caso del griterío y las histerias de la anciana.

Cada día era igual al anterior y diferente al mismo tiempo. La rutina de soportarse y no coincidir en los espacios compartidos era todo una odisea, excepto la abuela que se mantenía firme como una roca en el sofá y dueña del mando de la tele. El resto lo dejaba a los demás con unas sonrisas de bondad que no engañaban a nadie, pero que debían soportar si no querían salir en las noticias de la noche, y seguramente no sería por el virus.

Nunca pudieron saber cómo pasó la anciana la pandemia en bata y camisón. Pensaron que tenía un armario lleno de estas prendas y los cambiaba por la noche cuando nadie podía preguntarle, pero la bata era siempre la misma, por lo que tuvieron que cogerla con la guardia baja y quitársela a la fuerza para lavarla. Insistieron en que debía dejar los camisones y ponerse ropa de calle, pero entre gruñidos y palabrotas les dijo que tenía preparado su mejor vestido para si llegaba el caso de morirse pudiesen ponerla guapa. Confusos por aquellas declaraciones, nadie fue capaz de explicarle que en caso de morir por el virus no podrían tocarla ni vestirla, ni siquiera estar cerca.

Si hacían tal cosa podían verse en la tesitura de tener que dejarla dormir en el balcón por los lamentos que soltaría primero y las maldiciones después.

Los días pasaban y el trabajo no hacía acto de presencia, las preocupaciones empezaron a sustituir al miedo del contagio y los pronósticos desastrosos de la gente, de los expertos y de los que no tenían ni idea. Por lo que Carmen empezó a buscar trabajo desde casa por el móvil en las ETT, hablando con conocidas y amigas, indagando con cautela si sabían de algún trabajillo para poder mantenerse. Si era con contrato o sin él, le daba igual, la cosa era ganarse algo para comprar comida y pagar la maldita luz, que de paso gastaban como nunca.

Con la necesidad de dinero y la locura que era la casa todos los días aguantando hormonas en pleno apogeo y manías de viejos, se estaba volviendo una tragona de porquerías de todo tipo y tenía la tensión alta de tanta cafeína, eso sin contar con las tareas que debía hacer si no quería que la casa se convirtiese en un vertedero.

Si encontraba trabajo las demás se verían obligadas a cumplir con lo mínimo en cuestión de limpieza, eso quería pensar. Dejaba para más tarde la posibilidad de encontrarse a la vuelta del trabajo las escenas de pelos arrancados y mordiscos, de eso podía prescindir de momento.

Así que una noche cuando estaba fumando en la ventana y miraba la soledad de las calles, apoyada en el quicio y con la luz apagada, relajada en el silencio que por una vez había entre aquellas cuatro paredes, la luz del móvil se encendió y vio un número desconocido. Un poco sorprendida y preparada para enviar al infierno si era del banco, aunque la hora no acompañaba —estaba segura de que los bancos tenían espías para poder joderte el momento reclamando el recibo devuelto del préstamo—, con más genio del que realmente quería soltar, preguntó quién era y la respuesta la dejó perpleja y feliz.

Se sentó en la cama y de una pasada en la penumbra miró el que siempre fue su cuarto, se fijó en las fotos de sus hijas encima de la cómoda, de un tono color miel y se levantó para acariciar a las que un día no tan lejano habían sido dos pequeñas y que ahora estaban en el camino de convertirse en grandes mujeres.

Con el pijama arrugado y sin lavarse los dientes, abrió la sábana de la cama y se acostó, en ningún momento encendió la luz, podía ver con cierta claridad gracias a las farolas de la calle que llegaban desde el piso de abajo. Miró de nuevo la cama estrecha, la alfombra que tenía un dibujo infantil y el resto de cosas que tenía encima de la mesilla de noche del mismo color, la cruz encima del cabecero y que ya no recordaba cuándo se puso allí, pero que desde siempre la acompañaba, suspiró y se dijo que al día siguiente les daría la noticia.

Cuando cerró los ojos sonrió y dio gracias a Dios por la oportunidad de trabajo. Inquieta por no tener ni idea de hacer mascarillas, abrió los ojos de nuevo, sin querer amargarse la noche se dijo que aprendería, estaba segura de que nadie sabía hacer aquellas cosas, por lo menos ella no conocía a nadie. Con todo dando saltos en su mente, cuando el sueño llegó solo pudo recordar que no se había puesto las cremas en la cara para dormir.

Había llegado la oportunidad y los cambios que debieron ser importantes ya que se quedaron con ella. Los nuevos comienzos y la alegría para creer en los milagros. Dejar los dramas durante unas horas y conseguir un dinero que necesitaban con urgencia, sentirse libre y salir a la calle cuando nadie podía hacerlo. También llegó la valentía que no esperaba y que la llenó de fuerza y seguridad para volver a volar sin miedo.

Fue un principio incierto pero lleno de encuentros y experiencias que perdurarían, de eso estaba segura cuando conoció a Magda y Paqui, dos mujeres tan distintas en sus apariencias como sus vidas.

Eran mujeres y con eso tenían la mitad del camino hecho.

Paqui

Todas las personas que fueron llamadas para trabajar en la nueva e innovadora empresa de mascarillas, y fueron muchas, tuvieron un principio distinto. A algunas les surgió la oportunidad gracias a sus contactos, otras por amistades de compromiso y muchas más por la llamada inesperada pero milagrosa de la usurera ETT.

En el caso de aquella mujer con ciertas características de un dudoso valor entre gente sencilla, humilde y de buen hacer, resultó un tanto chocante la primera impresión y la última, también ya puestos. Se mantuvo firme en sus propósitos y nunca tuvo la menor tentación de cambiar. Dado el eterno dilema de Paqui sobre el trabajo poco glamuroso y un sueldo bastante bajo, la tentación de rechazarlo fue su primer impulso cuando su amiga la llamó a media tarde para empezar al día siguiente. Pero en cinco minutos que dedicó a mirar sus posibilidades, su piso alquilado, su economía y futuro más cercano, se le fueron las dudas en un plumazo y se prometió a sí misma ser la mejor empleada y la más arrolladora en su puesto de trabajo.

No hubo dudas de que consiguió lo primero y no por méritos propios, lo demás se quedó en aspiraciones de duquesa.

Paqui era una mujer entrada en años que todavía guardaba esa belleza indescifrable que se tiene entre la conservación del cuerpo a base de gimnasio y las arrugas disimuladas con esmero por los tratamientos de *lifting*. Con un maquillaje tan discreto y efectivo que nunca parecía ir maquillada pero lo estaba, a pesar de la norma establecida en la empresa que no lo permitía. De mediana estatura, delgada y con las tetas más sublimes que se podían conseguir con un buen cirujano. Daba la apariencia de una joven y atractiva mujer, el cabello bien tratado y el tinte de un color rubio oscuro con destellos dorados tan especial que no podía ser natural excepto de peluquería sofisticada. La ropa de calidad y los dientes perfectos, la elegancia aprendida a base de años de experiencia y los tonos de las faldas y las camisas elegantes adecuados a cada situación, incluso con la bata de trabajo. Nadie podía saber con precisión su edad, pues podían equivocarse y crearle un dolor de difícil consuelo si le decían unos años más mayor de la real, que no era otra que la vejez que llamaba a su puerta y esta le negaba la entrada.

Había conseguido el trabajo porque era amiga íntima de la encargada de ventas en la empresa y por ello se consideraba privilegiada y un poco prepotente, pero con el encanto personal y las palabras huecas de halagos se había hecho un sitio en aquella fábrica de mascarillas.

Cumplidora con su trabajo y responsable, hacía su labor con esmero y con vigilancia extendida a todas las demás, por si no hacían lo mismo que lo que su más que merecido reconocimiento debía preservar. Sus aires de grandeza y su saber estar la convertían en la compañera que todos querían imitar y que pocos querían tener cerca, pero debían ser discretos y mantener la fingida amistad que suponían entre trabajadores.

Pero la vida repartía en todas direcciones y en el caso de aquella mujer no había sido distinto. Su matrimonio aparentemente consolidado y feliz, se esfumó entre terribles dolores de traición masculina y desconfianzas de dormitorio. Consultas con los psicólogos matrimoniales y fantasmas nocturnos que la dejaban hecha un mar de dudas en todo lo que se refería a su marido. Tanto fue así, que no pudo volver a confiar en él y decidió llegar a la separación, esperando la negativa del que había sido su pareja durante veintidós años y que no llegó ni en aquellos momentos ni nunca.

Sintió tal deslealtad, soledad y un enorme sentido del ridículo ante amistades adineradas que la miraban por encima del hombro desde su divorcio, que se vio expuesta para siempre. Algo insuperable que la dejaba con la mente como un espárrago frito, ya que aparentar sentirse estupendamente era extenuante.

Con todo lo sentido y lo vivido convirtió su vida y la del resto en un infierno donde lo único que cabía era el propósito de dejar arruinado y solo a su ex, quedarse con todo y construir un nuevo futuro con los restos del naufragio. Pero los planes solían quedarse entre las hojas del divorcio y resultó que no se cumplió ninguno de sus propósitos.

El único hijo que habían tenido y ya era mayor de edad decidió vivir con su padre y en la casa que compartieron, comprada por capricho y desmedida, sobre todo con dineros ganados de la empresa familiar de su exmarido. Esta también pasó a manos del susodicho y la dejó en una situación de absoluto desamparo.

Acostumbrada a tener todo, incluidas vacaciones en el extranjero en lugares de moda, coche propio de último modelo, peluquería semanal, pedicura, esteticista, gimnasio diario, café con amigas, cenas caras y fiestas llenas de aburridos amigos con dinero, y las actividades que podía proporcionar el estatus que llevaba, fue un golpe tremendo perderlo todo por los malditos demonios que llevaba dentro.

Durante meses se reprochó no haber hecho la vista gorda ante la infidelidad de su marido, y mucho más tiempo se reprochó no haberlo matado con sus propias manos durante la siesta que consistía en ronquidos en el sofá carísimo que habían elegido para el gran salón de diseño que tenían. Nunca pensó que todo aquello podía dejarla en una situación tan delicada y sin posibilidad de pasar página. Como la puñalada que le dio su propio hijo dejándola sola y a la deriva, convirtiendo su vida en un bucle enfermizo del que le resultó difícil encontrar la salida.

Entendía que las necesidades de su hijo no podía costeárselas, pero también quería creer que el amor entre madre e hijo no se devaluaba en cuanto el dinero tuviese que administrarse sin caprichos y sin gastos superficiales, pero, con todo, le dolía como nunca pensó que podría soportar.

En los días que tenía descanso y podía hacer actividades diferentes al estrés de las mascarillas, con el problema añadido del confinamiento, se sentía demasiado sola y triste en aquel cuchitril que se había podido permitir con su sueldo. Con pocos recuerdos de su vida anterior y las pocas fotografías que había dejado encima de la mesilla de su cuarto, donde se podía percibir la felicidad que tuvo en el pasado con su hijo y la maravillosa sonrisa que lucían en aquel papel que representaba lo efímero que fueron sus mejores momentos. Cuando llegó la separación, dejó todo lo material en un arranque de orgullo y desprecio, pero en sus delirantes momentos de ira se arrepentía del gesto, deseaba volver a la casa familiar y destrozarla entera. Borraba de su mente semejantes pensamientos a base de convencerse a sí misma de una bondad que si alguna vez existió se había secado en los años de matrimonio.

Un cuarto piso sin ascensor que pintaron de varios colores anaranjados las estancias deprisa y con mal gusto los dueños, viejo y estrecho, con poca luz, que solo tenía dos habitaciones, un baño minúsculo y antiguo con el lavabo pequeño, una ducha vieja y con cortinas de plástico, algo que la horrorizaba y un salón que compartía con la cocina en un rincón y la ventana rectangular enfrente. Más que cocina parecía un pegote de armarios blancos arrinconados entre la puerta y el resto de la sala, con el sofá que le prestó su madre, usado y con los muelles flojos, de color azul eléctrico y que había pasado de moda una década atrás. La mesa elegante y de color gris marengo que compró por Internet y que no se parecía en nada a la foto de la publicidad, más dos sillas esmirriadas, y la televisión que se llevó de su vivienda anterior y que sacó a escondidas. Esperó con ansiedad que el ex fuese a reclamarla, pero no ocurrió tal cosa y pensó en lo poco que le importaba. Era un lugar bastante miserable y deprimente, pero no había tenido más remedio que claudicar si no quería volver a la casa familiar.

La cama y la mesilla se la regaló su hermana, afortunadamente el colchón era nuevo y la cama tenía buen aspecto y era lo bastante grande para dar vueltas sin caerse al suelo. El armario era empotrado y más viejo que ella, pensaba con cierto reparo cuando lo desinfectó con insecticidas que casi la ahogan. Le agradeció el regalo, pero no evitó el enfrentamiento al que estaba acostumbrada con ella. Discutían por tonterías y se gritaban en cuanto alguna de las dos se sentía ofendida. Desde que se casó con el rico marido que ya no lo era, entre las hermanas siempre hubo envidias, malos gestos y peores palabras, por lo que no quería semejante compañía en aquellos días de rabia y pobreza.

No conseguía saber qué le dolía más de todas las cosas que le habían pasado, la infidelidad, la pérdida de bienes materiales, el estatus al que estaba acostumbrada, la indiferencia de su hijo, la burla de su hermana o la tristeza de su madre cuando la visitaba. Lo único que sabía con certeza era la rabia que la comía por dentro cuando se miraba al espejo y se dejaba llevar por la pena y la autocompasión, no podía soportarlo y deseaba poder cambiar las cosas que tanto daño le habían hecho.

Olvidó lo que era tener que vivir con dificultades en sus años de juventud, con su familia modesta y trabajadora, cuando se enamoró del chico guapo y amable que la cortejó con persistencia y regalos, llegando a ganarse el amor más sincero y la devoción que nunca le tuvo a nadie, excepto a su hijo que era otro querer pero más dentro de las entrañas y que llenó de alegría el núcleo familiar. Más que nada porque no podría tener más hijos, tener aquel pequeño de ojos grandes y cabello rubio ya le había costado tratamientos de fertilidad y parto prematuro, por lo que con haberlo conseguido traer al mundo se había ganado el cielo.

Eso pensó durante años de ver crecer al niño de sus ojos y la estúpida ilusión de que la paternidad y la maternidad uniría a la pareja para siempre. Cuando recordaba esas locuras del pasado, quería darse de bofetadas.

No consiguió terminar los estudios porque decidió casarse antes de hacerlo y pensando que los retomaría después de consolidar su hogar, se dio cuenta de que no le importaban demasiado. Pero todo aquello que consideró inútil en el pasado le estaba pasando factura en el presente, dado que por falta de estudios y experiencia no podía acceder a un trabajo mejor pagado y más de su estilo. Debía conformarse con lo que tenía y dejarse de arrepentimientos inútiles.

Ya tenía suficiente con el día a día y con soportar sus propios problemas cotidianos para encima tener que recordar todo lo que pudo ser y no fue.

Pero nada borraba de su objetivo las maldiciones que cada noche soltaba metida en aquella cama que crujía en todo momento. Imaginaba todas las maldades que podía hacerle a su ex y que de haber justicia en el mundo sería castigado por el equilibrio del cosmos.

Nada de dios y su rezos inútiles, lo había intentado todo cuando llegó el divorcio y la única respuesta de dios fue la indiferencia ante su dolor y sus ruegos.

Consideró la idea de hacer pagar por todo lo pasado, presente y futuro al padre de su hijo, con artimañas mezquinas y complot delirantes, hasta que se enteró de que su ex tenía pareja nueva y mucho más joven. Fue entonces cuando lloró como una niña y se juró que cada segundo de su vida sería distinto, nunca más volvió a hablar de sus miserias más profundas y se convirtió en una mujer con carácter, un carácter complejo que en algunas ocasiones asustaba y otras muchas entusiasmaba.

Se dedicó a cuidarse, las posibilidades de ir al gimnasio eran nulas, por dinero y por falta de tiempo, sin olvidar la pandemia que cerró todo tipo de entretenimiento. Por lo que en el trabajo hacía un extra de ejercicio y se cansaba todo lo posible, llevaba cajas de un lado para otro, levantaba los rollos de plástico que pesaban un quintal, los repartía en las máquinas y mientras estaba plantada como una lechuga, refunfuñaba una y otra vez en la máquina, haciendo el trabajo de calidad aburrido y eterno, movía las piernas como si fuese un muelle a punto de saltar. Se decía que con ese movimiento se mantenía en forma, pero la verdad es que todas las que veían aquello tan extraño, pensaban que se la comían los nervios y la mala leche y con aquellas cosas tan raras se calmaba.

También se planteó adoptar un gato callejero de los que Magda disponía cientos de fotos en su móvil. Protectoras desplumadas y desperdigadas por la provincia, y que contaban historias escalofriantes de la vida que habían llevado aquellos pobres animales. Pero no le llegó la ternura en el lóbulo cerebral adecuado y se conformó con no maltratar a los que veía en su calle durante las noches de pandemia y después en las salidas de fiesta y trabajo. Se consideró más civilizada que los demás y más racional que los delirios de su compañera que tenía cuatro gatos en casa de su madre y tres perros en casa de la suegra. Con la intriga de que no había animal alguno en su propio domicilio. Pero nunca le preguntó por no empezar un largo y tortuoso discurso de justificaciones al respecto. Supuso que el amor a los animales era tan conveniente como los dolores de tripa en indigestiones pesadas, si no había más remedio se pasaban, de lo contrario se evitaban a toda costa.

No sintió la necesidad de enterarse de alergias familiares y mucho menos creer en excusas del tipo que ella misma inventaba, para no tener que reconocer el pánico que le hacía sentir un bicho con ojos grandes, mirada feroz y hambre insaciable. Nada de miedo y terror a los humanos y la vida miserable que llevaban en las calles los abandonados, eso sería reconocer que tenía cierto sentimiento de empatía con la especie animal y sería llegar demasiado lejos en sus trémulas y frágiles aspiraciones de cambio interior.

Por lo que alejó todo lo posible de su mente los discursos lagrimosos y tiernos sobre acompañantes peludos y pulgas escondidas, y se dedicó a ignorar todo lo relacionado con seres que no podían entender sus más profundos secretos. Y aunque la soledad le pesaba y la necesidad de amor era intensa, incluso para ella, que decía renunciar a tal cosa, siempre pensó que un bicho de cuatro patas no podía proporcionarle todo eso, y para hacer una buena obra, ya lo hizo en el pasado con el perro que adoptó y como un traidor se quedó con el ex.

Echarlo de menos fue una sensiblería que no contó nunca. Pero eso era otra historia.

Mientras duró el contrato laboral y aprendió como un soldado recibe órdenes a hacer mascarillas, controlar la producción y de paso amargar a todo el que tenía cerca, se mantuvo lo bastante tranquila para poder entablar conversaciones e incluso algo parecido a la amistad con otras mujeres que llegaron a la empresa. Desde el principio las tuvo en su lista de objetivos principales, más por chismorrear que por querer la amistad de aquellas pobres desgraciadas que llegaban de todas partes del mundo.

Nunca les tuvo el menor aprecio hasta que se dio cuenta de que las maldades compartidas sabían mucho mejor. Por lo que siempre estaba dispuesta a cotorrear con todas los defectos de los hombres, sobre todo los adúlteros y lo tontas que eran las mujeres, lo malos que podían ser los hijos y sobre lo último en maquillaje, peluquería y tendencias de moda, eso cautivaba a la mayoría y con poco más mantuvo amistades tan superficiales como la espuma de la cerveza, que adoraba pero no la bebía por si engordaba demasiado.

Comía poco y mal, la mayoría de las noches no cenaba, no por falta de alimento, sino por el nudo que tenía en el estómago de nervios que le impedía tragar y de paso seguir la supuesta dieta saludable de acostarse sin cenar. Decían que alargaba la vida y era buena para evitar que se aposentaran las grasas. Todo eso hubiese funcionado en caso de tener sobrepeso, pero en el de ella solo un cuerpo escuálido vivía debajo de la ropa.

No había fumado en toda su vida, pero estuvo tentada de hacerlo varias veces, hasta que recordó el pastón que habían costado sus dientes tan blancos y perfectos y se dijo a sí misma que no volvería a tener el dinero necesario para poder arreglar los desperfectos. Así que olvidó la idea y se dedicó a masticar chicle y tomar infusiones para dormir, compraba barritas energéticas a montones, llegando a poner de moda en la empresa entre compañeras el mismo sistema para mantenerse en forma y conservaba un equilibrio entre lo sano y lo estúpido con absoluta normalidad y eficiencia.

Arreglada con sus mejores vestidos y las uñas postizas que las mantenía con todo cuidado, iba una vez al mes a ver a su madre, cuando se pudo volver a salir a la calle. La casa era modesta y con un mobiliario que le causaba escalofríos y nostalgia, pues su madre no había cambiado nada en más de veinticinco años y la sensación era la de entrar al pasado más humilde de trabajadores honestos. Daba gracias de que su padre no reconociese a nadie por culpa del alzhéimer, y no hiciese preguntas incómodas sentado en un sillón que lo engullía entero y con la mirada perdida del inocente enfermo en su mundo irreconocible. Pero su madre era otro cantar.

No podía engañarla de ninguna manera, ni bien vestida ni maquillada, ni siquiera con alegría efusiva y carantoñas. Era directa como un estacazo y no le importaba lo más mínimo no tener delicadeza ni pamplinas parecidas para averiguar si su hija estaba en condiciones de vivir sola o debía llamar al loquero más cercano. Por supuesto que no se tragaba las maravillosas ideas y fantasías de Paqui, sabía que su hija era todo cuento y mucho mundo escondido, la conocía bien. Pues a pesar de los años casada y toda la parafernalia que se había montado con el marido, los amigos y las chuminadas que siempre le contó, sabía mejor que nadie sobre las carencias del que un día estuvo locamente enamorada.

Era fina, educada, amable y agradable como una brisa de verano y la belleza de la primavera, eso le decía su ex antes de que la vida se los comiese enteros. Pero su madre sabía que toda esa delicadeza y elegancia se rompía en mil pedazos cuando se le decía el nombre completo y sin tonterías de diminutivos. Por lo que para apremiarla a hablar, siempre le soltaba en voz alta lo de «Francisca, dime la verdad».

Y Paqui quería morirse, tragarse el nombre y mandar a su madre al cuerno, pero no era posible hacer tal cosa. Adoraba a su madre, la quería con todo el alma, era la única que había tenido las agallas de ser siempre sincera, desde que conoció al que fue su marido hasta mucho después cuando la vio marchitarse y vivir con tristeza.

Jamás se guardó para sí las opiniones de su vida inútil y frívola, de su hijo consentido y egoísta, del ex que la tenía como un florero en la bonita y enorme casa que compartían, y sobre todo le recordó durante años que no sería feliz con aquellas cosas de mentiras evidentes y ropas caras, si vendía su corazón por todo aquello, pronto se sentiría sola y perdida entre tanta basura.

Pero Paqui no quiso escuchar nunca, se convenció de que su vida era fantástica, que no era necesario hablar de cosas serias ni de sentimientos sinceros, esas cosas se las dejaba a su hermana que tenía un marido sindicalista y se sentían unidos y felices a pesar de las estrecheces económicas y del eterno problema con el trabajo y los hijos.

Su cuñado nunca le había sido infiel a su hermana y hasta ella misma era consciente de eso, seguían enamorados después de muchos años juntos y se respetaban, algo de lo que ella careció durante su matrimonio. Supuso que la que tenía celos no era su hermana sino ella misma al ver cómo dos personas podían quererse, cuidarse mutuamente y pasar calamidades sin dejar que todo eso destruyese la pareja, quizá por eso no soportaba que la hermana llegase con los problemas de la vida pero la mirada limpia y serena, confiada y tranquila al saber que siempre tendría a su lado el amor. De una manera cínica y desechable se planteaba muchas otras opciones.

O que no les llegaba el tiempo para discutir, entre problemas de dinero y fandangos con las empresas que los querían estafar. No sabía qué pensar, en su experiencia, no existía la pareja perfecta y su hermana parecía el ejemplo de unión. Sonreía al imaginar que podía ser que lo que les hacía seguir juntos fuese ser camaradas en vez de enamorados o que el estrés no los dejase ver la realidad cotidiana. Cuando no quería sentirse peor de lo que normalmente se sentía, dejaba de imaginar líos sobre otras parejas y se centraba de nuevo en la venganza que algún día llevaría a cabo contra su ex. Hasta que volvían los remordimientos con la familia.

Sí, estaba viendo por primera vez que había distorsionado muchas cosas durante años, que no se soportaba ni ella y menos comprendía el porqué.

Recordaba con claridad los comentarios de su ex sobre lo pobres y estúpidos que eran su cuñado y su hermana. Como también recordaba las carcajadas que ello le causaba, las mofas y burlas que se decían indirectamente en Navidad y otras reuniones familiares, donde los primos no se hablaban porque no se soportaban, la tristeza en la mirada de su madre y las ganas de que pasara rápido y marcharse de fiesta con amigos en el selecto club que abría en Nochebuena para los socios, donde lo único que hacían era beber hasta quedar idiotizados.

Quizá la vida le estaba pasando factura porque no podía recordar cuándo se convirtió en un ser tan egoísta, sin más misterio en su interior que la cita con la peluquera y la constante lucha por mantener su cuerpo en forma juvenil y de apariencia perfecta. Se había negado a sí misma la madurez que exigía al resto y se sintió una triunfadora cuando los demás fracasaban en cualquier cosa que los hiciese mejorar y prosperar.

Todo ello lo pensó durante mucho tiempo y abrió los ojos al mundo como un recién nacido cuando las cosas que debió valorar las desechó y las que debió olvidar se quedaron para siempre. Culpó de todo a su ex, por supuesto, se dijo a sí misma que no había sido tan mala, que tenía conciencia y compasión por los demás. Hasta adoptó un perro callejero en la protectora y quedó como una reina delante de las amigas postizas con las que salía a tomar café durante los días de la semana y a las que contaba sus últimas adquisiciones de ropa cara y chachas de usar y tirar. Sí, todo aquello era lo más íntimo y profundo que había hecho con las amistades que encontró durante los años de matrimonio.

Cuando llegó la pandemia y el confinamiento, ya divorciada, no pudo ver a su madre durante meses, ni a nadie en realidad.

Sin darse cuenta echó más de menos al perro que se quedó con el hijo y el ex, que al resto de personas con las que solía relacionarse. Como también echó en falta las conversaciones crudas y sencillas de la madre y los abrazos que solía darle cada vez que la visitaba. De vez en cuando, muy de vez en cuando, tenía ganas de ver a su hermana, oír sus continuos sermones de justicia social, de crueldad en la sociedad, de lo esenciales que eran los valores en los jóvenes y muchas cosas que no quería recordar, más que nada porque no lo entendía que por hacerle la puñeta, se dijo con firmeza cuando le entraba el sentimiento de haber hecho muchas cosas mal.

Pero las costumbres eran algo de arraigo en las personas y más de una, dos y trescientas veces se vio en el papel de diva y mujer elegante, poderosa, empalagosa y aparentemente idiota, que se dejaba llevar por el ego, la vanidad y las mentiras. Y volvía a empezar el camino de las amistades tontas, las falsas sonrisas y el cotilleo como tema de profundidad emocional.

Así que continuó el mismo juego que tenía antes del divorcio, pero con la gente humilde y sencilla que tenía como compañeras de trabajo. Solo se permitió la diferencia de no volver a subestimar a nadie, más por la intuición de que podían darle un buen guantazo que por respeto humano, pero las sorpresas no habían terminado.

Eso pensó cuando conoció a Carmen y a Magda, las miró con cierta sospecha y con el antiguo sentimiento de superioridad que había intentado desterrar, pero que se negaba a abandonarla, por lo que con una más que fría y postiza sonrisa las ayudó a entender el difícil y complicadísimo proceso de hacer mascarillas para el mundo.

Todo iba bien, pensaba Paqui durante los insulsos comentarios que soltaba de vez en cuando con sonrisa irónica disimulada con la mascarilla, hasta que Carmen la miró un par de veces y sin ningún miramiento le dijo dos burradas sin filtro ni delicadezas. Así se dio por empezada la confusa relación de pronóstico reservado entre ellas. Después de varias semanas compartiendo la responsabilidad de la producción y demás trabajo, explotaron en sus más que conocidas facetas de fieras impacientes y todo fue un circo de payasadas que dejaron las cartas sobre la mesa de una manera desordenada que nunca dejó de sorprenderlas. Sonriendo con satisfacción, Carmen en muchas ocasiones soltaba sus extensos argumentos, con su típica sinceridad, algo que dejaba mudas al resto de compañeras toda la jornada, y con el tiempo llegaron a conocerla tan bien que podían percibir cuando se le calentaba el cuerpo y estaba a punto de explotar como la olla exprés, por lo que algunas veces pudo evitarse alguna que otra discusión estúpida, palabrotas, groserías y muchas cosas más que se tragó por pura necesidad. Todo tenía un límite.

Mal irían las cosas, se dijo Paqui ante las demostraciones de mal genio de Carmen. Pero experta en disimulos y en el arte de la mentira, ponía su mejor expresión de concentración ante la tarea nuclear que tenía por delante y seguía a lo suyo, que no era otra cosa que ignorar al resto.

Parecía que los astros se hubiesen unido para fastidiarla, pensó Paqui cuando tuvo dos compañeras en máquina durante meses. La ponían de mal humor al principio, cuando no le reían las gracias y no había halagos directos a su persona, pero después le sirvió para conocer por primera vez la amistad sin tapujos, sin pretender ser algo que no era, con los defectos y virtudes de cada uno y que eran inevitables.

Fue una experiencia de lo más enriquecedora y fructífera, eso en el mejor de los casos, en el peor podrían llegar a darse de bofetadas, pero un asunto como el trabajo, el sueldo, la necesidad de mantener la esperanza y la estabilidad fueron clave para que se formase un nuevo propósito entre aquellas mujeres.

Amigas hubiese sido decir demasiado, pero compañeras de problemas, decepciones, esperanzas, enfados y muchos momentos amargos, lo fueron. Sin duda que sí. También las alegrías y los abrazos llegaron, y los atesoró en lo más profundo por no saber cómo sentirse con algo tan frágil como los buenos sentimientos.

La pandemia la cambió de manera discreta pero firme, el trabajo y la convivencia entre aquellas personas le devolvió algún sueño perdido y por primera y única vez, se sintió una mujer valiente y orgullosa de sí misma.

Magda

En el caso de la inteligente y aburrida mujer de poco más de metro y medio, con la piel pegada a los huesos —tanta era su delgadez— y las cuatro canas libres en su cabello corto y rizado, de delicadas manos y uñas cortas sin manicura, que parecía un poste sin atributos femeninos y más similar a un muchacho que a una mujer entrada en años con dos hijos paridos sin cesárea, la sonrisa era uno de los pocos atributos que se podía considerar hermoso. En la sonrisa tierna y grande, disimulada la mayoría de veces por vergüenza de los dientes que tenía, demasiado separados, se podía percibir un ser humano sensible y de alta precisión en el arte de observar al resto. Sobre todo por los enormes ojos negros con tupidas pestañas y de amplificada mirada que atravesaba el corazón tanto a personas como a animales desvalidos. Eso lo descubrieron con el tiempo sus compañeras, otras cosas no las entendieron nunca.

Le llegó el trabajo de manera inesperada, por la llamada de la ETT a la que se había apuntado unos días antes, sin más preguntas que si estaba dispuesta a trabajar, sin descanso y sin preguntas. Dada la situación de Magda y la necesidad económica por falta de trabajo de su marido, la pandemia que los había dejado sin recursos, no lo dudó ni un instante y doce horas más tarde empezaba lo que fue un largo recorrido lleno de buenas intenciones, que como todos sabían ese camino iba directo al infierno.

Llegó al mismo tiempo que Carmen al nuevo futuro de mascarillas. Una mujer que dejó a Paqui tan sorprendida como espantada. Con solo mirarla se sabía que no iba a la peluquera ni se maquillaba, ni le gustaba el chismorreo ni las bromas pesadas. ¿Qué tenía aquella mujer anónima, delgada, aparentemente frágil, con el pelo corto, la sonrisa torcida y los enormes ojos negros llenos de esperanza?

El tiempo dio todas las respuestas a cada pregunta y curiosidad que sintieron las demás, pero antes debían comprender el carácter de Magda.

Convivir con ella en el trabajo, mantener conversaciones y ser lo bastante educada y respetuosa con las demás, se convirtió en un reto para todas.

Magdalena era atea y su nombre le resultaba del todo inapropiado, por la fama y la ironía que conllevaba. Nunca se lo reprochó a su madre y tampoco tuvo la confianza con ella para preguntar. Pero dado que su madre lo había hecho con la mejor intención y sus creencias le hicieron llevar a cabo semejante cosa, solo dejó que la llamasen Magda. No se cambió el nombre por otro con más estilo, eso y que le importaba poco lo que pensaran los demás, sin olvidar su insistencia en que el nombrecito nada tenía que ver con ella.

Llevaba casada más de un cuarto de siglo con el mismo hombre del que se enamoró a los dieciocho años. Se sentía satisfecha con su vida, la relación con su marido y los dos hijos que tenían. Por lo menos en apariencia. El mayor era un cabra loca que gastaba y pedía más que el gobierno, porque no tenía ni pies ni cabeza en todo cuanto hacía, y el pequeño, un estudioso friqui de la vida, se dedicaba a estudiar sin descanso y le gustaban cosas tan extrañas que al resto los dejaba mudos de asombro.

Aseguraba que habían heredado el carácter materno y que nada podía hacer para cambiarlos, ambos eran mayores para decidir por sí mismos, pero no tanto como para echarlos de casa y que se ganaran la vida por sí mismos, eso y que no lo tenían fácil en los tiempos de crisis primero y en la pandemia después.

Y que los quería a rabiar, tanto que sentía su corazón latir como una locomotora si los perdía en el proceso de vivir. Con tanto entusiasmo los amaba que nunca pensó en todas las equivocaciones que la vida le llevó a su puerta y las consideró imprescindibles. Justificaciones erróneas y reproches fuera de toda lógica, eternos miedos y la sensación de haber sido un fracaso absoluto en su vida privada como madre y mucho después como mujer.

Parecía moderna en sus discursos, pero llevaba arraigado en el alma la perpetua apariencia del decoro.

Se sentía querida después de tantos años de convivencia, sobre todo porque hacía oídos sordos a todo lo que no le gustaba y se dejaba llevar por el romanticismo, las novelas del corazón y las frases del Facebook sensibleras, siempre y cuando no lo relacionasen con ella, pues la vergüenza sería un factor importante de desequilibrio emocional irreparable. Por lo menos en los primeros años de su matrimonio que no existían las redes sociales y la imaginación sustituyó a la decepción .

Y porque devoraba libros como si fuesen el sentido de la vida misma, viajaba entre páginas amarillentas y reflexionaba sobre otras culturas y conciencias, algo mágico y maravilloso para que le importase la vida real y cotidiana.

Su vida siempre había estado llena de preocupaciones que nadie entendía y que nadie quería entender, excepto su marido con el que compartía algunas cosas más por costumbre y evitar eternos debates, que por creer en soluciones posibles.

Era una defensora del medio ambiente, animalista, vegetariana, creyente de la bondad humana y lo más importante de todo es que creía en la paz mundial y en que toda vida era importante. Indiferente a la especie que fuese y las manipulaciones del mundo capitalista, cruel y despiadado en el que vivían, se ganaba el respeto de todos con sus sencillos gestos de humildad y sencillez, y un aburrimiento que todos disimulaban con fingida cortesía. Sin ser pretenciosa y sin juzgar a nadie, excepto si le tocabas las narices y alguien se comportaba como un gilipollas con seres más débiles y desprotegidos, humano o no, era cuando llegaba al punto de no retorno, sacando el genio de mil demonios que llevaba dentro y que hacía de ella un adversario formidable, concienzudo y de proporciones infinitas.

Pocas personas la vieron sacar ese don de la palabra para destrozar a alguien, pero si llegaba el caso nadie quería ser su diana, ni su enemiga, ni siquiera su compañera de trabajo.

Sobre todo porque sus charlas entre compañeros durante la jornada de trabajo, solían ser un coñazo por lo extensas y merecedoras de un premio al comprimido entusiasmo que ponía en ello, pues nada dejaba al azar sobre la contaminación del aire, la injusticia con los animales, la explotación infantil y la poca vergüenza del poderoso que hacía de la vida de los trabajadores una auténtica porquería.

Acusaba al humano de la avaricia y del destrozo al planeta, de la ignorancia que se extendía como una plaga y de que la humanidad estaba condenada mucho antes de que el bicho que se trasmitía por el aire llegase a sus hogares.

Salían desde dentro las más poderosas palabras y el más genuino dolor y desprecio por la maldad que se adquiría y se perdonaba sin más castigo que la aceptación de lo inevitable, algo que la dejaba exhausta y sin esperanza durante un tiempo.

Pero todos aseguraban que debía tener unas pilas de recambio porque no cambió ni un ápice todas las afirmaciones y decisiones que llevó a la empresa de mascarillas y que defendió, con orgullo, durante todo el tiempo, una y otra vez, sin dejarse manipular ni por ello discutir con idiotas, algo que solía pensar de muchos compañeros que la acompañaban en aquellas circunstancias.

Abierta siempre para un buen debate y la tolerancia que decía llevar consigo, aceptaba la opinión de los demás con tranquilidad, aunque muy en el fondo refunfuñase de lo bobas que solían ser las personas ciegas y sordas al desastre que era el mundo por culpa de las gentes indiferentes.

Solía decir que no los mataría el bicho, los mataría la indiferencia al dolor ajeno y la codicia del estúpido que contaminaba el agua que se bebían, toda una charla que nadie quería escuchar y que nadie quería entender, con sus vidas renqueando ya tenían suficiente.

Magda fue una niña querida y estudiosa, confidente de sus hermanos pequeños y con la conciencia de los viejos. Llenaba su casa de vida, el ojito derecho de su padre y el orgullo de su madre, más por ser la única chica que por méritos propios.

Terminó los estudios y se enamoró del que era su marido, mantuvieron un noviazgo de varios años y decidieron casarse cuando los padres dieron el visto bueno y tuvieron el piso decorado con los muebles más estilosos, la cocina más moderna y los baños de última moda en un cóctel de cortinas elegantes, de colores pálidos y sofás a juego. Todo en su vida había sido clásico, conservador y equilibrado, fue por eso por lo que nunca comprendió nadie de dónde sacó el amor a los árboles y las flores, los perros y los gatos, los caballos y los toros, a los animales en general, los drogadictos y los borrachos y a todo aquel que fuese pobre y no tuviese dónde caerse muerto.

La madre de Magda llegó a pensar que sus creencias religiosas le habían alcanzado de pleno, no por haberla obligado a tomar la comunión o casarse por la iglesia, sino más bien por confundir la fe en dios con el desprendimiento de cosas materiales, sobre todo cuando le llenó la casa de gatos. Más de una vez se vio tentada de explicárselo, pero no lo hizo por miedo a recibir un sermón sobre la bondad y la decencia que no salía de las paredes de la iglesia.

Debía reconocer que su hija tenía razón, por lo que calló en muchas ocasiones y rezó muchas otras para que su hija no se arruinase dando demasiado a los más necesitados. Hacía donaciones cuando podía a las ONG, ayudando a los vagabundos que veía en las calles y recogiendo bichos en todas partes. Solo tenía confianza en que el yerno pondría fin a todo lo que fuese desproporcionado. Por lo que las conversaciones con él se hacían difíciles cuando se encontraban en la mesa los domingos de paella y debía disimular la curiosidad que le causaba la actitud de ambos, pensando que debía quererla mucho si soportaba el carácter y las manías de su hija.

Afortunadamente ninguna de aquellas excentricidades llegó a los hijos con la euforia materna, eran más sensibles que muchos otros chicos de su edad, pero nada de proporciones preocupantes y delirantes como la madre, con eso se sentía satisfecha la abuela, el abuelo, los hermanos y el padre. Todo un logro que dejaba dormir tranquila a la familia.

Pero Magda era intensa y eficaz incluso cuando no quería serlo, por lo que siempre tuvo la oportunidad y la sensatez de ayudar hasta cierto punto, había cosas que solo se podían arreglar cambiando el cerebro del implicado y eso no estaba en sus manos.

Tenía muchas manías que dejaban a su marido con la sensación de vivir de prestado. Le gustaba guardar todo, y con todo significaba cualquier cosa que le resultase bonita, entrañable y la llenase de recuerdos nostálgicos. Por lo que la ropa de bebé de sus hijos la guardó como un tesoro, los juguetes también, papeles y dibujos de su infancia y adolescencia, libros antiguos y un sin fin de trastos, los trajes de novios que estaban en una enorme caja de cartón que se deshacía solo con mirarla, pero se negó a tirarla bajo amenaza de marcharse de casa si lo hacía su marido.

Llena de complejos absurdos, por delgadez, su baja estatura, por los dientes que nunca llegaron a juntarse del todo y por lo grandes que tenía los pies, era una mujer con pocos atributos femeninos y consideraba inútil intentar cambiar su imagen con postizos y tacones altos. Tuvo que reafirmase durante muchos años de juventud la indiferencia al aspecto físico, nunca le resultó fácil pero consiguió sentirse bien con su propio cuerpo. Nada le hacía pensar ni imaginar cuánto cambiaría su criterio en el futuro, y la liberación que llegó cuando supo disfrutar de las cosas más simples dejando que llenase su esperanza la vida que decidió tener.

La felicidad se la proporcionaba su marido con amor y encuentros carnales bastante sosos, con romanticismo y flores en el desayuno, lo que terminó antes de que llegase el aburrimiento y se dio por perdida la costumbre. Pero el equilibrio a tanto sentimiento era la falta de conversaciones profundas, de filosofías eternas, la carencia de acuerdos familiares entre los hijos, el padre y el antiguo criterio de la figura masculina de orden y mando. Una constante lucha entre la modernidad y la tradición más conservadora. Por lo que Magda se dedicaba a dar sermones de carácter alternativo que dejaban al resto estupefacto y no le hacían ningún caso. Sacaba equilibrio donde solo quedaban dudas y se sentía la reina del país incomprensible que era su casa, y hablaba hasta quedarse afónica con todos los miembros de la familia para llegar a entenderse. Ignoraba a conciencia la ineficacia de sus métodos para la paz familiar y refunfuñaba con desagrado cuando alguien de la familia le recordaba sus palabras.

Su ropa solía ser un conjunto masculino de pantalones y camisetas anchas, dejando de lado las curvas que decían importantes. No dejaba que las tendencias del nuevo siglo abarcasen demasiado, era importante sentirse bien, por lo que siempre se mantuvo en el lugar de la insignificante mujer que no molestaba y que pasaba desapercibida.

No había nada más irreal que creer eso de Magda, solo con estar diez minutos de sus vidas con aquella persona los demás comprendían que nada volvería a ser igual. Sobre todo los que no tenían más remedio que pasar ocho horas con un ser que sabía poco de mucho y nada de todo, pero dejaba una reflexión inesperada que nadie podía ignorar por mucho tiempo.

Le causaban mucha curiosidad las chicas que solo tenían perspectiva de la vida con fotos en las redes sociales, casi sin ropa y maquillajes como caretas de carnaval, las imágenes más llamativas que podía imaginar alguien como ella que no creía importante la apariencia y la necesidad del que se creía superior sin más motivo que la indiferencia del valor personal, la educación, la autoestima y el carisma que hacía diferentes a cada uno.

Pero como todo humano, ya que no tenía muy claro si los animales sentían algo parecido excepto dolor y soledad, amor y alegría, la idiotez y el ego era cosa de las personas sin duda. Tenía su propia experiencia y sinsabores que no quería confesarse ni a sí misma. Solo en los momentos de reflexión sobre su futuro, la vejez que le llegaba demasiado pronto y las necesidades más profundas le hacían sentir perdida y confusa, preguntarse una y otra vez si valía la pena tanta lucha, tanta condescendencia y los resultados de una sociedad que se iba a la mierda sin remedio.

El millón de preguntas que se hacía y las charlas con los libros que leía sin cesar le hacían pensar en todo cuanto quería conocer y vivir, se le antojaba demasiado pequeño el mundo para tanto dolor, tanto amor y tanto desastre. Así que no tenía más remedio que seguir y continuar con las medias verdades y negar las mentiras que se decían todos los días en todas partes.

Pero la vida, que era impredecible, y los caminos del señor inescrutables, como diría su propia madre, le dieron tantos dolores de cabeza como alegrías inconfesables.

Por un lado tenía sus propios demonios, que no eran otros que la difícil convivencia entre familia y la soledad más escandalosa y evidente. También la sociedad tóxica, enferma de dolores imaginarios y carencias que podían cambiar de manera equilibrada y saludable, pero que la poca reflexión por el futuro del que llegaba y del que no podría escapar de la basura existente en aquel planeta redondo con maravillas poco valoradas —así como la continuidad de porquerías con vistas al mar contaminado no dejaría que fuese un paraíso—, hacían imposible el cambio de rumbo y la esperanza, que es lo último que se pierde.

Pero todo aquello dejaba siempre una noche de pesadillas y poco sueño reparador por lo que tuvo que tomar decisiones al respecto.

Dejó de creer en la gente y confirmó en su fuero más íntimo que el ser humano era tonto, mentecato, absurdo y demoníaco en todas sus facetas. Las dudas y reproches llegaron cuando reconoció que pertenecía a la especie humana y como tal debía ser portadora de miserias incuestionables en el ADN del que se consideraba el amo del universo.

Por supuesto que todos aquellos pensamientos y profundas creencias no eran todo cuanto la dejaba vacía y con sentimientos encontrados, sobre todo cuando le caía encima la crudeza y la simpleza de la sociedad, con las pocas excepciones que surgían de las casualidades del momento, pero que no podía evitar cuestionar.

Conseguía calmar inquietudes centrándose en lo cotidiano y sencillo. Sin más pretensiones que dejar que el tiempo y los días tristes se fueran con solo cerrar los ojos.

Solía desperdiciar mucho tiempo en arreglar los armarios de los hijos, algo que molestaba a todos y causaba muchas riñas entre ellos, pero que no podía evitar al creer que con ello hacía la función imposible de conocer las profundidades del carácter e inquietudes de su familia.

Su casa era su territorio, paseaba por las habitaciones y miraba debajo de las camas, controlaba los baños con ojo crítico de científico y se dejaba la piel en la limpieza a fondo de una casa que lo más sucio que tuvo nunca fueron los silencios.

Extrañas actitudes tenía con casi todo en su casa, no perdía ojo a todo lo que se compraba y se comía, pero dado su carácter callado y enigmático dejaba la duda al resto de saber si percibía algo que no fuese los cuentos eternos de sus queridos libros. Una ingeniosa tapadera para hacer pensar a los demás de la indiferencia estudiada y la ingenua expresión que solía utilizar.

Por lo que nadie, ni siquiera su marido, era capaz de conocerla en su total envergadura, como mujer y como persona independiente, inteligente, perseverante y manipuladora.

Durante años tuvo la esperanza y la fuerza para creer que la vida le daría oportunidades para mejorar su economía. Su talento en los estudios y prosperar en el ámbito de los funcionarios, presentarse a las oposiciones una y otra vez, para todo tipo de convocatorias en puestos de distintas instituciones, aferrada a la idea de que podía conseguir un trabajo estable, bien pagado y bien reconocido. Pero nada resultó como ella esperaba y la decepción le pasó factura sin remedio, dejándola con la sensación inevitable y duradera del fracaso que llegó tarde y con las garras para quedarse.

Pero los conflictos internos los mantenía entre pecho y espalda, con la risa del cansancio y la ironía del perdedor. Nadie fue capaz de distinguir la pena de la resignación y la vida continuó con rutinas de silencios entre lágrimas solitarias.

Debía ganarse la vida y odió con toda su alma muchos de los trabajos que hizo para contribuir a la economía familiar, mientras criaba a sus hijos. Pero nunca dijo nada en voz alta y lo tapaba con bromas los días de fiesta y de cenas en casa con amigos y su pareja. Los comentarios siempre fueron de sospechosa aceptación de las situaciones que se presentaban en la vida y la posibilidad de tomarse las cosas desagradables con cierta filosofía. De lo contrario podía verse perdida entre locuras imparables que salían de lo más profundo.

Llevaba muchos años arrastrando la soledad que le dio una vida de rutinas inútiles, vacío con la relación de pareja y la incomprensión de los hijos, un dolor por lo perdido y nunca olvidado. Sin poder compartirla con nadie, ni su marido podía llegar al recóndito lugar donde guardaba la pena y la impotencia. No consiguió dejar de sentirse perdida y el mundo donde quería vivir era un caos lleno de estropicios, consumismo, mentiras de película y fantasías de mansiones con mujeres de tetas grandes. En esas cosas no se hacía ilusiones, todo ser tenía sus misterios, ella no consiguió nunca conectar con el resto y menos con su marido. Un cambio y futuro que nunca llegó y familia perdida sin posibilidad de recuperarla.

Sobre todo era una forofa del chocolate; en casos de crisis serias y con resultados inesperados, solía ir al supermercado y comprar una cantidad desproporcionada de dulces, galletas, pasteles y demás chucherías, todas con revestimiento de cacao. Se encerraba en su habitación y se daba el atracón más grade que se podía recordar. Todo ello en silencio y con puertas cerradas bajo llave.

Solo compartía sus tesoros si la descubría alguno de sus hijos y sobre todo como soborno al silencio que se daba por hecho al aceptar la corrupción del dulce.

No había cosa que disfrutase más que conseguir divertir a los demás, siempre y cuando, no fuese a costa de los animales, los débiles, los niños, los ancianos y demás criterios personales. Por lo que bromear con ella era como poco complicado, y solían surgir conversaciones sobre política, contaminación y un sinfín de temas que solían aburrir pronto al resto y las bromas se dejaban para los recuerdos de infancia.

Como casi todas las mujeres tenía un don especial para hacer llegar sus inquietudes a los demás con certera puntería, y se lo pasaba bien al comprobar que no todos eran inmunes al problema ajeno y el escaso consuelo que daba saber que no estaba exento de dolor nadie de este mundo incierto.

Pero como toda persona nacida en aquel caos, también tenía sus secretos y sus remordimientos, no le gustaba recordar los momentos más frágiles de su pasado, pero llegaba la hora inevitable de las críticas personales y el reconocimiento de sus más íntimas necesidades. Los consideraba errores de las circunstancias y se calmaba pensando que la mentira formaba parte de la vida, de manera intrínseca al ser que era y que todo cristo podía comprender. Eso si llegaba el día de las confesiones, de lo contrario sus secretos se irían con ella.

Secretos que no conllevaban la muerte encima, pero sí un largo camino de equivocaciones en los afectos y confidencias aireadas entre conocidos. Algo que siempre la dejó con los nervios de punta, pero que terminó ignorando y confió en que la vida borrase las huellas de sus errores.

Añoraba una vida de paz y que las calamidades que le llegaron sin remedio, fuesen anécdotas que se contaran en el futuro de los nietos y fiestas familiares. Pero no dudaba ni por un instante que había ciertas cosas que solo serían suyas y de nadie más, sobre todo porque nunca tuvo un confidente con quien ser sincera y porque la vergüenza era su bien más oculto y el más inesperado.

Tampoco tuvo amigas de las que se acompañaban en situaciones de histeria, risas nerviosas, comprensión de lo absurdo, juventud despreocupada, borracheras de madrugada y novios adolescentes.

Se pasó toda la vida estudiando, con el novio correcto y conservador, evitando cualquier situación de escándalo, haciendo lo que se esperaba de ella y dejando que los demás tomasen las decisiones, algo que le causaba más rabia y furia contra sí misma que con el resto. Por lo que nadie de su entorno podía entender las nuevas manías de Magda cuando le llegó la madurez y la serenidad que da la experiencia, supuestamente, y se dedicó a hacer de sus vidas un circo lleno de reproches, ironía en las reuniones familiares, bromas elaboradas de dudosa diversión, negativas al comportamiento más educado y, sobre todo, a explotar delante de quien fuese sin importarle un rábano lo que pensaran de ella.

El más pequeño de sus hermanos tuvo una ligera idea del nuevo ser que era Magda y no pudo comprender que la exquisita familia a la que pertenecía no le diese alegrías y satisfacciones para calmar aquella sed de sentirse viva. Comprendió que nada podía llenar el vacío y la soledad que llevaba dentro.

Sobre todo por las interminables charlas de teléfono que tuvieron durante meses, a petición de su madre, después el tema lo aburrió y dejó de llamarla.

Solo ella era capaz de entender la necesidad de salir en busca de algo nuevo diferente y que llenase los rincones de una vida que se había apagado antes de encenderse.

Quería ser rebelde con todas sus fuerzas, necesitaba la adrenalina que durante años convirtió en mentiras, y desde luego necesitaba la franca sonrisa del que suele ser el cómplice de todas sus locuras. Pero en cuanto ponía los pies en la tierra, se daba cuenta de que estaba sola, que no existía semejante complicidad y que la rutina se comía con ansias todo cuanto quería recomponer de los trocitos que quedaban de la esperanza.

Sus días se convirtieron en monótonos y fugaces momentos de evasión con las amigas del trabajo, que no eran tan amigas, pero que tapaban sus miserias personales, las intrascendentes charlas de las desgracias ajenas. Las penurias del resto le hacían entender que no solo sufría ella con las mentiras que cada uno se contaba, y se hizo adicta a esas pequeñas reuniones que solían terminar hablando de cremas, maquillajes y hombres con dinero que eran tontos de remate.

Otros sin dinero también tenían el don de la estupidez, pero se disculpaban con el título de buen trabajador o buen marido, pensaba Magda con ironía.

El trabajo que había conseguido en aquella empresa de mascarillas solía ser aburrido y de poco interés intelectual, pero para Magda se convirtió en la fuente de nuevas experiencias y de temas tan interesantes como difíciles de comprender. La infidelidad, los amoríos entre hombres y mujeres mayores que se comportaban como niñas y las críticas al resto. Moda, restaurantes de comida sosa y mucho postín, adelgazar en tres días los que se había engordado en seis meses, los tacones adecuados para la ropa más sexy, la manicura y la sombra de ojos eran de lo más entretenido para una mujer que se había pasado toda la vida manteniendo la apariencia recatada, el decoro y la hipocresía como principal sustancia de la olla que resultó su vida.

Cuando llegó la pandemia, también llegó el momento de las pérdidas, no podía visitar a sus padres por pura precaución. Sus hermanos vivían en la otra punta del país por el trabajo que realizaban, y cuando llegó el confinamiento no pudieron volver a casa. Eso y que tenían sus amigos y parejas en el lugar donde se habían instalado, nada de bodorrios y caretas sociales, o sea todo lo que Magda no tuvo y que admiraba y envidiaba a partes iguales.

Solía llamar por teléfono a sus familiares y preguntar si continuaban sanos. Y durante semanas aquello la hizo sentir bien, hasta que el cerebro se recalentó y empezó a llamarlos para despotricar por la vida de mentira que tenían todos. Y todos pensaron que era el resultado de la pandemia y el confinamiento y nadie se sintió ofendido. Y si lo hicieron se guardaron los comentarios bajo llave.

El miedo siempre fue la compañía no grata de todos en aquellos tiempos y la certeza del cariño que siempre existió, eso se decía una y otra vez cuando le entraban ganas de huir al monte más alto y gritar con fuerza la miseria que corroía su vida y que no era precisamente por el bicho que contagiaba a todos.

Largos silencios y soledad entre los suyos. Desconocidos de años muertos con algún toque de color para no dejarlos enterrados. Así se sentía Magda en las horas que su trabajo monótono y aburrido, congelada de frío en invierno y fatigada de calor en verano, le daban tiempo para imaginar cada capítulo de su vida como debería haber sido, no como era en realidad.

Pero las cosas nunca eran como debían ser y eso sencillamente significaba que nada estaba perdido. Por lo que en un arranque de hormonas menopáusicas, locura tolerada por las circunstancias y la esencia más poderosa que era la vida, salió de su caparazón y dejó a todos boquiabiertos.

Empezó a salir con sus compañeras de trabajo en la hora del almuerzo y se volvió la más chismosa de todas. Le prestaron faldas cortas y no se inmutó cuando se miró al espejo y las piernas que se veía en el reflejo eran dos palillos con las carnes fofas, un poco peludas y más blancas que la nieve. Se sintió satisfecha y no le dio más vueltas. Quiso comprar sujetadores con relleno, pero no pudo porque no llegaban los pedidos y el mundo estaba en hora cero. Blusas ajustadas, zapatos de tacón, todo quería renovarlo y comprar, pero tuvo que esperar tiempos mejores y fue a la peluquería que por un milagro divino el gobierno había decidido dejar abiertas.

Todo aquel despliegue de apariencias y de búsquedas por Internet, casi como si fuese un sacrilegio pues no había reparto más que de lo imprescindible y para ella lo era, solo sirvió para ir vestida en casa como la mujer segura que quería ser y nunca fue. Sobre todo porque no podía salir y lucir su nuevo yo. Por lo que su marido, los hijos y los padres llegaron a ignorar y morderse la lengua con más fuerza de voluntad que otra cosa. Los nuevos atuendos y las nuevas ocurrencias no pudieron evitar los enfrentamientos sobre las absurdas explicaciones que les dio y que no llegaron a comprender.

Se dedicó a ir al trabajo con prendas prestadas, mayas ajustadas, camisetas ceñidas y le gustó la comodidad que proporcionaban aquellas ropas modernas y juveniles.

Como todo lo que quería cambiar, le llegó tarde y lo hizo a trompicones, le resultó difícil ingerir las barritas energéticas de las que se contaban maravillas, pero que ella solo notaba los retortijones en las tripas que sentía en cuanto se levantaba por las mañanas, eso y que nada le quitaba la tristeza que llevaba como un fardo en el alma.

Sorprendida por la actividad que disfrutaba como nunca en toda su vida, cuando llegó el momento de salir de casa, Magda cogió el camino de fiestas con amigas, cafés eternos y revistas de cotilleos de lo más entretenidas. Solían empezar por un café y terminaban con las cervezas y los bocatas de atún, alargándose en la madrugada y llegando a casa tambaleante como un flan, pero sin dar más explicación que la necesidad de vivir, por lo que su marido hacía de tripas corazón y se callaba, lo que explotó con el tiempo.

Resultó que en aquella vida de trabajos miserables, de momentos difíciles, economías desastrosas, soledades inconfesables, envidias mal disimuladas y un millón de sentimientos humanos que existían desde tiempos inmemoriales, había una cierta complicidad para los pozos oscuros y tristes que acompañaban al mundo entero y que todos podían comprender, compartir y disculpar.

Algo que nunca le hizo olvidar su más íntimo sentido de la injusticia y maldades humanas, pero que las compañeras toleraban con cierta compasión y poco entendimiento del mal que llevaba aquella mujer de manera inexplicable sobre sus hombros.

Causó en el núcleo familiar muchas y variadas escenas de enfrentamientos entre hijos y esposo, incomprensibles para los padres y palabras más duras que menos, pero que la dejaron con la sensación de haber pasado los últimos años entre trogloditas. Otras muchas veces reconocía que la desconocida era ella y que los demás no sabían dónde meterse, pero no le importó en absoluto y dejó que todo transcurriese como algo inevitable, y posiblemente lo era, se confirmó a sí misma.

Y como a muchas mujeres de su edad y cultura discreta, se le pasaron las ganas de sexo y de carantoñas empalagosas, nunca tuvo mucho entusiasmo por los revolcones entre las sábanas y en la madurez se convirtió en la indiferencia personificada del vendido y magnificado sexo. Como si fuera imprescindible practicar el contacto de piel con piel y sin aquello le faltase la esencia de la vida misma.

Comprendió, quizá demasiado tarde, que había todo un mundo erótico que nunca valoró y despreció con cierto desdén. Las consecuencias de la cultura conservadora y religiosa se hicieron presentes en cuanto tuvo novio y durante años no pudo entender semejante despliegue de libros, películas, series e incluso psicólogos que ayudaban a tratar ciertos problemas. Lo único que consideró importante fue la discreción femenina: en caso de que decidiesen hablar y contar sus experiencias en la cama las mujeres, algún que otro hombre podía esconderse en casa durante años por las desastrosas estrategias sexuales que practicaban con su pareja.

Sí, todo un mundo en la pantalla y entre páginas, pero otro detrás de tanto invento, pensaba ella en cuanto salía el tema de parejas y amores calenturientos.

Sentía que la menopausia le había dado tranquilidad y al mismo tiempo quitado la poca pasión que tuvo en la juventud. No le preocupó hasta que consideró que tampoco era normal sentir repulsa por el contacto masculino, podía ser que con los años sus gustos sexuales hubiesen cambiado y le gustasen las mujeres. Sacudía la cabeza con fuerza y se recriminaba semejantes tonterías en los ratos que dejaba volar la fantasía. Pero en el fondo, siempre se preguntó si no sería por eso su falta de entusiasmo en el sexo.

Todas esas cosas y muchas más, las mantuvo en secreto dentro de sus más íntimos pensamientos y guardando silencio en cuanto el tema salía en las conversaciones, con compañeras, amigas, marido y sobre todo con sus hijos. Podían pensar que se había vuelto loca y nunca más tomasen en serio sus consejos y charlas interminables. Aunque sabía que tampoco le harían el menor caso si les contaba sus dudas y misterios. Con su marido era impensable, dado que se hubiese sentido ofendido en su hombría de una manera eterna en aquel mundo de vivos egocentristas y en el otro mundo también. Así que optó por seguir queriéndolo mucho y odiándolo cómodamente, otras tantas veces solo pensaba en el paso de los años compartidos y sentía el cariño del compromiso que un día los unió, de una manera más fraternal que apasionada.

Así que la vida en todas sus facetas y misterios le había dado a Magda un abanico de oportunidades que quería aprovechar y disfrutar en el intento.

Por lo que el trabajo que tanto disgusto le causó en un principio con el tiempo se convirtió en la emoción de sus días y los proyectos de futuro. La mayoría de las veces no comprendía ni ella esa necesidad de escapar y volar, como tampoco entendía los rollos de las otras mujeres, dado que sus vidas estaban llenas de emoción y desastres continuos, sin tregua y sin dar margen de recuperación emocional y física. Por lo que resultaba agotador y emocionante oír todas las decepciones, mentiras y aventuras que se tragaban sin rechistar. Eso le daba a Magda mucho en lo que pensar cuando llegaba a casa y lo más emocionante que podía ocurrir era que su marido la mirase con cierta desconfianza, sin mediar palabra y con la cena hecha.

Nada de gritos y reproches, ni preguntas mucho menos comprometidas, por lo que se sentía incapaz de empezar una buena discusión sin motivos. Pero la rabia que sentía en aquellos momentos la sacaba en el trabajo contando, con sonrisa incluida, los últimos artículos leídos sobre ecología, contaminación y protectoras de animales.

Llegó el día en que sin remedio notó el aburrimiento del resto y cambió las historias de interés intelectual por algunas dramáticas. Y resultó un éxito tan rotundo que empezó a buscar por las redes sociales dramas que fuesen muy intensos y fáciles de recordar. Con eso tenía para media mañana, el resto lo dejaría para las otras que también debían desahogarse.

La pandemia, el confinamiento lleno de verdades, la vida de Magda y de entendimientos sin libros, la alegría de sentirse nueva y la añoranza de no encontrar con quién compartirlo. Nunca tuvo miedo de morir y de la enfermedad que llenaba las calles de silencio y angustia, solo tuvo miedo por los suyos y dejó de pensar en ello cuando sus hijos dejaron de salir de fiesta, de borrachera y se atrincheraron en sus habitaciones como si fuese un búnker. Con mucha más fe de la quería reconocer, sintió alivio por sus hijos y dejó de pensar en el resto, ni siquiera su marido la preocupaba, pensaba que ya era mayorcito para tener que decirle continuamente que tuviese cuidado.

Algo que no era necesario, ya que no trabajó durante todo el confinamiento y después tampoco durante mucho tiempo. Estuvo en casa y sirvió para que todos tuviesen el despertador a punto, el almuerzo correcto y las noticias de la tele retransmitidas en modo continuo y sin pausa.

Sobre todo el cotilleo vecinal y la colaboración sin tapujos, con los tarugos que vigilaban al resto de personas que solo hacían lo que podían para sobrellevar todo aquello tan desconocido.

Pero Magda pasó por la pandemia y demás incomodidades de una forma distinta y flotando como una nube sin que la brisa la hiciese bajar de golpe al suelo.

Dio por bueno el trámite de los meses que duró todo aquello, para continuar con sus días y sus cambios sin que nadie se extrañase por ello cuando llegó el momento de salir de entre los bastidores con los sueños enteros, la esperanza en la mirada y la risa entre los dedos que hacían mascarillas sin parar.

Siempre podía decir que la presión en el trabajo y el miedo por los suyos, la trastornó de tal manera que su imagen y sus creencias salieron entre los pies de los niños cuando pudieron ir al parque a jugar.

Pero la verdadera y única confesión que se permitió hacer delante de alguna compañera como Carmen, que no la escuchó demasiado por considerar que la cháchara de Magda siempre era un tostón y para personas que leían sobre cosas tan extrañas como irreparables, fue darle importancia al hecho de reconocer ante sí misma que deseaba volar, sentirse viva y no culpable de nada, pues no era nada malo sentirse así. Cuando terminó la confesión esperó algún comentario profundo y poderoso que aconsejase el camino a seguir, pero se dio cuenta de que su amiga, compañera y de vez en cuando enemiga de valores, solo miraba el móvil con entusiasmo e indiferencia a las palabras dichas entre dientes con la fuerza de un sacacorchos y el estampido de un eructo. Pareció que el viento era más fuerte que el mensaje dado y a partir de aquel momento dejó las confesiones para las noches de insomnio.

Con el tiempo y la confianza arraigada entre ellas, pudo decir en voz alta sus miedos y sus sueños, pero le faltó hacerlo con palabras sencillas de calle y expresiones mundanas, por lo que las otras se quedaron con la sensación de haber escuchado un mitin político y no una confesión trascendental. Apoyaron lo que entendieron, que no fue mucho, y lo celebraron con unos abrazos y cervezas frías en el barucho pequeño y mugriento al que solían acudir después de la jornada de trabajo. La sonrisa de Magda resplandeció exactamente diez minutos, después fue inevitable volver a pensar en el camino de vuelta a casa.

La rutina del trabajo, el ruido, la costumbre de contar las mascarillas, los gritos para ponerse de acuerdo en la forma de llenar las cajas y de apuntar cada unidad como si fuese la lista de la compra, hacían de aquellas tres mujeres un delicado equilibrio de confianza, respeto y curiosidad de unas por las otras, sin olvidar la diferencia de vestir, pensar y expresar sus necesidades. Vivencias y emociones distintas, encontronazos inevitables, confesiones explosivas y bromas compartidas fueron el lazo que las unió de una manera distinta a todo lo esperado.

Algo que sirvió para demostrase a sí mismas que nada era imposible, incluso encontrar su lugar entre tiburones.

Una de tantas

Conocieron a la que sería su compañera de trabajo durante mucho tiempo en circunstancias comprometidas, en charla privada con la encargada de turno. Sonrisa estática y mirada calculadora, ya que lo primero y único que entendieron de aquella fría e insensible personaje, era la poca paciencia que demostraba con las novatas y la educada forma de mandar a alguien a la mierda sin que se sintiese ofendido. Un logro que a Carmen la cautivó sin remedio y se sintió devota de aquella persona que odió y llegó a querer a partes iguales.

Con las pocas explicaciones que recibieron de la encargada, se quedaron en la máquina, donde estaba una mujer que parecía absorber el aire que se respiraba, y que hacía todas las funciones al mismo tiempo. Aunque pronto se dieron cuenta de que todo era pura apariencia, ya que el trabajo duro lo hacían siempre las demás.

Confusas y desorientadas, por novatas e ingenuas, dejaron que la batuta del mando la tuviese la susodicha y les costó caro cambiar las tornas. Resultó un reto para todas ellas y para construir caminos nuevos y diferentes, con más respeto del que nunca le tuvieron a nadie y la inevitable necesidad de conservar el trabajo que las mantenía económicamente, y con todos los sentidos alerta.

Para Carmen todo era directo y cuanto más grosero mejor si algo la molestaba, por lo que la textura y la finura de Paqui le dieron muchos problemas y quebraderos de cabeza. Hasta que salió su verdadera personalidad y se complicaron las cosas de manera intermitente y sin apariencia de mejorar. Día sí, día también, se liaban a gritos y bastantes insultos bajo la manga. En aquellos desencuentros siempre ganaba Paqui, hasta que Carmen aprendió a ser tan fría y educada como la otra en cuestión de enviarse al infierno mutuamente, claro, el resto se masacraba a las espaldas. Excepto Magda que solía ignorarlas por considerarlas ignorantes, incultas, cortas de entendederas y bastante petardas. Aunque si tenía que defender a alguna siempre tiraba para Carmen. No podía olvidar que tenía un buen corazón y era cariñosa, si por cariñosa podía entender las palabrotas que le decía por las mañanas a la hora de entrada, y que resultaban como saludo de lo más apabullante. El ejemplo solía ser el halago que soltaba cuando la saludaba, al grito de «qué guapa estás hoy, puta», sí, todo un amplio repertorio de lindezas tenía Carmen, con ella no podían equivocarse nunca, lo que veían y oían era lo que había, sin duda.

Eso no evitó que en los buenos momentos, las histerias contagiosas ante un pedido que requería toda la concentración inmediata y la rapidez de un cohete, se hiciese más ameno el trabajo y las compañías. Pero en caso de poca faena, bastante tranquilad, en días de charlas, resultaba incluso más difícil de sobrellevar. Más que nada porque el tiempo pasaba lentamente, y las palabras con burla o con crítica solían calar más hondo y con más acierto. Y situaciones divertidas por imprevisibles, tristes o de preocupaciones compartidas inevitables, que dejaron la memoria llena de color. Los mejores recuerdos se quedaron entre ellas por pura terquedad, por las risas que compartieron sin proponérselo y las lágrimas que dejaron el orgullo atrás.

Anécdotas que se ampliaron con la perspectiva del tiempo y las consideraciones que no estuvieron en un principio. Alguna de las cuales fueron memorables y todavía hacen reír en las noches que se fueron sin ruido y sin pausa para no volver jamás.

Esta fue una de tantas disputas entre ellas.

Carmen tenía frío después de las Navidades que habían pasado trabajando sin tregua, con guantes de látex, bufanda, chaquetón gordo, gorro de protección y la indispensable mascarilla, todo embutido dentro de una bata que le llegaba a las rodillas y que le hacía parecer una morcilla extragrande. En los pies se había calzado con unas botas hasta media pierna, forradas de un tejido suave y caliente, que le proporcionaba suficiente calor para no dejarse los dedos congelados entre pasitos que debía dar para colocar las mascarillas en las cajas que se usaban para ese menester. Con calcetines muy calientes y que le apretaban demasiado, pero aquello no le suponía ninguna molestia. Por lo que en su hora y media que llevaba en el puesto de calidad, donde debía mirar las mascarillas, seleccionarlas, rechazar las defectuosas y contar diez unidades, colocadas cuidadosamente en la caja, con el añadido del plástico que debía protegerlas, resultaba un poco frustrante mantener la tranquilidad, estarse quieta y no gritar a pleno pulmón que necesitaba un cambio de puesto.

Las otras dos se turnarían un poco más tarde, para que ella tuviese el descanso que todos debían tener, y que en muchas ocasiones no llegó por falta de empatía ajena y que nadie se atrevió a discutir en voz alta. Pero Carmen tenía muchas virtudes, la paciencia no era una de ellas, así que se armó de valor para no cabrearse más de lo que ya estaba, y no mirar fijamente a sus compañeras hasta que se atragantasen, con la fuerza de su mente que parecía perforar el cráneo ajeno. Eso si las miradas tuviesen efectos adversos y rápidos, en caso contrario no había más remedio que aguantar hasta que alguien fuera a sustituirla.

Si había algo que esta mujer no toleraba, era las sonrisas burlonas y los cuchicheos entre compañeras a pocos pasos de su persona. Sobre todo si ella no participaba del condimento y no podía enterarse a quién estaban poniendo verde. Por lo que siempre solía desconfiar de las conversaciones que no podía oír y menos todavía cuchichear. Y esa noche Paqui estaba en su mejor momento de cuentos para entretener, y que dejaban poco a la imaginación. O eso pensó Carmen cuando las vio reír a carcajadas sumidas en la aparente camaradería que solía mostrar con la engatusada de turno. Aunque sabía que Magda no tenía esa capacidad para la maldad, tenía otros defectos que resultaban igual de malos. Y es que era tonta, tonta de las de verdad en lo referente a malas intenciones y poca perspicacia, por lo que solía perdonar esos deslices y solo le hacía un interrogatorio extenuante después de compartir con Paqui momentos como el que estaba observando desde hacía un rato.

Apretaba las mascarillas con fuerza y con el frío, los guantes y la impaciencia, se equivocaba de cantidad, y debía volver a contarlas desde el principio, una y otra vez hasta que su frustración llegó demasiado lejos y soltó todo en la caja de plástico. Con mal genio y pocas ganas de quedar bien, se acercó a las otras preguntando de qué se reían, ante lo cual la reacción de Magda fue ir al puesto de calidad en silencio y sustituirla, y la falsa sorpresa de Paqui la dejó con ganas de matarla.

Atónita porque creían que necesitaba ir al baño, y la hipócrita sumisión de la mujer más inquietante que había conocido hasta esos tiempos, le hicieron arrugar el entrecejo, los labios y apretar los puños para soltar con desdén todo lo que se le antojó. Algo que escapó de su control y que achacó al frío que se le había metido dentro del cerebro, más por no dejar caer una disculpa que por sentirse culpable de mal pensar. Y sin más se dio la vuelta.

Miró a ambas con sospecha y se fue al aseo, donde no orinó por miedo a congelarse el trasero, y al fantasma que decían algunas, rondaba por aquellos oscuros recovecos del baño antiguo donde hacían sus necesidades y se miraban al espejo sin mascarilla. Pero todo eso no le sirvió para calmarse, más bien para pensar una estrategia de revancha.

No se fiaba de la contestación de sus compañeras y debía ser más precavida, por lo que en cuanto salió del baño fue directamente a la máquina del café y se encontró con que no tenía monedas, por lo que se acercó a la máquina de producción de mascarillas y le pidió a Magda que le dejase unos céntimos. Magda no solía llevar monedas encima, más por no tener la tentación de hincharse a dulces de chocolate que por no tener dinero, por lo que le contestó que no tenía, que le pidiese a Paqui, algo que Carmen no haría ni borracha. Así que se alejó con agilidad y pidió a otra compañera las monedas que necesitaba.

Mientras, era observada con detenimiento por la cabecilla pensante que no era otra que Paqui, y que mantenía la sonrisa del triunfador intacta, esperando el momento de las bienvenidas disculpas que le exigiría a la marmota que solía ser Carmen cuando se ofuscaba. Al comprobar la tardanza y la indiferencia de la otra, entretenida en la cafetera, calentándose las manos con el vasito de plástico y hablando con el chico del almacén, se le hizo un nudo en las tripas y la sonrisa se le quedó congelada, sin nada que ver con el ambiente de frío polar que flotaba en la vieja fábrica. Si algo superaba la inmensa apariencia de tranquilidad de Paqui, era la sensación de ser ignorada con propósitos dañinos a su imagen de mujer preparada, y con don de mando incuestionable.

Sin mirar a nadie en particular y con la elegancia que tenía reservada para los enfrentamientos, dejó su puesto de trabajo; con pasos tranquilos y seguros se dirigió al epicentro de las noches largas, frías y eternas para muchos, con poco control del tiempo perdido entre descansos, que no era otra que un pequeño cuadrado incrustado en la nave y que hacía la función de cafetería improvisada y cutre.

Mientras se acercaba se fijó en la mirada de otros compañeros y se dispuso a hacer el mejor papel frente al público que tenía derecho a una buena interpretación. Algo que le causaba más felicidad que angustia, para algo se había dedicado toda la vida a ser la mejor en las lides de mantener su pódium a toda costa. Por lo que cogió aire lentamente y se acercó preparando la primera frase que sería la que marcaría el resto de la conversación, eso si era posible mantener algo parecido con la taruga de Carmen.

Antes de llegar al lado de su compañera, el chico del almacén la vio y sin más se alejó de ellas, dando pocas explicaciones y señalando a Carmen el problema que se acercaba sin prisa pero sin pausa, sabía de su fama. Se la consideraba bastante exigente y por eso mismo debía mostrar cuánto lo era en cada situación.

Ninguna dijo una palabra en cuanto estuvo a dos pasos, se miraron con desafío y en una milésima de segundo, Paqui cambió de parecer y se sacó un té de la máquina, dejó las palabras no pronunciadas en el aire y se tomó la infusión con calma ya que no le apetecía beber en aquellos momentos, esperando que la otra empezase la que sería una interesante confrontación de la noche. Pero no consiguió su propósito al comprobar que Carmen la ignoraba a conciencia. Una al lado de la otra se podía palpar el desastre, y los espectadores mirando con disimulo y algunos sin reserva, esperando otra de tantas riñas que protagonizaron ambas mujeres.

Como todo en la vida, aquello también fue imprevisible, hay que resaltar que la mala suerte y la casualidad también participaron, por lo que cuando desapareció el cuchillo invisible que colgaba entre ellas, bajó el estado de tensión y se dejaron de superioridad con gestos absurdos de infinita estupidez, sin mediar palabra se dirigieron al puesto de trabajo que compartían ente varios y ocurrió la desgracia.

En las prisas por tirar el vasito en el lugar donde Magda insistía, una y otra vez para su reciclaje, justo delante de las mesas y de las máquinas con alimentos, que había en aquel recinto diminuto y visible en toda la nave usado para ese fin, algo que hicieron porque se les había metido entre las neuronas y por hacer callar a Magda más que nada, se acercaron al mismo tiempo y chocaron de cara entre ellas, con el resultado de que el resto del líquido, café y té revuelto, fue derramado de golpe en la bata de Carmen, lo que la hizo soltar un grito de susto y sospecha. Miró a Paqui con rabia y le soltó con toda la mala leche que tenía dentro, con su metro ochenta de estatura amenazante: «LA MADRE QUE TE PARIÓ, ¡LO HAS HECHO APOSTA!».

Algo que la otra sintió como una ofensa y contestó con desprecio sin girar la cabeza para comprobar cuánta gente estaba expectante, algo insólito en ella: «SI HUBIESE SIDO ADREDE, TE LO HABRÍA TIRADO A LA CABEZA». Si eso hubiese sido posible dada su corta estatura de no más de un metro sesenta, algo que contradecía la probabilidad de hacerlo, pero ganas no le faltaron.

Carmen no lo creyó y sin pensarlo dos veces cogió un café frío que había dejado alguien encima de una mesa cercana, y se lo tiró sin pensárselo a la cara, con efectos inmediatos en el maquillaje y el resto de la ropa. Por lo que Paqui soltó un bufido de incredulidad y se arrancó el gorro de protección ante la impotencia de no poder soltarle un buen sopapo, porque su más íntimo instinto agresivo no abarcaba la violencia, excepto con palabras, así que se produjo un fenómeno que se perpetuó entre chismes y dejó que fluyese toda su afilada lengua para hacer daño, sin pensar en nada más que el trofeo que tendría al acabar el turno, que no sería otro que ir a casa con la bata manchada, el maquillaje hecho una pena, frío en el cuerpo y la necesidad de dormir para olvidar muchas de las tonterías que se dijeron aquella noche.

Y con eso estuvo servido el espectáculo, con quejas incluidas a los responsables, miradas turbias con lágrimas de cocodrilo y alguna que otra autocompasión que consiguió dejar a la rival en dudosa credibilidad. Pero sobre todo el vacío que llegó cuando se terminó la furia y el enfado, dejando los comportamientos equilibrados para contar sus propios errores entre gruñidos y reproches interminables, al comprobar el desastre que llevaba cada una como una medalla al mérito del rencor, en la bata, durante horas, en perfecta armonía con sus propios pensamientos.

Y esa fue una de tantas trifulcas que tuvieron al principio de la convivencia en el trabajo, y que poco a poco se fueron olvidando, sobre todo por puro agotamiento, dado que resultaba muy difícil de mantener la fachada de razón perpetua y la arrogancia que debían mostrar al mundo.

Sin llegar a reconocer ninguna de ellas la parte proporcional en culpas, aciertos en mentiras complejas y compromisos de convivencia. Pero continuaron con los conflictos de una manera más divertida que otra cosa, y que dejaron a todos con ganas de apostar quién ganaría el torneo de lucha libre. Con las ocurrencias más tontas y los gritos más altos.

Por lo que de vez en cuando estallaba de nuevo algún tipo de malentendido y se creaban las conocidas fiestas de miradas feroces y palabrotas sumergidas en agua. Independientemente del frío o del calor, algo que se hubiese podido achacar a los encontronazos y otras cosas parecidas. Ellas no tenían mal carácter por la incomodidad del clima o por falta de personalidad o por abducciones nocturnas de alienígenas. No, sencillamente lo tenían en los genes y lo llevaban consigo mismas a todas partes.

Por lo que no resultaba extraño oír broncas en el baño, en el lugar de las taquillas e incluso en el *parking*. Por supuesto mañana, tarde y noche.

No daba para mucho la cultura de ambas mujeres y tampoco hubo ganas para descartar el mal de ojo endemoniado en el que pensaban algunos. De eso no se pudo averiguar la verdad por falta de indicios extraños y la mayoría calló para no empeorar la situación, entendiendo que los majaderos y los *ilustraos* debían hacer las paces y discutir de vez en cuando porque de lo contrario la vida resultaría inútil, insípida y aburrida.

Sencillamente mujeres

Llegado el verano, la vida cotidiana en el trabajo no había cambiado nada. Los tira y afloja eran la constante entre compañeras.

«¡Quiero estrangularla!», pensaba Carmen con los dientes apretados y la mirada asesina que se percibía en sus espectaculares ojos azules, por la furia del momento.

Así perdería la postura digna y orgullosa que tenía siempre. Le desmontaría el peinado bien hecho que se percibía debajo del gorro de protección, y por fin se daría cuenta de que también era una persona con sangre en las venas en vez de hielo, más parecía un maniquí que humana. El calor hacía de todas ellas un amasijo de sudor, olores fuertes y batas húmedas, pero hasta en eso la bruja que tenía delante era distinta. No sudaba, no levantaba la voz y no perdía los estribos ante nada ni ante nadie, y eso que soltaba por su linda boca más tonterías que ninguna de ellas.

En cada momento y situación por difícil que fuese o los desacuerdos que se generaban entre ellas, Paqui era la personificación de la elegancia, la frialdad y el control.

Por eso mismo Carmen quería apretarle el cuello hasta que sacase la lengua de arpía que tenía y darle con toda la mano abierta hasta dejarle un ojo a la funerala, con eso se daría por contenta.

Miró a Magda que estaba emblistando en la máquina de enfrente con lentitud y desgana, y como siempre la vio en su mundo de colores, animales abandonados, aires podridos y poco más. Perdida e indiferente a la arrogancia que les brindaba todos los días la mujer con la que tenían que trabajar.

Hacía tiempo que se conocían y compartían la responsabilidad de seleccionar, emblistar y empaquetar las mascarillas que salían de aquella máquina vieja, que habían traído desde china y que funcionaba como la pandemia, un día mal y otros muchos de pena.

En momentos de tensión, a Carmen le resultaba difícil conservar la calma, como siempre, y en otros muchos más todavía mantener la boca cerrada, por lo que su charla intrascendente y la monotonía del trabajo se le hacía eterna si no sacaba algún tema de conversación interesante para poder aguantar las horas que le quedaban por delante. Siempre a grito *pelao*, por supuesto, nada de intimidades.

Quieta, sin poder moverse, con dolor de pies, sudando la gota gorda y encajada entre un taburete de color negro con el apoya pies roto, los rodillos de la máquina que tenía a menos de un palmo de las narices, con las manos recogiendo la producción y sin perder de vista las mascarillas que salían de las fauces del armatoste aquel donde eran seleccionadas y miradas con detenimiento, eso en el mejor de los casos que diese tiempo de mirarlas dos segundos, ya que no había margen para entretenerse mucho más, Carmen estaba harta. Y Paqui con los ojos pintados discretamente, el rímel oscuro alargando las pestañas más de lo normal y sin una gota de sudor en su cuerpo, le hacía a Carmen tener ganas de estrujarle el cuello, solo un poquito. Nada de escenas sangrientas, eso solo era para sus deseos más salvajes. Solo un apretón pequeñito para romper esa estampa tan perfecta. Al no ser posible, a Carmen se le estreñían los pensamientos. Y continuaba contando mascarillas como si le fuese la vida en ello.

Solía pasar que las mascarillas se amontonaban en un envase cuadrado de grandes proporciones de plástico trasparente y en cuestión de minutos podían volverse locas antes de que se desbordase por encima el exceso de unidades y se crease una crisis de impaciencia. Lo que solía suceder es que debían acelerar todo lo posible, seleccionar de una manera más intuitiva que real las que estuviesen lo bastante bien para la venta y rezar por que si se habían equivocado no fuese un desastre. Dado que una sola de aquellas máquinas solía producir unas diez mil mascarillas cada turno, miradas una por una en ocho horas y preparadas para el emblistado o guardarlas en cajas de mil unidades, era comprensible el cansancio, la pesadez y la falta de sonrisas tontas al final de la jornada de trabajo.

Nadie estaba exento de que le ocurriese aquello, la experiencia daba más seguridad, sobre todo porque la vista la ponían modo lupa, considerando la costumbre de descubrir los fallos casi de milagro y con la paciencia que daban los desastres de vez en cuando. Se aseguraban que si alguien se había equivocado en algo, siempre fuese culpa de otros.

Y en eso Paqui era una experta, controladora y sabiendo cómo hacer quedar al resto sencillamente como inútiles. Algo que no muchos querían discutirle y otros tantos daban por perdido. Pero Carmen no era una de ellas, y nunca lo fue.

Cuando llegaba el enfado al punto de ebullición y las palabras cobraban un sentido peligroso y agresivo, intervenía la responsable, que no era otra que la encargada del turno, y todas callaban, más para mantener el trabajo que por falta de razones.

Durante muchas semanas Paqui había sido así con Carmen y Magda, pero aquellas mujeres simplemente se dedicaban a trabajar y obedecer a la que se le daba por sentado sabía mucho del tema. Se daba aires de grandeza con corona incluida, hasta ese día de muchos otros igual, que la prepotencia de dicha mujer y la sangre caliente de Carmen se mezclaron en una guerra de voluntades que no ganó nadie, excepto los espectadores que se frotaron las manos esperando la sangre en el ruedo.

Acostumbrada a los dramas y a los gritos, Carmen esperaba con ansiedad el momento de enfrentarse a la bruja que tenía enfrente. Pero tuvo que conformarse con apretar los puños y asentir a la encargada cuando le dijo que saliese a almorzar. Miró a Magda y esta hizo un gesto casi imperceptible con la cabeza, dando a entender que la acompañaba fuera.

Normalmente salían dos o tres mujeres juntas de cada máquina y después otras dos y así sucesivamente, otras tantas del encajado y muchos otros mecánicos, ese día les tocó el primer turno de salida, lo que relajó el ambiente y dejó atrás las palabrotas que tenía en la punta de la lengua, y tuvo que tragarse para no tener que darle bofetadas a todas las mironas, y tener la fiesta en paz.

Cada día le costaba más no soltarle a Paqui cuatro frescas y cientos de barbaridades, más para que saliese de esa burbuja de arrogancia donde vivía eternamente, que por merecerse las palabrotas que se moría por decir.

Pero el impulso fue incontenible y sin querer o queriendo, nunca se supo con certeza, le tiró a Paqui todas las mascarillas que tenía contadas y ordenadas para el emblistado, al suelo. La mirada de incredulidad fue un signo de futuros enfrentamientos y la lengua mordida de Paqui se quedó atascada por las ganas de gritar, mirando cómo se alejaba hacia la puerta de salida la susodicha con sonrisa socarrona y divertida. No quedó ahí el tema y volvieron a la carga de nuevo en cuanto se terminó el descanso del almuerzo. Una vez más.

De vez en cuando se enzarzaban con reproches infinitos y se acusaban de conflictos pasados con bastante genio, burlas y alcanzando las cotas más altas de desajuste entre dos mujeres que se buscaban como el pan al ajo y olían de la misma forma.

Pasó mucho tiempo y bastantes discursos bien intencionados de Magda, otros más grotescos de Carmen y la aceptación de que debían trabajar juntas de manera cortés como mínimo, y la exquisita elegancia de Paqui para poder continuar en el trabajo sin destrozar la producción y las eternas disputas. No fue fácil, pero sí efectivo.

Casos y cosas que debían compartir de manera civilizada, amable y educada, hacer el trabajo entre todas, muchas veces se convirtieron en quejas, otras en cuchicheos con amigas del trabajo, pero aun con todo solían ser buenas compañeras. Por lo menos el cincuenta por ciento del tiempo compartido entre corrientes de aire helado, calefactores antiguos, y en verano calores irrespirables, guantes y gorros, máquinas y personas.

Eso no evitaba los roces, los enfados y las tensiones entre docenas de mujeres que debían ser profesionales.

Siempre había seres de otro planeta, como pensaba Carmen, que pisaban una alfombra roja en cuanto llegaban al trabajo. Entraban por la puerta, recorrían el estrecho y oscuro pasillo y fichaban con el dedo en aquel aparato moderno, como todo el mundo. Y sin embargo parecían llevarla entre sonrisas pegadas en la cara y miradas controladoras que abarcaban todo a su alrededor. Especialmente absorbían la energía ajena y creaban momentos de euforia al resto de aduladoras. Eso pensaba Carmen la mayoría de veces que comprobaba por sí misma la hipócrita amabilidad con la que era recibida la tipeja.

Lo comprobó con el tiempo, pero lo que confirmó que era una mujer fuera de toda normalidad, fue darse cuenta de la desfachatez que tenía para echar la culpa a otros sin ningún reparo y con total tranquilidad. Sin reconocer ni bajo amenaza de despido sus propios errores. A Carmen esas cosas la ponían de los nervios, eso y la poca paciencia de la que disponía se la comían en casa su madre y sus hijas. Un buen día no pudo más y explotó, otra vez, pero esta vez nadie les prestó atención, ni siquiera intentaron averiguar quién había sido la víctima. Pues siempre había una que conseguía convencer al resto de sus más que poderosas razones para entrar en constante conflicto.

Sin cortarse un pelo, Carmen le soltó todo lo que llevaba dentro, que era mucho y se repetía en todos los enfrentamientos, con toda la extensa cultura barriobajera y con la cara pegada a los grandes ojos que la miraban alucinados, de la inamovible mujer que era Paqui.

Ese también fue el día que Paqui demostró que tenía hielo en las venas y un sentido del ridículo muy elevado, calló la vergüenza de verse ignorada por todos, y a pesar de los ruidos y el tremendo lío con los aparatos en funcionamiento, la indiferencia del enfrentamiento en medio de las compañeras, no dio muestras de necesitar audiencia. La serenidad de la que hizo gala la dejó satisfecha consigo misma. El resultado de la disputa fue guardado entre las dos mujeres que se volvieron más rivales que amigas y cansadas de la continua lucha. Hasta la próxima.

Ese fue uno de los muchísimos días de una compleja y peculiar amistad entre ellas, eso y darse cuenta de que todas tenían su corazoncito dentro del pecho, y que las miserias alcanzaban más allá del trabajo y las indiferencias aprendidas.

Por lo que cuando se plantaron los pilares de lo que sería un tira y afloja de amistad, compañerismo y en muchas ocasiones rivalidad, se respetaron lo suficiente para ver más allá de la coraza de cada una y atender las carencias, completamente opuestas, de las demás. Algo que no siempre entendieron pero que les dio pie para volverse más íntimas que sus propias familias.

Entablaron una relación laboral que resultó tan extraña como diferente de todo lo conocido. Eran capaces de llorar juntas por los dramas que contaba Magda, enternecer los corazones de la más dura con sus vidas de sentimiento, y ponerse a tomar café en las frías mañanas mientras fumaban antes de entrar a la nave y empezaban el trabajo que tenían por delante. En muchas ocasiones se defendían con uñas y dientes ante acusaciones ajenas a su máquina y producción, y otras tantas se pelaban con esmero cuando alguna iba al baño urgentemente.

Sí, una variedad de sentimientos y reacciones que debió plantearle a más de uno misterios por resolver, pero que les funcionó como no consiguió hacerlo el protocolo del compañerismo y la decencia aprendida entre curas, hipocresías y reprimendas.

No fue fácil llegar a sentirse amigas, ni siquiera pensaban en ello muchas veces, pero entre días de lluvia, noches largas, sol de verano, cotilleos y muchas horas juntas, hicieron lo que nunca podría haber hecho el mejor psicólogo o el mejor jefe del mundo: sentirse parte de algo bueno o malo, importante o insignificante, querido u odiado. Les era indiferente, pero sobre todo ser aceptadas y con ello dejar volar las penas.

Eso y la enorme capacidad de las mujeres para arrastrar todo a su paso. Entre reproches, gritos, lágrimas, risas, rectificaciones, charlas interminables, dudas eternas, miedos y felicitaciones sinceras en Navidad y cumpleaños. El resto del tiempo podían permitirse criticarse, ponerse a caldo y con la misma tranquilidad hacer la recolecta del regalo más espléndido para la cumpleañera de turno.

Un misterio para muchos hombres y un don divino para la mayoría de mujeres.

Llegaron a conocerse como nadie de su entorno lo había hecho jamás y ser más sinceras que consigo mismas en soledad, por lo que cuando llegaba el momento de pedir consejo o ayuda para continuar con las vicisitudes de la vida, se esmeraban en hacer de ello un rosario que duraba semanas, y lo disfrutaban como nunca pudieron demostrar en público.

Mantenían un equilibrio admirable entre sus propias vidas, mentiras escondidas y los consejos más estrambóticos que daban a las demás. Algo que nunca pudieron poner en práctica por si la otra hacía demasiado caso a los ejemplos teóricos y llegaba al trabajo algún marido o madre con reproches y dejaba lisiados en el *parking*.

Pero con todo el mundo asustado, lleno de muertos en la tele, historias contadas por las que llegaron más tarde y cargaban de nostalgia la espalda, el corazón y las manos, ellas tres no consiguieron tener aquel pánico del que se habló durante meses, y de la histeria que se metió en el congelador para momentos de estrellato.

Conservaron la cordura, dicho con cierto reparo entre ellas, por centrarse en sus vacíos más inconfesables, en los sueños más tontos, y en los cambios que llegaron por la puerta grande y nadie pudo evitar.

Y todas guardaron para sí mismas las vergüenzas, los fallos humanos y la disculpa del comentario desafortunado. Pero se consolaron con abrazos que hablaban más que las palabras y con besos que no pasaron de las mejillas. Con cervezas frías y chupitos cuando se pudo volver a vivir entre personas. El miedo no se fue del todo, pero el cansancio fue más poderoso que la prevención y saltó por los aires, las distancias, el cuidado y las mascarillas.

Disfrutaron durante mucho tiempo la intimidad que les dio verse solo en el trabajo y las noches de fiesta, las dosis de comprensión que se mostraron. Pero en cuanto pudieron salir de su zona conocida y rutinaria, se dieron cuenta de que lo que habían tenido en horas de trabajo y confesiones sentimentales, no volvería. Había cosas que solo podían permanecer en aquel lugar, con aquella gente y en el recuerdo, eso sería suficiente para no olvidarlo nunca.

Los únicos cambios, importantes que no quisieron aceptar, fue la facilidad con que se les soltaba la lengua en cuanto se les subía el alcohol a la cabeza, y dejaban para otros las discreciones y la cautela. Por lo que en muchas ocasiones las amigas tuvieron que tomar cartas en el asunto, y dar de beber a la perjudicada lo suficiente para que nadie entendiese las cosas que decía entre hipos y tartamudeos.

Pero que resultó lo bastante útil para tenerlo como norma de ayuda entre amigas de penas, rabias, y burlas a sí mismas que curaban más que las medicinas modernas.

Nunca tuvieron la necesidad ni las ganas de conocer a los familiares de las otras, de alguna manera sabían que nada sería igual ante los padres, hijos, maridos o amigos de fuera del entorno en el que se habían conocido. Y que las hacía más libres y más auténticas de lo que nunca soñaron ser.

Después llegaba el baño de realidad cotidiano y obligado, que resultaba más fácil de soportar gracias a los momentos robados de su alma y de las circunstancias que vivieron.

Carmen llegó a sentir verdadera admiración por la elegante indiferencia que mostraba Paqui, el discreto maquillaje, la dentadura nueva y las expresiones que mostraba con sus frías sonrisas. Las palabras que salían de su boca con educación de pago y la manera tan exquisita de mandarte al infierno sin que nadie se diese por aludido. Imitó sus modas en alimentación y en temas de vestir, algo que no resultó tan satisfactorio como pensó en un principio y se quedó con la costumbre de llevar un solo color en las ropas elegidas. Por lo que de vez en cuando Carmen parecía más una espinaca en caso de haber elegido el color verde y un cuervo si había elegido el color negro. Pero nadie la sacó de su gusto por la innovación y adularon sus nuevos comienzos en la moda del siglo XXI. Con Magda sintió un respeto rallado en la veneración, por la cantidad de información que tenía en la cabeza aquella pequeñaja de pelo corto, antigua como la tos y que les daba una lección sobre cualquier tema que se hablase. Otras veces la compadecía a ella y a su familia por tener que oír semejantes charlas y argumentos sobre la vida, los valores humanos y la fuerza del pueblo que permanecía escondida entre las garras de los estúpidos. Sí, no conseguían llevarle el ritmo y la mayoría de las veces asentían a sus sermones, más por no hacerle un feo que por interés intelectual. No tuvo nunca la tentación de imitarla en nada y sentía cierta vergüenza ajena cuando la veía llegar al trabajo en pantalón corto con las piernas al aire, dado que parecían más dos palillos con las carnes de pollo viejo que piernas femeninas. Pero tomó la decisión de no decírselo y mantuvo una compostura inquebrantable cuando Magda cambió de estilo discreto por otro más atrevido.

Aprendieron pronto a no preguntarle nada, excepto lo esencial, podían verse sumergidas en la necesidad imperiosa de meterle un trapo en la boca y dejarla morir de asfixia. Porque Magda era concienzuda hasta para beber el agua de la máquina en la fábrica, donde había vasos de plástico y ponía carteles en letras mayúsculas para que los reciclasen, algo que era lo correcto y que nadie se atrevió a discutirle. La cuestión es que tampoco le hacían mucho caso, solo vigilaban por si aparecía la ilustrada y debían huir por otro lado.

Al final consiguió que muchas de las trabajadoras se llevasen la botella del agua de casa, todo un logro por pura pesadez y ganas de olvidarla durante algunas horas.

No consiguieron nunca dejar de sorprenderse por la cantidad de preguntas sin sentido que hacía Magda: ¿dónde se reciclaba todo aquello? ¿De dónde venían las telas? ¿Cuánto plástico se usaba?

La miraban con asombro y las respuestas solían ser ambiguas y de cachondeo por el interés que mostraba, algo que no conseguiría cambiar nada y que la dejaría en un lugar delicado si la ponían en el punto de mira los jefes por pesada y *enterá*. Pero lo más difícil era enseñarle el valor de la indiferencia, las apariencias que debía mostrar ante los cotilleos y lo fácil y duradera que resultaba la vida entre críticas y chismes, sobre todo si no eran sobre tu propia vida y familia.

Pero las inquietudes de Magda siempre fueron más amplias y más profundas que nadie. Por lo que en cuanto se ponía en modo pesada y científica, porque para Carmen y Paqui lo parecía, por las extensas y complicadas explicaciones que daba sobre cualquier cosa, debían mantenerla ocupada y la mandaban a emblistar a toda velocidad en la máquina que ponía el plástico protector a las mascarillas como si fuesen churros. Aquello no permitía la charla y la entretenía lo suficiente para que no abriese la boca durante horas, eso y que las otras le amontonaban a su lado, en una pequeña plataforma, las mascarillas como si fuesen torres de papel y debía ir con sumo cuidado para que no se cayesen al suelo.

Como Magda era de piño fijo, en cuanto terminaba el trabajo, que solía durar horas interminables, volvía con fuerza en el punto justo donde se había quedado la conversación pendiente, pero solía ser los últimos minutos de turno, con suerte, y mucha paciencia le hacían saber que ya era hora de ir a casa. Magda miraba el reloj que había colgado en lo alto de un pilar de hierro en medio de la nave y refunfuñaba por no poder dar la explicación correspondiente al tema atrasado, pero con un suspiro de resignación andaba hasta las taquillas y se quitaba la bata.

Las otras dos suspiraban de alivio.

Que la querían no había duda posible, que no la entendían también, que resultaba un misterio dónde mantenía tanta información era incuestionable y que los temas más diversos, el entendimiento de cosas tan absurdas y hermosas que llegaron a compartir y de paso no tomarlas en serio, fue lo mejor de todo.

Magda siempre tuvo la sensación de que la envidiaban, que sus charlas eran demasiado intensas para dos mujeres que solo habían conocido la parte más superficial de la sociedad. Nunca lo comentó delante de Carmen porque podía ofenderse en lo más profundo de su desgarrada alma. Sabía de sus vivencias entre maridos atrasados y violencia doméstica. Aceptaba que no les interesara el porqué de cientos de detalles del planeta, ni la política, ni las posibles consecuencias de la ignorancia sobre el futuro, nada de todo aquello dejaba huella en las que consideró sus amigas y compañeras. Pero no tuvo más remedio que ceder y callar cuando le preguntaban sobre su relación conyugal. Fue el único tema que nunca pudo explicar, se quedaba con la mente en blanco y la boca abierta. Ni ella misma podía entender que quisiera mucho a su marido cuando estaba lejos de él y con la misma intensidad lo odiase cuando lo tenía cerca. Se convenció de que el cerebro debía tener un dispositivo de letargo y otro de alarma para poder sobrevivir a semejantes sinsentidos, eso o que las tonterías eran contagiosas y se le saltaban los fusibles en aquella nave donde había mujeres tan distintas como estrellas en el cielo, nunca lo tuvo muy claro.

Pero descubrió lo divertido que era dejarse llevar por lo superficial y lo fácil que se olvidaba todo al día siguiente. Nada de conversaciones trascendentales y de profundos cambios, como mucho unas tonterías detrás de otras, la cerveza fría en la mano, y funcionaba, casi siempre.

También aprendió el placer de bailar cuando salía de fiesta con sus compañeras. Eso fue mucho más tarde en las noches de permiso entre trabajo y familia, algo que consiguió llevar a cabo con las mentiras que contaba. Y aunque nunca consiguió ser una eminencia en ello, sí que pudo disfrutar del movimiento sensual y ligero que le daba la música en una pista de baile, entre desconocidos tan perdidos como ella. Tampoco fue nunca consciente de la pinta que tenía con aquellos meneos de cadera, más parecía un cocodrilo nervioso que un baile espiritual. Pero no se atrevieron a contárselo por no quitarle las ganas de disfrutar y porque solía tomarse muy mal las críticas sobre su estilo.

Para Magda fue todo un acontecimiento tener compañeras. En muchos de los trabajos del pasado en los que no tuvo más remedio que cumplir, no tuvo la suerte o la desgracia, se recordaba de vez en cuando, de tener personas cerca y poder conocerlas de verdad, si es que eso era posible.

La actitud de todas frente a los retos que se presentaban cada día era digna de estudio. Se trataban con falso respeto y la más absurda charla entre ellas era de lo más soso que pudo llegar a escuchar. Siempre se mantuvo al margen de conflictos estúpidos y ponía paz con el sermón de la tolerancia y el compañerismo. Dejó de hacerlo en cuanto la miraron dos veces seguidas con expresión de incredulidad y fastidio, algo que la hizo reflexionar en qué mundo vivían, eso era inevitable en Magda.

Como también la dejó varios días en estado perplejo la capacidad de mostrar al mundo sin tapujos ni vergüenzas, de algunas mujeres que no tuvieron la cortesía de mantener los deseos bajo el manto de la discreción, y saltaron por los aires los chismes entre hombres y mujeres flirteando. Mensajes de papelillos entre máquinas y respuestas calenturientas y apasionadas que dejaron a todo el mundo suspirando de envidia y de resignación. Algo que a Magda le costó entender fue que la vida llena de pasiones era tan entretenida como la vida de artículos leídos en revistas serias y de renombre.

Solo se permitió el desliz de ser espontánea y sincera cuando las preguntas que le hicieron sobre el amor, el compromiso y la fidelidad resultaban dignas de estudio entre científicos y sabios especialistas que leía. Pregonaba que había leído sobre ese tema todo lo referente y conocido o eso hacía creer a los demás. Por lo que no tuvo más remedio que reconocer que de la vida entre muertos y vivos, pobres y ricos, mujeres y hombres, niños y viejos, ladrones y decentes, y casi el mundo entero no había sido capaz de descubrir de dónde salía el amor, la eterna esperanza y la fe en lo imposible.

Ese día supo por primera vez que nada de lo aprendido y de lo más que demostrado era para siempre, y mucho menos para solucionar la vida, los problemas y las preguntas que nunca tendrían respuesta.

Tal fue su descubrimiento y confusión que se permitió actuar como nunca lo hizo en el pasado ni volvió hacer en el futuro.

Llegó a casa después de un largo y duro turno de noche, muerta de frío, hambrienta y con ganas de meterse en la cama y se encontró con la imagen de un hombre dormido plácidamente, que le resultó de lo más tentador. Por primera vez en su vida supo lo que era el deseo desbocado, o eso le pareció. No quiso reflexionar sobre ello y le hizo el amor a su marido con una intensidad rallada en la locura. No fue capaz de contarlo a las otras y se guardó en su memoria, no en el corazón pues era de sensibleros decir tal cosa, aunque ella compartía en Facebook cosas parecidas, la noche de amor y pasión que nunca pudieron olvidar ni ella ni su marido, sobre todo porque no hubo otra igual.

Y entonces supo que lo amaba, sin remedio ni respuestas, ni dejar de lado el odio ni las mentiras escondidas entre armarios de herencia, lo amaba sin más esperanza que no tirarlo al río en un arrebato de locura y arrepentirse después.

Dejó de insistir en que la respuesta a todo estaba en la ciencia y creyó por una vez que solo el ser humano era capaz de creer en un dios que no había visto nunca, en la bondad sin sentirla y la comprensión sin motivo. Nada que ver con la cultura o la lógica, o por lo menos no era algo evidente y que fuese igual para el mundo entero.

Por lo que sus bases más profundas y el futuro que siempre imaginó lleno de caminos limpios con respuestas confirmadas y soluciones inmediatas, se convirtió en la fuente de incertidumbre y malos presentimientos. Poco se podía cambiar si todos llevaban dentro una barrunta de cuentos y creencias que se mezclaban para poder seguir en aquella vida de sedentarismo consentido, mentes dormidas y pasiones desatadas en grupo.

La vida en el trabajo le enseñó más cosas de las que nunca pudo procesar y dejó de intentar entender para poder disfrutar. Llegó a alcanzar los mismos fines de chismes y críticas y aunque no disfrutó como había pensado, fue lo bastante entretenido como para repetirlo de vez en cuando. Al fin y al cabo solo era una mezcla de estupidez y carne cruda con instintos atrofiados, se decía casi siempre cuando no conseguía dormir pensando en los años tontos que no cambiaron nada, ni la pandemia tampoco.

Su máximo orgullo fue discutir delante del resto por alguna tontería y no sonrojarse por ello, ni sacar la artillería de la función humana para casos de supervivencia, dejar claro que podía ser como cualquier otra mujer con mucho genio y pocas luces, o cualquier hombre con mucha rabia y menos luces todavía. Pero lo que más valoró de todo fue la amistad que hubo en el lugar más inesperado y las lecciones que aprendió de las personas más impredecibles.

Otro día más.

Paqui se sumergió en la vorágine de trabajo y enfados diarios, controlaba su inagotable capacidad de mandar y ser obedecida sin preguntas, de mala manera y le causaba un tremendo desgaste en cuerpo y alma. Pero le servía para las noches solitarias y de remordimientos nocturnos hacer un croquis en su cerebro sobre las nuevas maneras de conseguir su objetivo, que no era otro que ser la mejor en su trabajo, quedar bien con los jefes y de paso admirada en todo su esplendor. Algo que necesitó siempre, y con calma, poca sabiduría, muchos gruñidos y algún lapsus mental en su casa llegó a reconocer ante sus nuevas y extrañas amigas. Pero eso fue mucho después, cuando llegó el tiempo de semi confinamiento y de las reuniones extralaborales, confidencias y las borracheras para lavar los trapos sucios.

Antes de eso pasaron muchas fases de negación y de culpas incluidas.

En su nuevo hogar, algo que llevó siempre como un secreto mal guardado, no tenía muchas comodidades ni calefacción, y en los días de frío debía ponerse dos batas de estar por casa, varios calcetines y un gorro con dibujos de gatitos de lana que le regaló la peculiar Magda, sin valorar el regalo y sin comentar a nadie cuánto provecho le sacó al gorro dichoso. Con todo el armatoste que no la dejaba moverse mucho, se sentaba a ver la televisión en el sofá que se hundía como un barco agujereado y dejaba volar la imaginación en fantasías de poder y dinero y atropello al exmarido siendo la heroína que salvaba a su hijo de la miseria. Le daba tanta satisfacción hacerlo, que lo tomó como su terapia diaria y conseguía dormirse con una sonrisa boba en la cara, la boca abierta y las babas en la almohada.

La mayor vergüenza de Paqui no fue otra que el medio de transporte que debía utilizar para poder ir al trabajo. No tuvo más opciones que pedirle el coche a su madre, ya que su padre había perdido hacía tiempo la cabeza por la enfermedad y no había manera de entenderse con él. Su madre con buena fe y la poca necesidad de conservar aquel viejo trasto, no tener carnet de conducir y que se caía a pedazos, le dejó a su hija el que sería su única manera de trasladarse de un lugar a otro, siempre y cuando no fuesen cientos de kilómetros. Nadie podía asegurar que la furgoneta Citroën Berlingo que tenía más de veinte años pudiese aguantar semejante trayecto. Paqui la dejaba aparcada en la zona de la universidad, nunca en el *parking* de la empresa, para que nadie la viese subir en aquel trasto y pensara que le pertenecía. Si alguien le preguntaba, siempre contestaba que iba andando para hacer ejercicio y si alguien se prestaba para llevarla a casa, se negaba alegando que no vivía lejos. Parecía un policía mirando a todas partes cuando tenía que ir a por el vehículo que le sirvió fielmente durante años. Pero nunca pudo dejar la vergüenza atrás y fue capaz de dejar aparcada la furgoneta durante días en el mismo lugar, si creía que alguien podía descubrir su humillante trasporte.

Las malas lenguas siempre mantuvieron la certeza de que la había robado y por eso no quería que nadie lo descubriese. Pero la realidad es que el secreto de Paqui resultó tema de conversaciones llenas de intriga y la dificultad para descubrir la verdad, algo que sin saberlo había hecho Carmen con la poca imaginación que tenía y la crudeza que solía llevar la verdad sin florituras. Pero tampoco consiguió una confesión de la implicada y dejaron de importarle tantos misterios y preguntas.

Paqui mantuvo el secreto hasta el final y cuando la furgoneta se fue al desguace por vieja y por mal funcionamiento, sintió una liberación tan grande que sonrió durante semanas a todo aquel que pasaba por delante. Hasta el punto de pensar sus compañeras que tenía un novio rico. Fue imposible una confirmación de las sospechas y Paqui fue feliz como una perdiz durante mucho tiempo, incluso sin medio de trasporte.

Fue siempre puntual al poner la alarma para levantarse en el turno de mañanas, dos horas antes de lo necesario, más que nada para maquillarse, peinarse, mirarse en el espejo que había conseguido de segunda mano y que tenía algunas manchas, pero la dejaba mirar su cuerpo entero y eliminar los fallos en su indumentaria. Paqui fue la única mujer que siempre llegó al trabajo con tacones altos, faldas estrechas, justo por encima de la rodilla y blusas medio trasparentes a juego con el color de los zapatos, que dejó a muchos con los ojos resecos por alucinación, no por valoración del esfuerzo de la mujer, que debió tener un temple de guerrero y una necesidad inconfesable de enseñar su bien más preciado, aunque se congelase durante el proceso en invierno o se quedase frita en pleno verano.

Entraba la primera y se cambiaba de ropa, zapatos y de cara también afirmaron muchas personas, pero no se tuvo constancia del milagro y se dejó como broma privada a espaldas de la susodicha. Algunos pensaron que debía tener un doble y buscaron respuestas para algo que no tuvo más explicación que la vanidad alimentada entre lamentaciones y la lucha continuada para mantener la imagen de eterna juventud. Como si el resto de su persona, inteligencia, carácter y demás atributos fuesen desechables.

El trabajo le enseñó algunas cosas como la perversión y disfrute que sentía cuando daba lecciones al resto sobre lugares exóticos que había conocido y lo bonitos y caros hoteles donde se alojó. Con sus amigas anteriores no pudo hacerlo, ya que eran de la misma raza de afortunados y quedó en desventaja. Siempre recordando y contando que veía la cara más rica y ficticia de los países que había visitado, la cara de realidad pobre las pasó por alto y sencillamente no quiso verlo. Otras costumbres laborales las desechó con burla convencida de saber más que nadie, ganarse la voluntad de los importantes y dejar su indiferencia para los humildes que no entendían de jerarquías, *glamour* y personas con cierto estatus social. Todo aquello le dio más problemas que beneficios y que ignoró con la tenacidad del zopenco cabezón que no distinguía la verdad del mundo que le hizo comer barritas energéticas, con las ansias de un robot programado para sortear dificultades.

La convivencia de ocho horas laborales con otras mujeres que tenían sus propios miedos y valores, necesidades y mucha fuerza dentro del alma, la dejó desnuda por dentro y no supo nunca cómo entrelazar sus miserias con las de las demás. Sin saber congeniar semejantes cuestiones con la fragilidad que llevaba en el centro de su corazón y que prefería morir que mostrar a nadie. Literalmente.

Su empeño en conseguir quedarse en la empresa de manera indefinida y con responsabilidades de mucho postín y poco trabajo se vio realizado con artimañas de trabajadora incansable, halagos positivos, o eso parecía. Al resto de compañeras las ignoró y nunca tuvo ningún remordimiento en pedir el despido de quien le llevaba la contraria. Sentía reparos con gente que estaba demasiado gorda, delgada, el pelo mal cuidado, la ropa hortera y las vulgaridades que no soportaba, cosas como el cabello con canas, las uñas mordidas o la ropa ceñida en traseros planos. Solo consiguió ignorar aquellas atrocidades en las que consideró amigas y disculpó semejante mal gusto. Con Carmen intuyó que en cuestiones de cultura, moda y maneras, sería imposible quitarle el gusto por las palabrotas y la ropa de mercadillo, y que el presupuesto no le daba para marcas caras, ni en el vestuario ni en las cremas que se compraba como si fuese jabón de lavadora en rebajas. Magda tenía cultura en otras cuestiones que no interesaban a nadie, pero no tenía el interés y la facilidad para conseguir ser más atractiva, mejor valorada y con cierto refinamiento, algo que Paqui tenía siempre presente en todas y cada una de las amistades que tuvo a lo largo de su vida. Por lo que desistió de cambiar a Magda y a Carmen y aceptar que la amistad brindada no tenía por qué ser algo de continuo intercambio. Debía ser respeto mutuo y aceptación evidente. Se dispuso a disfrutar de la compañía, pero aunque lo intentaba con fuerza y apretaba los dientes para callar, no podía evitar sacar temas frívolos de revistas, modas y comparaciones con las compañeras, algo que pasaba casi todos los días.

Al final entendió que ella regalaba desinteresadamente lo que tenía, que no era otra cosa que los continuos sermones de mejorar el aspecto, la vida y la economía, eliminar a los hombres maduros y divorciados, las comidas con calorías y la compasión sin garantías de compensaciones. Asumió que al que no le gustase podía marcharse por donde había venido. Ese fue el resumen que les hizo a sus nuevas amigas y que aceptaron con bromas del tipo más vulgar y escandaloso posible. Paqui no se dio por enterada y a partir de aquellos momentos la relación se convirtió en su lugar y espacio de libertad. También fueron las únicas que sabían dónde vivía y el estado lamentable de su piso viejo, pero callaron con cierta pena y la dejaron creer que tenía la mansión moderna del nuevo siglo, minimalista, práctica, económica y un montón de alabanzas más. Tan exagerado fue que Paqui desconfió de ellas, pero decidió quedarse con lo bueno aunque fuese mentira. No estaba preparada para contar sus misterios de telenovela, ni en aquellos momentos ni nunca.

Llegaron los tiempos de baja autoestima y en las pocas ocasiones que visitaron a Paqui en su pequeño reino, llegaron a verla con pantalón de chándal, zapatillas del mercadillo y el pelo sucio. Eso alarmó a las otras más que la falta de tonterías que solía soltar en un mínimo espacio de tiempo, indiferente al que escuchase toda la retahíla de majaderías que llevaba consigo como la mochila invisible que la hacía ir más recta que el palo de una escoba. Considerando que la ayuda sería de vital importancia, la inscribieron en un grupo de Facebook para solteras y divorciadas, dándole una sorpresa tan grande que se sintieron las mejores personas del mundo mundial. Lo que no llegaron a enterarse, pues Paqui lo ocultó como un asesinato mal perpetrado, fue los sermones que les soltaba a los hombres en aquel grupo y las quejas tan lastimosas que le hicieron ser bloqueada por todos los del género masculino y quedarse con las confidencias de mujeres tan dolidas como ella.

Pero le ayudó para dar la imagen que siempre quiso tener y entremeterla, por lo menos de cara a la galería, ya que se devanaba los sesos para poder hacer fotos en lugares bonitos y publicarlas en el grupo. Lo peor era ponerse delante del espejo con posturas tan complicadas para que no se viesen sus efectos de madurez avanzada, que más de una vez se jorobó el cuello y la espalda queriendo dejar constancia y permanencia de su belleza eterna. Eso fue con el tiempo de los descubrimientos y de secretos que probablemente se llevaría a la tumba.

Sabía que sus amigas y compañeras no le hacían mucho caso, el setenta y cinco por ciento del tiempo la ignoraban y el otro veinticinco por ciento la trataban con condescendencia infantil y poco más, pero no le preocupó demasiado. Ya que siempre pudo echar mano del remedio más eficaz, que no era otro que contar desgracias y hacerse la víctima durante unos días, exageraciones teatrales y descripciones terribles del pasado conyugal. Días que resultaban necesarios para recomponerse lo suficiente del calvario en el que solía estar cuando tenía que visitar a su madre y recordar todo el proceso del divorcio, recriminándose una y otra vez, haber dejado pasar la oportunidad de percibir una pensión digna y vivir del cuento durante años. Pero la soberbia y el orgullo la tenían atrapada y con el matrimonio basado en la separación de bienes, le quedó un regusto amargo y la pobreza que detestaba más que al exmarido. Aun con todo se entretenía en la faena, reía por las disputas de otras y daba consejos inútiles al que estuviese a su lado durante la jornada de trabajo. Pero sobre todo se dedicaba a aconsejar sobre cómo conseguir desplumar al desgraciado que se atreviese a engañar a su mujer. Era un tema delicado para ella que conseguía sacarle todo lo malo de dentro, eso y que de bueno no tenía mucho.

Porque aceptarla tal y como era sin más excusas que la amistad, resultó todo un reto para Magda y Carmen, que la vieron en sus mejores y peores momentos.

Lo que realmente impactó a Paqui fueron las historias de mujeres que llegaron a trabajar de otros países, en circunstancias lamentables y con el miedo en el cuerpo. Huyendo de la violencia, el hambre y la miseria, la falta de atención médica y sin trabajo decente. Donde dejaron a sus hijos al cuidado de abuelas desesperadas, con necesidades que jamás pudieron aliviar y con la angustia de verse perdidos para siempre. No sabía cómo entablar conversaciones superficiales con aquellas personas tan diferentes de su entorno. Afortunadamente, llegó a entender que su pobreza nada tenía que ver con la de las otras, ni su privación de lujos llegaba a la altura de la tristeza que podía percibir en sus ojos. En su favor hubo que reconocer que lo intentó, se implicó todo lo posible para comprender a otras personas y solo consiguió sentirse más egoísta que nunca, más fría que la merluza congelada y llegó a la decisión de mantener las distancias de desgracias ajenas, sobre todo si eran de proporciones desmesuradas y sus remedios modernos no eran eficaces.

La mentira mejor contada

En aquella vieja fábrica hubo de todo: alegrías compartidas por nacimientos de nietos, también por renovaciones de contrato, encuentros inesperados entre ciudadanos del mismo país, relaciones de profunda amistad, momentos de fiesta en cumpleaños y cerveza fría después del trabajo. Y cómo no, también desgracias por familiares y despidos, dificultad para pagar el alquiler, enfermedad, pobrezas indiscutibles y tristezas arraigadas, necesidades básicas en personas que solo disponían de sus medios para sobrevivir y que cada cual llevaba dentro de su alma el recorrido que la vida le marcó y dejó secuelas para siempre.

Muchas de aquellas personas debieron abandonar la cuidad en cuanto el trabajo empezó a escasear y los pedidos se ralentizaron. Se les terminó el contrato y los ahorros no llegaban para mantener la esperanza el tiempo suficiente y conseguir otro. Nadie podía esperar mucho la oportunidad y la sorpresa de un empleo inmediato. Como ejemplo hubo cientos de ellos, jóvenes chicas que llegaron con lo puesto y que debían mandar dinero a sus madres que cuidaban de sus retoños sin más expectativas que el presupuesto que salía del trabajo de aquellas niñas desesperadas. Mujeres maduras con la fuerza de un huracán para conseguir establecerse en el sitio que le diese la oportunidad de mejorar sus vidas y poder traer a su familia del lugar que los vio nacer pero sin más entorno que la desgracia. Hombres que dejaron todo atrás para conseguir el sueño de tener una casa donde el miedo no fuese el primer plato, con varios hijos desperdigados por el mundo en las mismas circunstancias y con los corazones rotos. Sí, hubo para contar un millón de vidas y experiencias diferentes, pero con el mismo sentido humano que todos los demás entendieron sin palabras.

También los hubo arrogantes, ilustrados, lerdos, engreídos, egoístas y mentirosos, pero fueron los menos y el recuerdo se quedó enterrado en el contenedor del reciclaje con el olvido de todos los demás. Cualidades humanas, por llamarlo de algún modo, que se consideraron esenciales para la rutina diaria y que daban un amplio margen de bromas personalizadas como tema principal, los cochambrosos que siempre hubo y que el lugar de nacimiento no hacía la diferencia visible para el resto.

La vida resultaba complicada para todos, por la pandemia y porque no habían tenido jamás la vida sencilla y fácil que todos necesitaban, soñaban y luchaban por conseguir. Y como fácil no significaba exenta de sacrificios y esfuerzos, pero sí libre de miedos y carencias esenciales, algo más habitual de lo que se podía imaginar.

Porque desde siempre se había propagado por el planeta, como el virus de la pandemia, pero con resultados más efectivos, pues para ello nunca hubo vacuna y llegó hasta los confines del mundo donde los oídos más sensibles e insensibles llegaron a creer, que debían trabajar sin descanso, obedecer sin preguntas, no pensar más que en el ser divino que pagaba su trabajo, ser competitivo hasta la muerte en caso necesario, arroyar a todo aquel que estuviese en las misma circunstancias, perder la humanidad entre mentiras de poderío y sacrificar sus vidas en pos del rico poderoso y monstruo empresario, político o religioso que se diese el caso de tener la razón y el poder de su parte. Si con todo eso puesto en marcha y las continuas peripecias para poder llevar una vida digna, de las que salían en la tele, en las redes sociales y en las reuniones de vecinos, no habían conseguido tener el coche más caro, la vivienda más exquisita y la familia de foto oportuna, compras infinitas, consumir sin descanso y contribuir al despilfarro mundial, tirar comida diariamente a la basura sin remordimientos, con los niños perfectos, el perro de pura raza y las vacaciones en el extranjero, nada del pueblo de la madre, se podían enterrar antes de que la muerte llegase porque sencillamente eran unos fracasados.

No había punto intermedio, solo a los que nacían con la estrella en la frente y la cartera llena se les consideraba afortunados, ya que tenían el plan perfecto para hacer creer al mundo entero con artimañas empresariales, violencia en estado puro, codicia absoluta, mentiras creíbles y el miedo que todo ello generaba, para hacer un mundo lleno de maldades, donde nadie estaba a salvo si con ello dejaban olvidada la codicia del poderoso.

Y todos los creyeron a pies juntillas, con la esperanza de salir victorioso del enjambre montado para unos pocos. Se vendieron los principios y los valores importantes para conseguir una vida más digna y equilibrada que fue una gran mentira, se regalaron los derechos del planeta para unos cuantos hombres siniestros que la saquearon sin tregua. Y se dio por pura necesidad la vida de los pobres para justificar el empleo, la economía y las desgracias que llegaron sin visibilidad entre pantallas y periodistas comprados.

Alcanzó a todos, en cada rincón donde se pretendía mantener las distancias. Lugares que se mantenían a flote con descaradas mentiras y profundos intereses que no les llegó para compensar lo robado. Como tampoco pudieron cambiar nada excepto la sensación de haber perdido lo más importante, pero que lo dejaron pasar por miedo al futuro, sin saber que aquel futuro ya estaba hundido.

Seguían saliendo en los medios palabras incomprensibles de déficit, subidas de precios en todo lo esencial y mucho más, desempleo, intereses altos de hipotecas, préstamos indignantes a los bancos nunca devueltos al pueblo, excusas de privilegiados y ladrones que llevaban la enfermedad de la codicia en sus genes inalterables. Una mentira tras otra que dejaron de cuestionarse para poder entender que la vida solo les brindó la posibilidad de ser valientes y que no consiguió nadie ni en sus sueños más atrevidos. Por lo que la mayoría se dedicó a beber en bares de barrio y dejando los problemas dentro de sus casas. Viviendo la mentira como una realidad irrefutable, dejando que los pasos los llevasen al mejor precipicio donde la caída resultaría irreparable y con suerte no dejaría endeudados a sus descendientes.

La enfermedad de la codicia les llegó como la peste, pero con el rostro radiante si se conseguía el propósito de poseer todo lo material que se podía entretejer en los pensamientos extasiados de siestas en sofás desgastados y despertares ansiosos. Ya que la enfermedad no causaba la muerte, solo la desesperanza de sentirse fracasado y la impotencia de no haber nacido afortunado. Nada de valorar sus cualidades, su inteligencia, su creatividad, la fuerza de voluntad, el espíritu de superarse en los peores momentos, sus experiencias y la posibilidad de compartirlas con personas tan destrozadas como ellos mismos. Aquello era cosa de estúpidos que llegaron a creer en la esperanza de cambiar la historia y se quedaron como espectadores para ver llegar el fin.

Nadie cambió nada y la pandemia se quedó como un lapsus de reconocimiento humano, pero que solo dejó más mentiras y codicias que antes.

Y si por una de las casualidades de la vida conseguían tener una casa en condiciones, un trabajo con sueldo decente y estable, unos hijos aceptables y un pareja para discutir y hacer el amor de vez en cuando, debían defenderlos con uñas y dientes, escupitajos, hechizos y no dejarse llevar por las monsergas del desgraciado y pelear por sus intereses mientras tomaban bebidas caras y tapas en los restaurantes de élite con un ojo puesto en el coche nuevo y alarmas en todas partes. Había pasado de moda la empatía, el compromiso y la humanidad.

Como en todos los entornos de la vida cotidiana, siempre se conservó la certeza de que el desgraciado debía haber hecho algo mal para verse en aquella tesitura. Ya que la miseria y pobreza que salía por la pantalla no alcanzaba para dar de pleno en la cara y despertar al que llenaba su ego con migajas del oscuro poder de la justicia, la efímera credibilidad que se vendía como pipas saladas y los buñuelos que se hacían cuando se querían mantener las tradiciones.

No hacía falta ir demasiado lejos ni a otros lugares llenos de desgracias para comprobar los fallos del sistema, la injusticia y el egoísmo humano. Por lo que la mayoría consideró que las gentes de fuera, ciudadanos de otros países que llegaron a la fábrica donde el trabajo los unió, eran personas con vidas mediocres y en distintas categorías. Nada que ver con las suyas de clase media y con ínfulas de mejorar. El ego de aquella sociedad resultó ser la más dura y difícil convivencia.

Paqui siempre pensó que era de los afortunados y el revés que le dio la vida la llenó de reproches y culpas al resto. Sintiéndose fuera de lugar entre pobretones, intentó mejorar su economía y su círculo de amistades. No pudo llegar a cumplir sus sueños porque los mismos, ricos superficiales que la quisieron en el pasado, si se podía decir semejante cosa, la rechazaron por el mismo motivo por el que ella rechazaba a los demás. Por pobre.

La perspicacia de Paqui no llegó para nada más que para continuar con el empeño de la aceptación de su supremacía ante los demás y sentirse especial sin más motivo que la experiencia de haber vivido con derroches y mansiones, nada que ver con su intelecto y su recorrido por la vida. Los debates sobre el tema no le interesaban y zanjaba el asunto cuando Magda se empeñaba en hablar de aquello, con burlas sobre los desgraciados e ignorando los comentarios que decían las demás. Segura de sí misma al decir convencida que todos no eran igual, nadie estaba en aquel mundo para ser compañero de tragedias, como mucho podían ser afortunados si conseguían no dejarse perder en mensajes de paz y amor. Aquello no existía ni había existido nunca.

Con sus palabras conseguía que las demás dudasen y se preguntasen si alguna vez aquella mujer amó de verdad algo que no fuese dinero y poder. Pero lo dejaban pasar, por no tener el sermón del divorcio traumático.

Carmen nunca pensó en otra cosa que haber nacido desgraciada, por lo que no tuvo dificultad en reconocer que las desgracias irían en su vida de la mano. Y no le dio más vueltas al asunto. Consideraba que la gente como ella estaba destinada a sufrir toda la vida para que otros tuviesen todo hecho. También pensaba que no todos los ricos eran gilipollas, ni todos los pobres eran mártires, había de todo en aquel mundo lleno de mentiras y verdades. Todo dependía de dónde nacías y si la suerte llegaba a tiempo. No le gustaba hablar de aquellas cosas porque no tenían remedio y darle vueltas era una pérdida de tiempo y un desgaste que te dejaba trastornado.

El remedio infalible era no permitir que las circunstancias te atropellasen y dejar que cada uno arreglase sus asuntos como pudiese. Confiar en que alguien te sacaría las castañas del fuego era lo más tonto que podía imaginar. Por eso no votó nunca a ningún político y normalmente los llamaba payasos cuando los veía en la tele.

En el trabajo se sintió más feliz de lo esperado y consiguió avanzar en temas delicados, según ella, como el sexo moderno, la igualdad, los derechos humanos, que confundía siempre con los del trabajador, sobre todo a sonreír con pocas ganas y poner mucho entusiasmo a la hora de cotillear. Todo lo demás le llegó con bastante confusión y se dijo un millón de veces que la vida era como una tómbola. Algunas veces te tocaba ganar y otras perder.

Nunca le importó demasiado si sus compañeras la querían mucho o poco, ella se daba por contenta con no matarse entre horas de trabajo y almuerzos movidos.

Nunca confesó sus sueños perdidos y la ternura que sentía por su madre loca y confusa. El amor por sus hijas no entraba en el debate, ya que no era amor lo que sentía, era mucho más y un instinto de protección que no podía comparar con nada, ni en aquel mundo ni en ningún otro. Solo podía reconocer que si tocaban a sus hijas, podían darse por muertos. Cada cual que entendiese lo que quisiera.

En el trabajo las emociones fueron siempre lo más complicado para ella. Soltaba emociones a gritos de vez en cuando. Nunca se supo si eran por enfado o alegrías, ya que solía reaccionar de la misma manera ante sentimientos intensos e incontrolables.

Y Magda se quedó perdida entre esperanzas rotas y mezquindad humana, incomprensible e imposible de cambiar entre todos. Dejó de mantener conversaciones de ese tipo con las compañeras. Sobre todo porque terminaba con la sensación de haber perdido lo más sagrado, que no era otra cosa que la esperanza y la fuerza. No pudo entender la crueldad que significaba la indiferencia y la dejadez que sería el camino más corto para terminar como sociedad entre vertederos y reciclajes de mentira. Y miraba a sus hijos fijamente mientras dormían, con el corazón en un puño, al ser consciente del futuro de mierda que les aguardaba entre luces de colores artificiales.

Con su marido nunca trató de conversar sobre aquello, se conocía las respuestas de memoria, que la dejaban más perdida y sola de lo que normalmente estaba. Su pareja tenía la teoría de dejar que las cosas siguiesen su curso natural y no darle vueltas a algo que no tenía remedio, solo conseguían amargarse y no disfrutar de lo sencillo, que para él resultaba ser el almuerzo, la cerveza, los chismes y la discordia familiar. Para Magda fue un auténtico problema encontrar con quién poder compartir sus inquietudes más trascendentales y hablar con optimismo o esperanzas inútiles. Solo de vez en cuando se podía permitir sumergirse en conversaciones interesantes con su amigo Roberth y Juan, un venezolano culto y amable, que buscaba la oportunidad en tierras lejanas, porque creía haber perdido el futuro en su país de origen. No podía desprenderse de la costumbre de sentir esperanza y la energía se la entregaban las conversaciones telefónicas que mantenía con su hijo, desde otra ciudad y lejos de su padre, que le ayudaba a mantener su soledad en silencio y el entusiasmo del reencuentro. Algo que sucedió en cuanto el trabajo se ralentizó y Juan se marchó en busca de mejores oportunidades y la cercanía de la familia, llevándose en el corazón las amistades más sinceras y los debates más intensos, que le hacían sonreír en las noches más inciertas, que también llegaron.

Porque a pesar de su juventud eran unos muchachos con una perspectiva increíble y las conversaciones fueron dignas del intelecto más sublime. Entendiendo que nada tenía que ver la creencia política, cultural o religiosa, para constatar la bondad del compañero.

Magda lo intentó con sus amigas de trabajo y no fue posible hacerlo más de una vez y que no la mandasen a freír espárragos.

La única unión entre ellas, en temas trascendentales, que no era lo habitual y la rutina diaria, fue las inquietudes del momento y la capacidad de entender las más íntimas miserias, la compasión por seres más desamparados y la certeza de que tal cosa no solucionaría el problema.

Todavía se creía en las posibilidades y en la mentira mejor contada, pero sobre todo en las apariencias que debían ser lo primero y lo último, en aquel país lleno de creencias religiosas arcaicas, grotesca incultura vendida como perspectivas de futuro, fanatismos por un pasado glorioso en algunos círculos más rancios que calaban entre ignorantes mediocres, modernidades mal entendidas, la incultura del progreso y la igualdad entre personas. Dado que la mayoría ignoraba a conciencia cualquier cosa que tuviese que ver con la mejora de toda la sociedad, ya que era complicado dejar de salir y disfrutar todo lo posible entre risas y buen vino para recordar las miserias ajenas. Lo más contemporáneo que se permitían era ser permisivos con las nuevas tendencias de los hijos que sentían un desapego por la vida la familia y la política, ya que nacieron con la estrella en la frente y la cartera llena por el trabajo de sus padres. Abocados al fracaso, sin más aspiraciones que las mentiras más creíbles entre chicas y chicos vacíos y un mundo lleno de dificultades. Pero no fueron culpables del desastre, para eso ya se sirvieron los mayores solos. Y para más dramas ya estaban las instituciones públicas, los bancos, las series de televisión que resultaron un gran negocio por resultar adictivas, las nuevas tecnologías y sobrevivir sin caerse muerto antes de tiempo.

El humano estaba hueco y llenaba esos vacíos con compras absurdas e inútiles, películas de eterno final feliz sin mucha reflexión y de carácter indefinido. Y la esperanza de vivir con salud mientras se comía todo bicho de granjas y de dudosa procedencia, atiborrados de antibióticos y hormonas, criados entre porquerías y maltratados sin que se tuviese la decencia de evitar semejantes cosas. En continuo círculo tóxico y sobre todo en Navidades y fiestas de renombre. Hasta las comidas tenían su estatus, por lo que solo los más afortunados se alimentaban con cierto equilibrio saludable, la mayoría se sentía bien si conseguía llenar la nevera con algo más que acelgas y cocido para toda la semana. Todo sobrepasaba el presupuesto de los más necesitados y debían decidir entre comer o pagar, algo que desgastaba hasta el punto de no retorno y que dejó a millones de familias en estado de alarma permanente. Pero que nadie, y con nadie se referían al político y demás clanes y personas de a pie, se interesó por el bienestar y las mejoras que no llegaron. Su bien más necesitado y el más valorado siempre fue compartir con los de su clase las esperanzas, los miedos y las noticias, los trabajos bien pagados y que todo aquel que quería volar en busca del oro perdido pensaba encontrar, sin mucho éxito y con la resignación que daba conformase para tiempos mejores.

Por lo que en esas historias con gente común y corriente, hubo que saber antes de juzgar a mujeres como Carmen, Magda y Paqui y otras docenas de personas que también vivieron el antes, durante y después de la pandemia, más tarde llegaron más cosas y la vida se las llevó como a todo, pero eso era otra historia.

La factura del pasado

Llegaban en el turno de mañana con los ojos pegados, todas menos Paqui que se levantaba a media noche para poder maquillarse y dejarse la piel en aparentar la juventud que no aparecía por ningún sitio. Aquello divertía a Carmen y Magda durante casi todo el turno y se lo hacían saber con comentarios llenos de bromas irónicas y burlas sin filtro. Pero que la fuerza y seguridad de la otra ignoraba con dignidad y mucho orgullo, algo que siempre consiguió dejar a las demás con ganas de fastidiarla continuamente, hasta que veían sus gestos y sus labios apretados, dejaban de incordiar un rato y sacaban otros temas de conversación.

Pero la charla de aquella mañana interesó a todas, incluso cuando fue Magda la que empezó el cirio interminable de especulaciones al respecto que nadie comprendió. Y a Paqui, con toda la indiferencia y aburrimiento del que alardeaba sobre política o cosas parecidas que no comprendía. Pero el tema dinero, crisis, empresas cerradas y pobreza que llegó a todos en los años de crisis, le resultó interesante para decir sus opiniones y las burradas que soltó sin reflexión ni remordimiento.

Defendía con chulería y soberbia que el causante de la crisis fueron los mismos trabajadores, que se creyeron importantes y se dedicaron a comprar casas y coches como si fuesen un regalo.

No tuvieron la delicadeza de permanecer en la más baja escala social y quisieron aparentar ser millonarios, perdieron todo. Olvidando convenientemente el esfuerzo de cada uno para pagar sus créditos y sus hipotecas. Perdiendo el trabajo que debía mantenerlos en la sociedad como activos en la economía. Y sin embargo, los dejaron pudrirse para que los bancos se salvasen del trastazo que solo alcanzó a los de siempre, los pobres currantes, los ancianos que tuvieron que ayudar a los hijos y los nietos y la miseria que llegó para no marcharse jamás.

Fue un antes y un después en la charla que se mantenía entre máquinas y que tenía muchos protagonistas y oyentes interesados, que prestaban atención a pesar del ruido del monstruo.

Algunos días especiales el tema de debate era sobre las desgracias del pasado, la famosa crisis y la existente pobreza que se había instaurado entre la sociedad como lo cotidiano y lo normal.

Llevaban en sus espaldas la crisis pasada, la conocida burbuja inmobiliaria que explotó sin más entre angustias e incredulidad, con deterioro de salarios y malviviendo con los pocos derechos que les quedaban a la mayoría de los trabajadores. El ejemplo de las crisis del mundo estaba en aquella nave llena de personas desplazadas de sus países de origen, para poder sobrevivir y conseguir, por lo menos intentarlo, una vida más digna.

Pero no hacía tanto tiempo que en aquella tierra de oportunidades y de futuros brillantes se dejaron la piel y la vida millones de personas por no poder salir adelante con los salarios que no llegaron y la ausencia de ayudas para, por lo menos, no morir de hambre, haciendo de la miseria lo cotidiano y poniendo de moda los comedores sociales y los bancos de alimentos. Se palpaba en el aire el miedo que no dejó de fluir como la sombra del pasado, que daba más angustia que el contagio.

Justo aquel día, la conversación llegó a límites incontrolables y la hora del almuerzo se convirtió en la segunda parte de la pelicula que había empezado a las seis de la mañana en la máquina de Paqui. Nadie estuvo callado y todos dijeron sus pensamientos más ocultos de la vivencia que los dejó gravemente heridos, pero no muertos. Con más miedo a volver a la miseria del desahuciado, que aquel que el virus pudiese provocar en su familia.

Nadie se comió los bocatas ni los dulces que se habían sacado de la máquina, ni los cafés que se quedaron fríos, los zumos azucarados se quedaron encima de la mesa y solo los fumadores aprovecharon para empalmar los cigarrillos. En la parte de atrás de la nave, sentados en sillas de plástico, limpiando la mesa de las cacas de los pájaros que anidaban en el techo de uralita, y que hacía la función de terraza para que la gente tuviese sombra y un lugar para protegerse del aire de la lluvia y del frío. Y en caso de no querer semejante lujo, se podían ir a la pequeña sala que había debajo de las oficinas, que no era más glamorosa pero tenía aire acondicionado, calefacción y tranquilidad. Todos participaron del escabroso, doloroso y eterno debate del culpable de la miseria que vivían los presentes y los que no estaban para poder decir su experiencia y sus críticas.

Hasta Carmen que no estaba para oír sermones que no tenían remedio, participó con ganas y con gritos de furia contra los bancos, los políticos, los empresarios y contra los compañeros lameculos que también eran culpables y nadie los tenía en cuenta.

Muchas de las personas que habían llegado de fuera y no habían tenido el dudoso placer de vivir en los tiempos de derroche y construcciones faraónicas, y que algunos mandamás habían construido con dinero público, desfalcos, presupuestos astronómicos, mentiras e inacabados mausoleos a su propio beneficio, mantuvieron la expresión del resignado, del que ya había pasado por aquello en otro lugar y con otra gente, pero con el mismo resultado. Ignorar todo lo posible las estrecheces del desgraciado pobretón y hacerles creer que solo había un culpable, que no era otro que los crédulos, estúpidos e ignorantes ciudadanos que se dedicaban a votar al más guapo, el más ladrón o el más arrogante. Y en el caso de que fuesen de un país donde no estuviese la fantástica democracia, con alardes de maravilla moderna, solo era necesario un dictador para hacer lo que le diese la gana, forrarse con los esfuerzos ajenos, pero con la diferencia de hacerlo sin tapujos y sin falsa modestia.

Una única cosa quedó clara entre el almuerzo apresurado y prisas por hablar más que nadie. Todos llegaron a la conclusión de que nada podían hacer, ni en ese país ni en otro, para cambiar lo que ya estaba perdido. Aunque siempre hubo quien creyó en marcharse fuera, a Finlandia por ejemplo, y pensar que en esos lugares ataban los perros con longanizas.

La libertad de expresión y pensamiento, solo en lugares cerrados y sin chivatos por supuesto, daba para creencias de todo tipo e ideología, pero la poca cultura política y de proporción realista, no dio para nada más que continuar con lo que estaba servido. Resignación, quejas en el bar y estar callados en los momentos de reclamaciones justas, la receta perfecta para seguir eternamente con lo que ya estaba establecido. Si les iba bien, olvidaban las desgracias del compañero, si les iba mal, dejaban que fuesen otros los que defendiesen sus derechos. Lo dicho, un mundo plagado de miedos y traiciones.

Aparentemente todo había quedado atrás, pero los sueldos miserables, la falta de derechos laborales, miles de personas que se suicidaron ante la pérdida de sus casas, arruinados y con el fracaso que vivieron por culpa de la codicia devastadora, estaba muy presente en la vida de cada familia.

Las prematuras arrugas en sus rostros, la tibia sonrisa y la desconfianza llenaban los rincones de todos los trabajos y de cada corazón que intentaba sobrevivir.

Años de renuncias, de miserias, de mentiras, habían hecho posible que la sociedad aceptase como bueno algún trabajo que le permitiese pagar la hipoteca con sufrimientos y llevar comida a casa. No había más sueños de vivir con dignidad y progreso sostenible, eso había quedado atrás.

Todos aquellos años de miedos y necesidades habían pasado factura a la sociedad, exaltando lo mejor y lo peor de cada uno. Volviéndose completamente egoístas, buscando culpables en la piel de otro color y otras culturas, que no estaban mejor que ellos mismos, pero que daban margen para las quejas y los odios. Crueles con las necesidades ajenas, indiferentes al dolor y machacando a quien hiciese falta para sobrevivir. Como también hizo que millones de personas se uniesen y luchasen por una vida más justa, por erradicar la xenofobia, el estigma de la pobreza y sobre todo que las personas fuesen lo primero, más allá del lugar de nacimiento, religión y demás estupideces que solían inventarse los poderosos para dividir a un pueblo necesitado.

En los tiempos de supuesta bonanza, se dejaron los principios y los valores, la clase obrera se dejó llevar por las mentiras de creer que eran clase media alta, y olvidaron la función de seguir con la lucha para no retroceder en lo más importante, que no era otra cosa que los derechos más básicos. El trabajo digno y la prosperidad que se habían ganado durante generaciones pasadas y que se fueron como un espejismo difuminado entre millonetis que tenían el poder de destruirlo todo. Y lo hicieron. Para salvarse el culo y seguir con sus inmensas ganancias y fortunas, lo hicieron.

El resto de gente corriente había perdido de vista el pasado y habían confiado en la democracia y los sindicatos, en la dejadez de creer en que todo estaba hecho, sin permitirse una mirada al pasado más reciente y que los tenía cogidos de las pelotas. Cuando la desconfianza llegó a la nave de mascarillas, fue por la cantidad de personas de diversos países que encontraron allí la digna manera de ganarse el pan. Pero estaba demasiado enterrado en el corazón del resto el rechazo y la soberbia de sentirse superior y de mejor calidad. Como si de fruta se tratase y hubiese de diferentes precios, lo dicho, miserables los hubo en todas partes, afortunadamente buenas personas también.

Durante meses fueron testigos de la llegada de cientos de personas, todas contratadas por una empresa de trabajo temporal, algo de lo que la mayoría renegaba, pero imposible de evitar las garras de la codicia que se engordaba con el esfuerzo ajeno.

Famosas ETT que contrataban a personas necesitadas y en las que recaía sobre sus hombros la enorme tarea de mantener a los suyos y a los de arriba, triste pero inevitable, pensaban todos.

Mujeres de diversos países y lugares, con culturas tan diferentes como el día y la noche, tanta riqueza humana como distintos criterios de vida que hacía de todo aquello una experiencia extraordinaria.

Pero como siempre no todos pensaron lo mismo.

La naturaleza humana no siempre era empática y solidaria. El desconocimiento era demasiado poderoso para erradicarlo en unos pocos meses, incluso en años. Resultaba muy difícil combatir argumentos ilógicos con la realidad más cruda. El milagro resultaba de lo más increíble, cuando de la convivencia, el roce, la esperanza y la humanidad que se respiraba entre aquellas cuatro paredes viejas y trastos de todo tipo, emergía la luz que llenaba los oscuros rincones del alma, con apoyo y compañerismo, amistad sincera, confidentes de penas y sonrisas de comprensión. Y eso era posible porque en el fondo de aquel pozo negro de miedos y de críticas, de desconfianza y culturas opuestas, solo la necesidad de compartir llenaba los ratos del día. Con el tiempo se dio el reconocimiento de la misma necesidad y ver lo que eran en realidad aquellas personas venidas de fuera, gente decente, la necesaria e importante tarea de ser mejor de lo que fueron otros en el pasado, y llegar a quererse como habían jurado no hacer.

El trabajo era una manera de conectar con las compañeras, las horas de esfuerzo debían ser el lazo de unión entre personas que tenían más cosas en común de lo que podían imaginar.

Las necesidades más básicas e importantes hicieron que todas aquellas personas buscasen trabajo en cualquier sitio de cualquier manera y sin exigir nada más que trabajo, muy a su pesar el sueldo no era lo más importante... sobrevivían con lo que tuviesen, conviviendo entre ellos en pisos de pocos metros y en habitaciones con eternas noches sin aire y luz.

Pocos llegaban al trabajo con quejas y monsergas, casi nadie se ponía enfermo y absolutamente todos ellos eran héroes anónimos de la vida, amables y respetuosos. Por supuesto no todos eran un dechado de virtudes, algunos eran arrogantes y muy ambiciosos, siempre dejaban la sensación de que aquellas personas habían llegado con el sueño de conseguir el paraíso. Algo que por supuesto no existía ni en aquel país ni en ningún otro. Ni más ni menos que los valencianos, andaluces, gallegos, catalanes y demás gente que trabajaban allí, y que no hacía tanto tiempo sus antepasados habían sido extranjeros en otros lugares.

La diferencia era que mientras los españoles estaban en una situación privilegiada, incluso con todos los problemas económicos y familiares que se daban por hecho, los extranjeros solo tenían su propia fuerza y fe en sí mismos para no derrumbarse y seguir defendiendo lo poco que podían conseguir. Pagar su alojamiento, comida decente y poco más podían permitirse. Pero la estupidez humana no tenía límites y muchos de los que se consideraban superiores por haber nacido en esa tierra, se lo ponían difícil y si era posible la humillación también entraba en juego.

Afortunadamente no era habitual ese tipo de situaciones y las pocas personas que hicieron el desprecio de humillar a alguien, fueron despedidos y nunca más volvieron. Aunque en muchas situaciones el despido fuese algo por pura necesidad de bajada de producción. Nadie era la cara pública de la empresa que diese explicaciones que no venían a cuento. Exactamente igual que muchos despidos repentinos e inquietantes que no correspondían a fallos laborales o enfrentamientos entre compañeros y en donde cada cual sacaba sus propias conclusiones.

Añadían al trabajo los roces entre algunas mujeres, la salsa picante que dejaba el regusto de la enemistad entre jugadoras de diferentes equipos. Pero siempre tuvieron las de ganar las preferidas del jefe, las que se podían permitir un comentario ante el gerente que dejase a la perjudicada sin defensa posible. Y consiguieron desterrar del equipo a personas que no lo merecieron y a otras tantas que debieron marcharse antes que nadie, pero sus méritos como imprescindibles hicieron que se quedasen como lapas entre burbujas de ácido. Nadie estaba exento de parecer soberbio, ni decente en lo que se refería a utilizar el poder de la amistad o del adquirido conocimiento para poder echar a alguien de la empresa, si no era del agrado de la élite.

La competitividad resultaba preocupante entre personas que lo único que parecía tenían entre sí, era la fuerza con la que enfrentaban el futuro. Humanos con carencias y creencias absurdas que propagaban las desigualdades con mano de justicia completamente parcial.

La arrogancia del trabajador con aspiraciones de poder y desdén al resto de compañeros, era algo a tener en cuenta. Lamentable comportamiento, pero que acompañaba al mundo desde que se tenía conocimiento de convivencia entre rivalidades y tonterías parecidas.

Para Magda resultaba difícil entender las maldades arrojadas entre amigas y solo consiguió entenderlo cuando Carmen le explicó con cuatro palabras la verdad de la humanidad. Que no fue ni más ni menos que darle un rapapolvo resaltando que la vida estaba llena de bichos peores que el virus.

Y continuaban en el trabajo con días espesos y momentos eternos, pero los comentarios y las murmuraciones siempre estaban al orden del día. Imposible callar al cotorreo que siempre surgía sin más causa que el aburrimiento.

Parecía toda una vida entre ruidos y cajas, en compañía de ojos que miraban por encima de la mascarilla, tristes y solitarios, perdidos entre nubarrones oscuros, con desgana de sonrisas y silencios más importantes que las palabras mejor dichas. Las miradas que se buscaban y que en muchos casos resultaba como mínimo preocupantes.

Colores marrones oscuros, verdes apagados, azules fríos y grises indiferentes era cuanto podía verse entre ellos, de unos ojos grandes o pequeños, con largas o cortas pestañas y cejas finas bien definidas o gruesas muy pobladas, pequeñas arrugas alrededor de los ojos y en muchas ocasiones pelusilla en zonas poco comunes, nada más se veía entre las mascarillas y los gorros de protección. Solo se podía percibir la sonrisa discreta, las muecas burlonas y las lenguas mordidas para no soltar lo primero que se pasaba por la cabeza, todo un abanico de emociones que disimulaban las mascarillas. Imágenes que surgían al mirar directamente a la cara de alguien que estaba al lado y la dificultad de reconocer esa voz con la persona que miraba por encima de la tela, con el protector del cabello, los guantes, la bata, la mascarilla y la discreción que cada uno hacía uso de ella.

Pero predominaba la bondad en las miradas y el respeto más conocido. No era necesario enterarse de las desgracias ajenas para entender las dificultades que cada uno tenía. Ni siquiera mantener el privilegio de sentirse en casa. Excepto algunas mujeres que no pudieron cambiar su más que enervante sentido de la propiedad y se mantuvieron lejos de la risa, la alegría y la vida más sencilla. Mujeres que se quedaron solas por decisión propia, y a las que se respetó con silencios la confusión que llevaban en sus vidas.

Amigas de unas pocas y cotillas del resto. Con la más ingenua idea de pensar que sabían de todo y lo que no sabían se lo inventaron. Pero que no quitaron el sueño a nadie, ya que existía la confianza en recoger lo plantado. O sea, un rosario de porquerías les llegarían más pronto que tarde. Y si no resultaba tan dramático, seguro que la mezquindad no las dejaría ser felices con nadie. No era compatible la maldad con el día a día, resultaba agotador e infructífero en la mayoría de los casos.

Pero en el ser humano parecían inevitables aquellos sentimientos de rencor y envidias. Incomprensible y triste. Pero eso era otra historia.

No se podía salir a la hora del almuerzo sin protección, y era de lo más curioso reconocer a la gente por sus gestos, por sus palabras y sobre todo por el anonimato que daba ir vestidos como fantasmas, divertido y lamentable, dadas las circunstancias.

No faltaba quien deseaba que todo perdurase en el tiempo, que el desastre fuese eterno y la producción diese trabajo durante años, juicios mal entendidos y fantasías de cuento.

Pero con el tiempo y la bondad que tuvo la mayoría, se respiraba la unión entre cientos de personas, se trasmitía la amistad con pocas palabras y menos gestos. Se disculpaba el error y se dejaba la crítica para los momentos de intimidad. Y la oscura preocupación que llevaba la cara del futuro más lamentable en caso de seguir con la pandemia en las puertas de la gente, con la falta de trabajo en las casas más humildes y la certeza de que la crisis pasada los dejó destrozados y la pandemia los mataría a todos y no sería solo por el virus que impregnaba el aire.

El arcoíris del mundo

Cubanos, venezolanos, peruanos, colombianos, rumanos, marroquíes, españoles y muchos más fueron los que por ares del destino se conocieron entre desgracias del mundo y trabajo de compañeros.

Las historias de cada uno era diferente, pero la incertidumbre, el dolor y las necesidades hacían que solo fuesen conscientes de que la fortuna y la desgracia no entendía de razas y lugares, de riquezas y culturas, todos estaban en este mundo donde la muerte asolaba todo a su paso.

Y todos tenían miedo, era fácil percibir la angustia de la gente en el trabajo, la soledad de quien no podía hablar con sus seres queridos y la angustia que se vivía porque nadie sabía qué sería del futuro, la miseria que se avecinaba en caso de que todo aquello no tuviese solución.

Como era de esperar, muchas de aquellas mujeres se hicieron amigas, compañeras de desgracias y confidentes de críticas. Pero todas sentían la compasión a flor de piel, las noticias que llegaban a sus oídos, por televisión, por radio, incluso por conocidos, hacía muy difícil mantener la calma, los que tenían a la familia en la otra parte del mundo, incluso peor que el resto.

Madres que no sabían de sus hijos, hijas que no sabían de sus padres, hermanos separados antes de llegar a Castellón y que las circunstancias no permitieron volver a verse, cientos de vidas distintas en el mismo mar, pero no en el mismo barco.

Siempre había quien no creía en todo lo que se propagaba entre cotilleos y firmes motivos cuestionables, de dónde había salido el bicho que mataba y cuándo dejaría de hacerlo. Era como poco sorprendente escuchar razones inverosímiles de cómo y por qué estaban sometidos a confinamiento. Desde un complot político, mediático, farmacéutico y sobre todo para someter a la población.

El humano siempre encontraba los motivos para sospechar de lo que ocurría alrededor, por lo que era muy entretenido escuchar las versiones del resto de compañeros. Había de todo tipo, sin desperdicio, todas las versiones, incluso hacían dudar al resto cuando algunos se reafirmaban con sus informaciones concretas, verdaderas y por supuesto secretas.

La pasión que se ponía al hablar y todo cuanto se debatía en horas de almuerzos y salidas al baño, sobre los posibles responsables era digno de estudio.

Algunos creían que el bicho había salido de un laboratorio y por culpa de algún científico loco, se había propagado entre los humanos. Otros pensaban que era un experimento para controlar a la gente y eliminar ancianos que sobraban en el planeta, otros confirmaban la versión de que los gobiernos se habían puesto de acuerdo para doblegar a los trabajadores y que se les había ido de las manos, incluso confirmaban que el primo de un amigo de un amigo y uno más, había visto pruebas de ello. Por supuesto que no faltaba la explicación de la mala alimentación y la contaminación, que el planeta con el cambio climático y las porquerías con las que estábamos llenando el mundo nos había hecho pagar por ello. Sin duda después de aquella tragedia mundial todo cambiaría, al oír aquello todos negaban con la cabeza en silencio, nadie creía tal cosa.

No por la realidad de la contaminación y demás cosas, sino porque nadie quería cambiar sus hábitos y comodidades para salvar el planeta de una destrucción inevitable, demasiado cómodos, sin ser conscientes de la vida destructiva de la que todos eran partícipes.

Sin olvidar a los interesados en mantener privilegios y toda la tropa de personajes que solo tenían interés en ganar dinero, sin importarles en absoluto la destrucción que se llevase a cabo para ello.

El caso es que el embrollo mantenía muy entretenida a la gente y al mismo tiempo asustada, la imaginación no tenía límites y la mayoría olvidaba pronto las charlas vacías y solo rezaba para que no le tocase a los suyos, todo lo demás había dejado de tener importancia.

Siempre quedaban los frívolos que solo pensaban en hacerse fotos y comentarios bastante insulsos al respecto de la vida en confinamiento, cuanto más atrevidas fuesen las imágenes mejor. Y subirlas a las redes, hombres y mujeres que no se planteaban más que su propia imagen y que todo lo demás se pasaba por alto, con sus intereses personales como escudo y la poca reflexión como bandera. No es que el resto fuese una enciclopedia en lo que refería a la pandemia, pero no faltaban nunca los comentarios superficiales y estúpidos, con lo cual de vez en cuando era bueno. Así podían recordar que cuando aquello hubiese pasado, la estupidez humana seguiría intacta.

No había nada que reprochar, cada cual vivía el conflicto como podía, aunque en muchas ocasiones confirmase que el egoísmo era contagioso y el aburrimiento peligroso.

Siempre se tuvo la sensación de que todo aquel drama no cambiaría el interior de las personas, tanto aplauso por las noches a los sanitarios y después los dejaban sin medios, sin opciones, con contratos miserables y explotados hasta la extenuación.

No todos los sanitarios fueron héroes involucrados en cuerpo y alma, también hubo al que todo aquello le vino grande y la frialdad ante el dolor ajeno los dejó fuera de juego. Pero de todos ellos se quedó la imborrable marca del compromiso y del buen hacer sanitario humano y compasivo.

Ni qué decir que muchos empresarios de corazón blando colaboraron con las necesidades del pueblo, y muchos otros se hicieron de oro saqueando a la población descaradamente. Pero como era sabido desde que el humano pisaba la tierra, las desgracias de unos eran la fortuna de otros, por lo que siempre hubo estafas, precios astronómicos en productos esenciales, mentiras de políticos que querían llenar la sociedad de histeria colectiva, culpas y culpables y sobre todo sospechas de todo tipo.

Rechazo de parte de la sociedad ante estos sucesos, pero indiferencia en la mayoría de los casos que aplaudían a quién sabe quién, pensando que si un multimillonario donaba algo para la gente necesitada debía ser porque era un Dios en la tierra, sin cuestionar sus acciones de fraudes con los impuestos que debía pagar y con ello mejorar la atención médica o de cualquier tipo de necesidad social. Parecía que todo era perdonado. Lo dicho, la estupidez y la manipulación hacían un mejunje incomprensible y muy tóxico.

De vez en cuando sonaba la campana y todo el mundo tenía la sensibilidad a flor de piel, la empatía y la fraternidad hacia su presencia y se creaban momentos para la historia. Siempre y cuando fuese un momento fugaz y que saliese en las fotos. Cuando había que pringar en serio, pocas personas hacían el trabajo más duro y difícil de todos, conservar la calma, la serenidad y el equilibrio entre supuesto civismo e histeria demoledora.

En aquellos momentos se demostró la madurez de la sociedad y sin mucho entusiasmo, se hizo evidente que de madurez y compromiso estaban todos cortos. La novedad pasó rápido y las frustraciones salieron por las ventanas dando gritos de rabia y cuestionando todo lo dicho por televisión, radio y por algún vecino pesado y tirano que vigilaba al resto a través de las cortinas, para poder gritarles cuatro frescas si salían sin motivo aparente y con ello creer que había hecho una labor esencial.

Era el tipo de vecino que todos tenían, oculto entre persianas bajadas, pero eficaz como las cucarachas, si tenían la mala suerte de caer enfermos y venía la ambulancia a por ellos, él se encargaba de explicar por todos los medios disponibles a su alcance al vecindario, con pelos y señales, cómo se lo habían llevado, quiénes eran, cómo lo trataban y si sus latidos eran débiles, pues no había nadie que estuviese tan atento como él.

El resto los despreciaba, pero no dejaban de escuchar sus historias y sus conclusiones. Así se construía el fantasma del miedo y el morbo que generaba. Nadie estaba exento de esas raras experiencias paranormales. Incluso los escépticos que no deseaban tonterías y cuentacuentos, caían rendidos a los pies del vecino más cotilla del edificio. Aunque fuese contado entre balcones y ventanas discretas.

Y todo ello era lo más fácil, lo más normal y entretenido, lo difícil eran otras cosas que nadie decía en voz alta y que conllevaban un sufrimiento silencioso y terrible.

Como el de muchas mujeres recién paridas para las que el pánico y la incertidumbre fue lo normal, con sus bebés entre los brazos y la angustia de no saber cómo proteger a sus hijas e hijos, el miedo al padre que salía a trabajar y la angustia de ellos al concebir que podían llevar a casa la muerte. Las hormonas pululando en sus cuerpos y la locura en la puerta. La soledad y la guerrera que salía sin pedir permiso daban el toque de sus vidas defendiendo lo que había salido de sus entrañas, sin saber cómo, pero dando lo que les quedaba de cordura.

La poca esencia que les quedaba la utilizaban para coordinar sus pensamientos en dar lo único que tenían, amor y sentimiento, todo lo demás era un juego de la ruleta que el destino podía arrebatarles.

Por supuesto que Marta, una mujer madura y discreta, que llegó al mundo de las mascarillas tan silenciosamente que pasó desapercibida entre cacareo de mujeres charlatanas, creyó que era la única madre y abuela que burló todas las medidas de seguridad y fue en busca de lo que más necesitaba su alma y sus instintos más viscerales surgieron sin control y sin miedo. Si había que morir... lo harían juntas.

El pánico era un compañero oscuro y apresuraba los pasos de cualquier madre, padre, hijo o hermano que tuviese la desgracia de sentirlo. Pero Marta se negó a hacerle hueco en su mente y siguió el camino que solo podía llamarse desesperación.

Por lo que escondida entre callejuelas y disimulos entró en la finca de pisos. Y una vez en las escaleras y con la determinación de su corazón, llegó al rellano del piso de su hija y sentada en aquel suelo frío, inhumano y solitario, a través de una puerta y a más de tres metros de distancia habló durante horas para que su hija y su nieta supiesen que la vida era lo único a lo que debían aferrase con uñas y dientes. Que las hormonas y la realidad jugaban una partida desigual en aquellos momentos. Que lucharía contra monstruos y demonios si hacía falta, y sobre todo que daría su propia vida si con ello salvaba a su nieta y a su hija de la locura y la pandemia. Lo mejor o peor de todo ello es que lo creía con tanta firmeza que podía ser que se hiciese realidad y no serviría de nada.

Nadie sabía más de soledad e incertidumbres que Marta y mujeres como ella. Y cada noche daba gracias a la era moderna, la tecnología y al inventor del teléfono. Porque gracias a ello, pasó cientos de días y noches oyendo a su hija desgranar su miedo y fortalecer su alma. Con eso mantenía la esperanza viva y entera, creyendo que se deformaría la oreja de tantas horas hablando por aquel aparato, durmiendo con él entre sus manos y despertándose sobresaltada en cuanto sonaba.

Poco era todo aquello que no dejaba dar abrazos y sonrisas cómplices, pero era lo único a lo que podían aferrarse, por lo que se llenaban de esperanza para que el día que llegase el momento de tocarse no se separasen jamás.

Porque muy a su pesar en esa tierra de la que tanto se quejaban, había médicos, hospitales, ambulancias, centros de salud, medicación y un millón de cosas que nadie valoraba hasta que veían los países más pobres y la carencia de lo imprescindible. Era entonces cuando rezaban en silencio y daban gracias por la suerte que tenía la gente que no era capaz de agradecer abiertamente.

Cada mañana el sol saludaba a la gente trabajadora en silencio. Las calles vacías y los trabajos medio olvidados, los comercios cerrados y las casas dormidas entre gemidos de impaciencia. Nadie estaba a salvo y muchos pensaron que solo unos días de recogimiento serían suficientes para recordar como una anécdota lo ocurrido. Pero no fue tan fácil ni tan superficial.

Controles de policía para evitar que la gente circulase libremente por las carreteras, la pillería de buscar caminos alternativos para hacer lo que se consideraba importante, aunque no lo fuese tanto. El criterio de los policías debía prevalecer ante las ocurrencias de los descerebrados que se tomaban el confinamiento como una privación de sus libertades, nadie podía discutirles esas razones, solo las leyes que se aplicaron fueron contundentes con ello.

La juventud, bendita inconsciencia e inmadurez, se tomaba las cosas como un desafío para salir de fiesta, esquivar a la policía y mentir a los padres. Pocos tuvieron la paciencia de permanecer en casa y no perder los nervios mientras tanto. Los mayores juzgaban y criticaban a los jóvenes, mientras muchos de ellos salían entre sombras para ir a ver si el bar de la esquina estaba con la persiana medio bajada, apartar la mascarilla lo suficiente y tomarse dos copas de un solo trago. Pero la madurez no entendía de edades, solo de actos y responsabilidad.

Los jóvenes tenían excusa: el impulso vital de la juventud; los mayores solo tenían la excusa de su propia arrogancia. Y aun así todo era como un tío vivo que daba vueltas cuando había más contagios y alguien debía ser el culpable. Afortunadamente las muchachas y los muchachos no perdían el tiempo con eternos debates que nadie podía ganar, seguían luchando por no perder el tiempo entre tristezas y monsergas infinitas.

La vida tiraba incluso en momentos de peligro y desconocido desenlace. No había nada mejor que el impulso joven y fresco para continuar con los despojos que les estaba dejando el confinamiento y la soledad obligada.

Reuniones clandestinas en trasteros y caminos entre tejados hacían de los jóvenes un reto de supervivencia, abrazados entre risas indiferentes al bicho que podían contagiarse entre ellos. La vida era solo un momento de gloria y todos ellos pretendían disfrutar de las escaramuzas elaboradas en muchas ocasiones y de muchas otras que surgían casualmente por mensajes de móvil.

Otros se sumergieron completamente en el miedo y la desconfianza, en la fobia al contacto y la histeria de desinfectar hasta las uñas de los pies. Gritos entre familias para no dejar salir ni entrar el aire de la calle. Lavados de manos exhaustivos y exclusividad en todo lo que los rodease, fuese un cepillo del pelo o sencillamente la puerta de sus cuartos.

Hasta la comida se volvió un desafío y los dulces eran un remedio infalible para olvidar durante un tiempo las desgracias del mundo, el alcohol se convirtió en compañero de desdichas y en un somnífero barato.

Los turnos para ir al supermercado eran el entretenimiento más reñido de los miembros de una casa. Todos deseaban salir a comprar, pasear un poco y ver con sus propios ojos las calles y el barrio. Normalmente eran los mayores quienes compraban para toda la semana, pero todo aquello cambió para que los hijos fuesen a hacer la compra, con una lista interminable de frutas, verduras y demás necesidades. Más de un padre y una madre dejó de enviar a los hijos al súper, pues solo volvían a casa con cuatro botellas de Coca Cola y cervezas, el resto era puro gasto innecesario. El cabreo de los progenitores era más rápido y explosivo que la velocidad del sonido, sin olvidar el entretenimiento que causaba al vecindario semejante griterío. Pero cuando eran los padres quienes iban a comprar, los hijos se preguntaban para qué necesitaban veintiocho paquetes de papel higiénico, con la diferencia de que ellos se reían mientras la madre los guardaba debajo de la cama.

Desajustes en todo cuanto rodeaba la sociedad, compras increíbles, comida para un regimiento, agua embotellada para esta vida y la siguiente. Y una histeria colectiva que hizo pasar miedo a las cajeras de los supermercados ante el descontrol y la majadería de muchos. Como tantas otras cosas era contagioso, todo se compraba por si acaso, todo se guardaba por si acaso, y por si acaso se quedaron sin abastecimiento miles de tiendas de comestibles y muchas tonterías guardadas en el armario de los recuerdos desagradables.

Debieron hacerse millones de pasteles y comidas exóticas, como también debieron comerse todos los extraños condimentos que la gente empezó a utilizar para en caso de enfermar no morirse por falta de vitaminas. Como si con aquel remedio se inmunizaran antes de contagiarse y pusieran remedio infalible. Inflarse a vitaminas al mismo tiempo que dulces y alcohol, y conseguir con ello sentirse triunfador. Mientras en algunos casos les daban unas diarreas intensas y debían cambiar la dieta. Intercalando todo ello con la cabeza asomada al balcón para tomar un poco el sol y poder consumir los rayos solares que se daban por sentado, sin protección del astro rey y estar presentable el día que se abriesen las puertas del mundo, nada que ver con unas vacaciones en las islas Caimán.

Combinando la bebida con el entretenimiento y la rutina, que solo duraba hasta que se hinchaban las narices y se tomaban dos vinos, tres cervezas y un bocata de jamón. En aquellos casos era imprescindible volver al supermercado y comprar más, sin olvidar nunca el papel higiénico.

Las madres con hijos de edad escolar se ganaron el primer premio, sin duda. Capaces de aguantar a los críos, lavarlos, atenderlos, hacerles estudiar y comer saludablemente, dormir con una rutina necesaria, inventarse juegos para que estuviesen entretenidos y muchísimas cosas más que nadie valoró, hicieron de estas mujeres algo fantástico.

No hubiese sido descabellado que alguna de ellas saliese de casa con la escopeta y buscase algún responsable de que la escuela estuviese cerrada. Ni tampoco hubiese sido imperdonable que alguna madre dejase a sus hijos dentro de un armario, por lo menos un rato. Como tampoco hubiese sido extraño que algunos padres pidiesen auxilio a gritos y lágrimas durante los días interminables de confinamiento.

Se ganaron el cielo, el infierno y todo lo que había que ganar en este mundo de pocas paciencias y muchas críticas.

Días de mucha cordura pero poco espacio. La inquietud de los niños y la energía de los mismos hacía una combinación que debía salir despacio por las ventanas, de lo contrario podía darse el caso de que algún padre dejase al niño en el balcón demasiado tiempo y el vecino espía y criticón lo contase en el aplauso de la noche.

No todos tenían una casa con jardín y piscina o campo de tenis, ni niñera interna para endosarle los pequeños, la mayoría tenía un piso pequeño y muchos sin balcones donde pudiesen soñar que estaban en la playa tomado el sol.

Estaban confinados, pero no ciegos ni sordos, ni tontos y había ojos en las paredes, en los techos y si se fijaban un poco hasta en el baño.

Algún padre pensó darle a sus hijos unas copas de vino y dejarlos dormir durante horas, pero el miedo a que se volviesen más pesados todavía lo hizo recapacitar a tiempo. Era en esos momentos cuando todos los padres se preguntaban si aquello tendría fin y si llegarían calvos al final de la pandemia, y todos en general empezaron a valorar mucho el trabajo de las maestras y el sueldo tan bien ganado que cobraban.

Sin contar el miedo a que se pusieran enfermos, o que los padres se contagiasen y dejasen huérfanos a los niños. Esa era otra de las facetas que debían superar los padres para no contagiar a los críos de un terror que siempre estaba presente.

En resumidas cuentas debían ser súper mamás y súper papás, algo que en la mayoría de los casos no les llegaba la paciencia y la imaginación para mantener la sonrisa y el humor durante todas las horas que los críos estaban en pleno funcionamiento.

El suspiro de alivio cuando se iban a dormir dejaba el barrio en un silencio perfecto y sosegado. Todos eran felices mientras no pensaran en los motivos por los cuales estaban encerrados, algo que intentaban olvidar, pues entre unas cosas y otras se hubiesen quedado sin pelo, sin uñas y sin dientes mucho antes de que la pandemia hubiese pasado.

Todo el esfuerzo por mantener costumbres, rutinas saludables y estables para los críos, era tan difícil como dejar de ver a los abuelos y los primos, los tíos y demás amigos. Las videollamadas hicieron que se reconociesen cuando salieron a la calle y que los niños pudiesen ser expertos en aquellos aparatos que habían empezado a reemplazar el calor humano.

Pero nada comparado con una tierna sonrisa desde el otro lado de la pantalla para continuar otro día más.

Después estaba otro sector social, normalmente mujeres como Magda que fueron un pilar de la resistencia más discreta. Salían de noche escondidas y camufladas, en muchos casos con bolsas repletas de artilugios extraños que trasportaban de un lugar a otro sin justificación aparente.

En los primeros días del confinamiento no todos recordaron a los animales callejeros y abandonados. Por lo que no había forma legal y abierta de dar de comer a los que necesitaban de su alimento diario. Lo que la mayoría de animalistas decidieron por sí mismos, y sin preguntas tontas a las autoridades, fue salir y hacer de aquello unas tremendas peripecias y descalabros que les costaron multas y degradaciones del resto, para poder llevar a los gatos y perros abandonados su comida y sus medicinas.

En la mayoría de los casos se tuvieron que enfrentar a la crueldad del vecindario, por lo que optaron por ser discretas e invisibles, algo complicado pues siempre estaba el vecino de turno con un catalejo averiguando si salían para tirar la basura o drogarse en la esquina. Era de vital importancia distinguir una necesidad de otra, no fuese a contar que solo le daban de comer a cuatro animales desnutridos y en mal estado, que si no recibían el alimento morirían sin remedio y entonces quedaría como el chismoso cruel y sanguinario.

Aunque siempre estaba el gracioso de turno que hubiese jugado desde la ventana a pegarles tiros a los pobres animales. No faltaban seres insensibles y mezquinos en cada rincón de cada ciudad y cada pueblo. Solo había una prioridad, ellos mismos, el resto podía irse al infierno si con ello conseguían evitar el aburrimiento.

Como tampoco faltaban los extralimitados que creían firmemente que los gatos contagiaban el virus, la peste y la viruela como poco y que todos los animales del mundo debían desaparecer para poder respirar con tranquilidad. Ya que creían, sin fundamento posible, que la pandemia había surgido por culpa de los animales; lagartijas, jabalíes, perros y todo bicho viviente que no tuviese la suerte de vivir entre cuatro paredes, llenos de vacunas, antibióticos y hormonas.

Paqui intentó cambiar su frío corazón por empatía, y entender que los animales no eran culpables de nada en aquellos días, por los comentarios lastimosos de su amiga Magda, pero solo consiguió no mirarlos con asco. En su interior le era indiferente si los peludos vivían del aire en la calle y nunca entendió el riesgo que corría su amiga para salvar unos bichos que daban más asco que pena. La ignorancia y la indiferencia iban de la mano en la mayoría de ocasiones.

Muchas de esas valientes mujeres tuvieron que enfrentarse a garrulos de este tipo. Sin más filtro y defensa que su ingenio y perspicacia para evitar enfrentamientos, esquivar a la policía todo lo posible y llegar a su destino con los manos intactas, el cabello en el sitio y la ropa en buenas condiciones. Algo que muchas veces no fue así.

En cuanto se veían atrapadas y con las pruebas en la mano, eran capaces de volar, o eso decían algunos que no consiguieron descubrir por dónde habían huido las locas por los gatos, como les llamaba mucha gente. La policía en algunas ocasiones daba por buena la explicación de la mujer y otras muchas veces fue indiferente al sufrimiento del animal y sacaba del bolsillo el tarjetero enrome que llevaba, y le endosaba una multa a la pobre chica que arriesgaba su vida por llevar en una bolsa la comida para gatos. Con lo que el frutero de aquellas mujeres no tenía fruta, tenía una torre de multas que no pensaba pagar más que bajo amenaza de cárcel, eso o recurrir a la protectora y pedir ayuda, algo que no siempre pudieron hacer.

Pasaron la pandemia comprando comida para los animales y dejándose los pocos ahorros en ello, y media vida en sufrimiento porque nos les llegaba para todo. La única recompensa era la certeza de que nadie les tiraría la comida ni les haría daño, y con esas sonrisas de compasión se dormían a las tantas de la madrugada esperando el nuevo día de trifulcas.

Incluso después de que el gobierno, en su inmensa sabiduría, hubiese permitido que se les diese alimento a los animales y sacar a pasear a las mascotas de cada casa, hubo quien se interpuso en el camino de las personas que daban de comer a los gatos o los perros necesitados. Todo un mundo de debates y de justificaciones hizo falta para que dejasen a las pobres mujeres ir y venir de las colonias de gatos sin matarlas por ello, y sin que la policía las persiguiese como si fuesen capos de la mafia.

Los únicos que dejaron de tener miedo a las patadas, los sustos con los coches y que los dejasen sin lugar de cobijo, fueron los gatos y otros animales que, sin poder decirlo en voz alta, desearon que el humano se quedase en casa para siempre. Por primera vez en toda una vida se podían regodear de pasearse por las calles y mirar a los balcones con burla, eso hubiese sido así, si los animales hubiesen tenido la mala fe y la mala conciencia de las personas. Algo que algunas mentes perturbadas dieron por hecho.

Lo dicho, estupidez sin límites.

Como muchas otras circunstancias fuera de lo común, había que pasear a los perros sin más remedio que durante una hora, cerca de su casa y sin condiciones de alejarse mucho de la puerta. Algo complicado si su mascota necesitaba pasear durante un tiempo para hacer sus necesidades. Había que salir con la botella de agua preparada para limpiar el suelo en cuanto el animalito vaciase su vejiga, y las bolsas para recoger las cacas que eran de lo más evidente. Por supuesto que siempre hubo gente que se hacía la loca y dejaba los regalos olorosos donde se defecaba el animal, recorriendo de un solo vistazo toda la calle y medio pueblo por si alguien los había visto y podían culparlos de semejante porquería. En la mayoría de los casos no pudieron escaquearse y tuvieron que recoger el legado de su mascota.

Había ojos en todas partes, y muchas ganas de salir del aburrimiento, por lo que una buena pelea a gritos e insultos era eficaz en casi todos los casos.

Pero era casi una fiesta salir con los animales sin sentir que la vecina de enfrente no le quitaba ojo y contaba hasta el último segundo por si se pasaban de tiempo, con murmullos y algún que otro gruñido de envidia. Era enriquecedor sentir esa pequeña libertad y aquella maravillosa sensación de ser el único del barrio que tenía perros, no solo uno, sino cuatro. Carmen le pidió a su vecina el chihuahua para poder ir al parque. Solo le funcionó una semana, el perro le resultó antipático por los gruñidos y nunca más lo miró a la cara. Lo devolvió a su dueña con una lista de mejoras necesarias en su carácter.

Sí, algo que se recordaría durante años, pues más de uno creyó que los alquilaban o los pedían prestados para poder salir durante más tiempo que el resto de vecinos. Incluso hubo gente que sacó al gato a pasear y las cosas se complicaron de una manera que no fue fácil de explicar. Gatos que parecían bufones erizados y dueños con la cara hecha un guiñapo, sí, los paseos de algunas mascotas no eran aconsejables.

Y los que hacían videos paseando por las calles peluches gigantes, imaginación no faltó nunca en aquellos días para la historia.

Las visitas al *pipicán* estaban prohibidas, pero todo aquel que no podía sacar a sus animales en horas decentes y normales, sobre todo por horarios de trabajo y cantidad de perros, cogía el coche y con todos sus peludos en el maletero, recorría un kilómetro más o menos, se acercaba a la cerca y abriendo la puerta del recinto, los dejaba entrar corriendo como si fuesen caballos que necesitaran volar y trotar. Una gozada poder sentarse en el banquito y dejar que trascurriese el tiempo, sin prisas ni impaciencia de otros usuarios que normalmente estaban en la puerta esperando a que se fuesen para entrar.

Lo mejor era el silencio, la tranquilidad de la soledad, el canto de los pájaros y la compañía de su pareja que había llegado escondida en el asiento trasero y camuflada entre trastos de perros, llena de pelos y con olor sospechoso, pero feliz de haber llegado intacta.

Algún policía tuvo que hacer la vista gorda por estar dos personas en aquel sitio y otros llamaron la atención del propietario advirtiendo de una posible multa, era en esos momentos cuando las diferencias de rango se hacían evidentes.

Un eterno debate de malas decisiones era el argumento de la autoridad, y un sinfín de motivos extra tenía el dueño de los animales para sacarlos todos juntos y no pasarse todo el día en la calle paseando a cuatro animales con correa. Se terminaba la discusión cuando el policía sospechaba que fuesen todos de la misma persona y el aludido empezaba a sacar las cartillas que lo demostraba. Al final lo dieron por perdido y se las ingeniaron para no pasar por allí con el coche oficial. El dueño y los animales se dedicaban a disfrutar del momento.

Ante semejante placer y tranquilidad más de uno deseó que la situación se alargase en el tiempo. Que los silencios fuesen perpetuos, olvidar los coches y las prisas, los gritos y las eternas luchas de convivencia que hacían de la vida un mundo sin color, sin alegría, con miserias diarias inevitables. Sin hablar por puro relleno de vacíos, y con las sensaciones de pasar flotando en aquel tiempo que nada ni nadie podía parar.

Podía parecer egoísta, pero eran sentimientos encontrados los que hacían que aquella tranquilidad fuese algo bueno para los pájaros, los perros, los gatos, la naturaleza, los animales salvajes, los árboles y las flores, la capacidad de crecer entre lagunas de tiempo y armonía, incluso la temperatura del planeta. Si era egoísta sentirse así y desearlo, hubo millones de personas que lo desearon con todas sus fuerzas.

Sabían que en cuanto pasara aquella extraña circunstancia nada podría parar el descontrol, la contaminación, la codicia, la destrucción de todo hábitat y muchas cosas más que no valía la pena recordar, y que sin embargo eran imprescindibles para tener un lugar llamado tierra donde debían vivir y que trataban como si fuese un estercolero. Humillada y devaluada como un medio de riquezas que nunca serían infinitas, ya que los tiempos de retroceder en la mejora del mundo habían pasado.

Nadie quería que fuese por un virus que mataba a las personas, pero ni siquiera la muerte hacía que los codiciosos dejasen de serlo, que las maldades desapareciesen entre ellos y que la gente dejase de odiar para empezar a amar, todo tenía su excusa y su inexplicable disculpa.

Todo era cuestión de tiempo, algo que para muchos se hacía eterno y para otros pasaba demasiado deprisa.

Solían ser las gentes que amaba a los animales los que ponían agua en los tejados en cuencos para los pájaros, tiraban alpiste en las calles para que tuviesen algo que comer. Los que iban a escondidas donde nadie quería ir para salvar a los más débiles, proporcionarles comida entre basureros y darles caricias sinceras; sí, hubo de todo, bueno y malo.

Pero la memoria era caprichosa y la cultura de que uno mismo era el ombligo del mundo no dejaba espacio para cambiar las cosas. Las prioridades y las necesidades siempre fueron las mismas, y como un cuento lleno de dibujos extraños, las páginas de aquel libro a mitad de escribir se llenaron de números incomprensibles, pérdidas económicas y déficit, pobres de presupuestos, miserias que salieron a flote y más cosas que nadie entendió pero dio por sentado, ante la incapacidad de superar sus propios miedos al futuro y supuestas necesidades que nunca mejoraron su mundo. Ni antes, ni durante, ni después de la pandemia.

Así que las personas hicieron lo que consideraron oportuno e inevitable, que resultó de lo más útil en tiempos de memoria inconsciente: evitar a toda costa el pensamiento y reflexión necesario para seguir en aquel mundo de idioteces bien aprendidas.

Entre cuatro paredes se convirtieron en lo que llevaban dentro desde siempre. Ogros insoportables, amistosos vecinos, amables compañeros, histéricos obsesivos, miedosos aterrados, indiferentes al pánico colectivo, solitarios divertidos y muchas otras cosas que se guardaron entre cajones de la pesada carga que era vivir con el desconcierto de los días sin sol.

Cada cual se contaba lo que creía necesitar, solo unos pocos fueron el espacio entre la realidad y la culpa que solía recaer en los ciudadanos obedientes. Incluso los más escépticos y los más incrédulos coincidieron en que las estrellas brillaban más cuando el mundo estaba apagado.

Pero esa era otra historia.

Como todo en la vida tenía varias versiones, maneras de ver y complicados embrollos que los hacían sentir de diferentes maneras ante una misma cosa.

Si querían volverse locos solo tenían que poner la televisión. Y era significativo ver que todos los canales decían lo mismo, salían las mismas personas y los supuestos expertos en temas que ni siquiera los auténticos entendidos podían explicar.

Ridículo en la mayoría de ocasiones y bochornoso en todas las demás. Cada personaje que salía en aquella pantalla con el volumen a tope y las barbaridades que soltaban de sus bocas debió dejarles un trastorno profundo de imbecilidad congénita. Pues había desde los que sabían cómo curar el mal del mundo friendo un huevo boca abajo y las insensateces que se dijeron de manera insistente y continuada para que todo aquel que no tuviese el virus, por lo menos tuviese demencia compulsiva y paranoia durante muchos años de su vida.

La mediocridad en las noticias, las medias verdades y las mentiras enteras, eran lo más parecido al *show* que hacían las cadenas de televisión para entretener a la multitud que gritaba de angustia y se llenaba la panza de refrescos y tarta mientras lloraba la pérdida de miles de personas.

Como en una serie de humor negro y que enganchaba sin remedio, más poderoso que el sexo y más eficaz que el poder, eso era la televisión de aquellos días, interminables programas de muertes, políticos mentirosos, salud pública perdida entre tanta estafa, llamadas de auxilio que eran calladas por puro interés mediático. Sí, todo un abanico de auténticos buitres de mirada plácida y sonrisa postiza.

De todo aquello nadie sabía qué creer, solo cifras de contagios y muertos, una y otra vez y otra más, y cuando debían creer en los que realmente sabían de todo aquel desastre, se les ridiculizaba sin tapujos y algún impertinente que solo pretendía tener su momento televisivo, desacreditaba el trabajo que había costado mucho esfuerzo llevar a cabo.

El ejemplo a todo un país era como poco preocupante y como mucho vergonzoso. Pero seguían sin cambiar de técnica y sin avergonzarse de ello. Solo las cifras de la audiencia eran importantes, muy en el fondo todos sabían que eran simples números e historias morbosas que contar para entretener de manera vacía e interesada.

También era divertido saber de antemano lo que soltarían en las noticias, en los programas basura e incluidos los del espacio del tiempo. La mayoría dejó de ver la tele, más por mantenerse cuerdo que por desprecio a las gentes plastificadas que salían en ella.

La manipulación mediática fue tremenda, sin duda como lo fue en el pasado y lo sería en el futuro. Los medios daban margen a todo aquello que causara miedo, estrés y angustia, historias poco profundas y la estrella del *show* solía ser la desgracia de algún conocido famoso que estaba en plena crisis de identidad por culpa del virus. Y de los gobiernos que no sabían gestionar todo el embrollo que estaban viviendo.

Porque siempre había culpas y culpables, matices de intenso color mierda que salían al aire en cuanto se ponían en los canales televisivos. Desde ese momento estaba servido el debate del insulto, la degradación, la burla y la miseria humana que siempre acompañaba estas fiestas de postín y mentiras.

No se había visto país como el nuestro, por falta de lealtad gubernamental entre diputados del gobierno ante semejante crisis social ni mentiras tan dañinas como la falta de compromiso en algunos partidos políticos, que pretendieron aprovechar el caos para ganar votos y despertar los sentimientos más crueles del ser humano, creando situaciones de repulsa y desamparo en todos los sentidos. Desde la negativa para que los necesitados cobraran un sueldo, hasta el desprecio por la necesidad de asistencia médica inmediata, sobre todo en ancianos. Lo peor de todo fue oír a gente común y corriente que daba la razón a los que se enriquecieron por ser sencillamente poderosos miserables con todo aquel que tuviese la mala suerte de sufrir la enfermedad o la imposibilidad de continuar pagando su alquiler.

Pero como todo en la vida el sentimiento que sometía a la gente era la esperanza de que todo aquello fuese solo un mal sueño y que la vida estresante, frívola, superficial, de apariencias y vacaciones llenas de fotos y poco sentido, llenase de nuevo los días del mundo. Y que los proyectos de mejorar el medio ambiente, la sanidad pública, la solidaridad y un millón de cosas que no interesaban a nadie, fuese producto de un torbellino que demostró con todo su esplendor, que eran fácilmente manipulables y egoístas sin remedio.

Como sin remedio fueron los perjudicados en la pandemia, que solo tenían la suerte de gritar en sus casas la miseria de vida que les quedaba después de haber sido despedidos y no tener ni un céntimo. Ser desahuciados y no tener ni la satisfacción de poder reclamar nada, todo estaba cerrado, prohibido, sin recursos, excepto en algunas ocasiones que se efectuaron tales cosas con todo el consentimiento de las autoridades.

Personas que no pudieron defenderse de semejante atropello, que perdieron sus pocos enseres y los recuerdos de toda una vida entre caseros indiferentes y codicias bien avenidas.

Las fotos de sus hijas y los chupetes de cuando eran bebés. Fue una de las muchas cosas que más le dolieron a Lourdes, una mujer llena de valor y dolor, que llegó al trabajo de las mascarillas con la sensación de que había perdido mucho más que su casa, le habían robado el alma. Sin defensa posible y sin dinero, desesperada al perder la vida conocida entre sus hijas y el miedo que nunca la abandonó. Con un tremendo sacrificio y la tristeza en el corazón, pero con el coraje de no rendirse ante las maldades de otros que pagó con sus lágrimas. Mujer con sueños rotos y la sonrisa de la esperanza, que pedía a dios una solución que solo llegó con su trabajo y su compromiso, cansada de luchas y a sabiendas que todo su dolor acababa de empezar en el recorrido hacia adelante sin poder curar nunca sus heridas. La mejor de las compañeras y la más sincera, con su eterna comprensión y la capacidad de mejorar el día de todos. Siempre tuvo la modestia como presentación y un sentido del humor lleno de pequeños detalles humanos. Se la quiso, se la quiere y se la querrá siempre. Y que se llevó consigo el amor de sus compañeras cuando se marchó de allí, hacia un futuro mejor.

Mujeres como Lourdes que marcaron la esencia del trabajo con armonía y llenaron sus momentos de sabiduría. Con la incertidumbre al futuro y la humildad para continuar con su vida y necesidades abrazada entre familiares y compañeras que la apoyaron con lo poco que tenían, pero que fue suficiente para llenarla de amor y esperanza.

El tiempo pasó y la incertidumbre también. Pero eso es otra historia.

Después llegaron los ERTES, algo que ayudó a miles de personas a no morirse de asco, el asco llegó después. Cuando muchos de los empresarios, algunos de ellos hosteleros, habían cotizado solo unas pocas horas al mes de los camareros y camareras que trabajaban más de diez horas diarias, siete días a la semana durante mucho tiempo en sus restaurantes. Por lo que la ayuda de los ERTES significó que no solo no cobrarían más que lo suficiente para no morir de hambre, sino que además no podían reclamar nada.

El escándalo estaba servido, las desconfianzas entretenidas y las disputas eran el plato fuerte.

Familias con el mismo destino

Pero no todo estaba perdido para gentes de otros países y de los pueblos más cercanos, todavía quedaba la esperanza de seguir buscando trabajo donde fuese y con las condiciones que hiciesen falta. Por malas que fuesen, siempre serían mejores que desfallecer de rabia delante del televisor. Complicado, por no decir imposible, de esas cosas sabían mucho las mujeres que se habían tenido que conformar con lo prestado, lo indispensable y la discreción para poder sobrevivir.

Llevaban siglos haciendo milagros con poco y dejando su piel en ello, sin más mérito que su fuerza y la determinación que las hacía ser lo que eran, sin perder el tiempo entre refunfuño y sermones de frustrados.

De esa clase de mujeres estaba llena la empresa de mascarillas, con valentía, perseverancia y muchas otras virtudes que dejaban a los hombres con la boca abierta. A pesar de que el siglo XXI estaba más que aceptado, era evidente que no todo el mundo evolucionaba hacia el mismo lado, algo que daba por hecho la mayoría. Por lo que se ignoraba al machista, al misógino y a todo aquel que tuviese la osadía de creerse superior.

La mujer no perdía el tiempo demostrando su valía, ni siquiera necesitaba hacerlo, sus horas de trabajo, su compañerismo y la buena relación con todos era su carta de presentación cuando la situación lo requería.

Siempre había excepciones, por supuesto, y algunas mujeres resultaban más antiguas y rancias que algunos hombres. Incluso más dañinas que la mala fama que siempre se esparcía como el polvo en un soplido, la maldad no entendía de sexos ni de naciones, solo entendía de podridos y malos corazones.

Como en cualquier familia se conocían unas a otras, todas sabían quién era la chismosa, la mal hablada, la indiscreta, la cotilla, la presumida, la que ligaba, la mentirosa y muchas otras cosas que nunca se dijeron en voz alta. Y por supuesto la mayoría eran buenas personas, y todas ellas tenían muchos defectos, pero ninguno que no se pudiese comprender y tolerar.

Después de meses, semanas, días y horas juntas, en muchas ocasiones saltaban chispas de irritación y de cansancio, pero casi siempre era posible solucionarlo con una conversación amable y un respiro en la calle.

Todas ellas sentían la presión del trabajo, la necesidad de cumplir con su función y en muchas situaciones era inevitable que todo aquello pasara factura a la gente.

En otras cosas no era tan sencillo averiguar qué había pasado y cómo solucionarlo, más por falta de sinceridad y colaboración que por el problema en sí.

Y las culpas eran la esencia de la gente trabajadora, siempre tenía la culpa otra persona, en cualquier problema era responsabilidad de una u otra, nunca de la que se había pasado el fallo por alto. Era incluso entretenido cómo se inventaban excusas para justificarse, no podían reconocer que como seres imperfectos se podía equivocar cualquiera. No, eso nunca, el orgullo era el arma del miedo y la mediocridad del currante.

En todo aquel tiempo entre máquinas, ruidos, ladrillos viejos, batas blancas, emblistadoras y cantidades increíbles de mascarillas, siempre hubo competitividad, algo que hacía más daño que bien entre los trabajadores y que desarrollaba la envidia entre ellos, murmurando los defectos de otros turnos y la impotencia de las encargadas.

Encargadas hubo varias, pero había que resaltar a una de ellas. Mujer pequeña y atractiva que se dejó la piel y las cuerdas vocales entre personas que llegaron a quererla tanto como a no soportar sus gritos de vez en cuando, la chica que llegó como un huracán y se integró de forma envidiable en un trabajo desconocido, aprendió todo y de manera eficaz, dejando el descanso a un lado y se sumergió entre mascarillas para hacer bien su labor.

Menuda y delgada, joven e inteligente, con una sonrisa tierna, la mirada directa y sobre todo con entendimiento porque la vida le había enseñado mucho, pero entre aquellas mujeres, órdenes que tenía que obedecer y muchos tarambanas, encontró amistades profundas y el amor. La sabiduría que le había otorgado la vida y las experiencias que le llegaron entre broncas y disgustos, con razones o sin ellas, pero que le dieron la más extensa comprensión por los errores propios y ajenos, llevándose en el recuerdo las horas interminables, la discreción de lo visto y oído, las risas entre compañeros y la experiencia de haber sido la mejor versión de sí misma. Siempre tuvo la honradez de pedir disculpas si se extralimitaba en sus funciones y con el genio que le había acompañado desde su nacimiento, exactamente igual que su nobleza y la fuerza con la que siempre llevó su vida. Querida y respetada por la mayoría y admirada por otros, pero como en todas partes tuvo sus fervientes defensores y sus adversarios en los rincones.

Su buen hacer dejó la marca del compromiso decente y el carisma como fuente de aprendizaje entre los trabajadores.

Y otras encargadas que hicieron todo lo posible para convivir en paz con el resto y les pasó factura en sus vidas privadas. Lamentaciones en silencio y poca empatía entre sacrificio diario, sin que faltasen nunca las críticas entre corrillos y las sonrisas desagradables ante las órdenes recibidas.

Se ganaron todas las cosas buenas que recibieron y muchas otras que no esperaban y que fueron el estandarte de su labor entre turnos y quejas. Pero en general las quisieron y las aceptaron como eran, sin más entendimiento que las obligaciones y el compromiso. Y Cristina de Mascarell, una de las empleadas más antiguas de la empresa, mujer que nunca fue oficialmente encargada y se la consideró toda una autoridad en relación con el trabajo por su experiencia y buen hacer, por su carisma y paciencia con los novatos. Pero sobre todo por la capacidad que siempre tuvo para compartir buenos momentos de cada jornada.

También hubo encargadas y encargados a los que se les subió el poder a la cabeza y en vez de pelo, tuvieron púas de puercoespín. Todavía mantienen la fantasía del morboso y efímero poder y la creencia de haber sido insustituibles. Pero eso es otra historia.

Lo que hubiese sido un equipo con el tiempo se convirtió en un maratón de exigencias que muchas veces eran imposibles de cumplir. A pesar de todos los esfuerzos, no siempre salían las cosas bien. Pero nunca dejaron de intentarlo, a pesar del cansancio, los turnos de sábados y domingos, las noches y las circunstancias de cada uno, se llegaba al pedido con todas las mascarillas perfectas y el sentido del trabajo bien hecho unía a la gente como nada podía hacerlo.

Sin olvidar las arrogantes que siempre creyeron en su única contribución a ello y los creídos que no soportaba nadie, eran esas personas las que dejaban tras de sí un rastro de huellas borrosas y difusas que nadie se atrevía a cuestionar, pero que muchos no soportaban.

Con murmullos de aprobación o simplemente con franca indiferencia al resto, pero la inteligencia no solo se podía medir por la capacidad de cada cual, también era inteligente quien callaba y seguía con sus quehaceres, dejando que cada persona hiciese de su propio trabajo el mérito del egocentrismo personal de cada uno. Inevitable y aburrido en la mayoría de los casos.

De todos modos las cosas continuaban y todo el mundo prestaba atención a lo que realmente era importante. No todos ponían la mano en el fuego por otros, algunas con amistades más profundas o con intelectos parecidos se iban al almuerzo juntas y se contaban de sus vidas y cotilleos frescos, pero la mayoría se respetaba y se quería solo por el hecho de ser persona, aunque no estuviesen de acuerdo en temas laborales y otros más personales.

También llegaron personajes de grandes aspiraciones y compromisos ineludibles, supuestos encargados de vigilar al currante para que no cometiese errores de principiante. Con algún que otro desacuerdo y muchas charlas inútiles, todos aceptaron la delicada cuestión de obedecer. Sin tregua ni descanso debían hacer cumplir normas y prevenciones, costó bastante de integrar las obligaciones en la rutina diaria, pero se llegó al consenso sin mucho drama y poca práctica.

Eso y la aparición de una joven mujer que hizo que las relaciones entre todos fuesen más fáciles, normalmente, otras veces no sabía de la misa la mitad.

Era la de recursos humanos, título un poco postizo para quien tenía que hacer de todo en un tiempo récord. Trataba a todos con respeto y afecto, con diplomacia y amables palabras, sobre todo hacía sentir bien a quien tenía que pedirle algo. Lo más importante es que consiguió que todos se sintiesen en familia, y como en toda familia había preferidos y valorados, sin ofensas pero con acierto. Su puesto de trabajo era conflictivo, debía dar las malas noticias del despido y las buenas de la renovación de contrato. Por lo que no siempre tuvo el aprecio de la gente y en algunas ocasiones se mostraron fieros a la hora de querer saber la verdad sobre el futuro de la empresa. Esas cosas no las sabía nadie, ni siquiera ella. Y si lo hubiese sabido, habría sido más prudente callarlo.

Tenía el respeto de la empresa entera sin distinciones, y se ganó la confianza hasta del más engreído de todos. Por lo menos durante el tiempo de grandes pedidos y grandes logros. Nadie dijo una sola palabra para no molestarla, pero en los días más oscuros en los que el trabajo empezaba a escasear, cuando se la veía bajar por las escaleras de la oficina que daba directamente en la nave, todos temblaban ante los papeles que veían entre sus manos. Todo el mundo daba por sentado que eran el despido de muchos de ellos.

El llevar documentos y la sonrisa compasiva en el rostro, el paso lento y las arrugas de su frente era todo cuanto necesitaban saber para que los corazones les temblasen y los nervios hiciesen su aparición entre mujeres y hombres ansiosos.

Y nadie imaginó nunca cuánto esfuerzo y dolor le causaba todo aquello a la muchacha, pero era su trabajo y muy en el fondo también era su responsabilidad hacer lo correcto, por la empresa y por todos los que debían continuar.

Nadie era indispensable, pero todos sabían que no los olvidarían e incluso podían volver si las cosas mejoraban. Esa solía ser la frase con la que concluía la despedida. La producción bajaba y no era posible que continuasen trabajando, alguien debía tomar decisiones aunque fuesen difíciles.

Pero aun con todo las bajadas y subidas de producción, los pedidos y la histeria que se esparcía ante cualquier despido, todos eran buenos compañeros y las despedidas solían ser dolorosas, largas y tristes.

Abrazos con o sin mascarilla, teléfonos de contacto y sonrisas empañadas por las lágrimas. Muchos se fueron discretamente y sin volver la vista atrás, otros tantos con risas de nervios y muchos más con la pena dentro y miedo al futuro, pero todos se quedaban con los buenos momentos, y la enorme fortuna de haberse conocido.

Juan, María, Maslien, Vicente, Ruth, Ana, Dio, Janet y un sinfín de nombres que se quedaron grabados en las memorias de todos.

Algunos querían volver a su hogar, pues dada la situación era muy complicado encontrar trabajo, pero era algo imposible en aquellos momentos, no solo por falta de dinero sino también porque no se podía viajar y sus familias estaban a miles de kilómetros de distancia. Otros sin embargo lucharían por quedarse en el país, a pesar del desaliento y la dureza a la que se enfrentaban, no querían volver a su tierra natal por millones de motivos que todos podían comprender e incluso admirar.

La falta de trabajo, de asistencia médica, la pobreza extrema, la violencia y la inseguridad en casi todos los lugares de los que venían, hacía imposible que volviesen a casa, algo que sin duda hubiese hecho cualquier persona en la misma situación, si a todo eso le añadían la sensación de estar derrotados, no les quedaba nada a lo que aferrarse para continuar un camino donde todo era incierto y la única seguridad eran sus sueños.

Como también eran valientes y comprometidos todos los que iban a trabajar a Castellón desde los pueblos de alrededor: Almassora, Vila Real, Onda, Borriol y muchos otros sitos de la provincia que llenaban los turnos de risas, trabajo duro y compañerismo.

Dos chicas de un pueblo vecino, hermanas, que llegaban al trabajo juntas en el mismo coche, por el combustible y la necesidad de vehículo, fueron el motor de la serenidad en muchas ocasiones y el espacio limpio de cotilleos en la empresa. Trabajadoras y con responsabilidades en su hogar tan importantes e inquietantes como los niños pequeños que tenían y que debían dejar a los abuelos para poder ganarse el pan, el que se ganaron, además del cielo entre aquellas paredes antiguas de cemento y los altos techos de uralita desconchada.

Vivían en el centro del municipio de Onda, donde los pisos no eran los más modernos ni tampoco los más envejecidos. Habían comprado la vivienda años atrás cuando la cúspide de la burbuja inmobiliaria les hizo pagar mucho más que el verdadero valor de sus casas.

Cuando la enfermedad se propagó en todo el pueblo, los niños no podían salir a la calle, los mayores estaban sufriendo y las necesidades se convirtieron en un suplicio, fueron los momentos más emotivos de empatía vecinal, no siempre compartida y no siempre honesta. Pero algunos lo hicieron, con palabras de apoyo y gestos de aprecio entre vecinos que no se habían demostrado nunca. Todos los pueblos pudieron comprobar diariamente cómo muchas mujeres como ellas salían al trabajo y dejaban atrás lo único importante.

Lo que no había sido posible en otras circunstancias, se hizo realidad entre sustos y remordimientos. Las suegras y las nueras llegaron a entenderse, los padres y los hijos a soportarse y las abuelas hacían milagros cuidando nietos y rezando para no morirse en el intento, entre móviles y comida preparada para un regimiento. Sí, todo un conjunto de circunstancias que llevó a los vecinos de muchísimos pueblos del país a llorar por no haberse besado más veces y decirse todo lo bueno que siempre se llevaba en el alma escondido.

Como mucha de la gente de la provincia que trabajaba en la industria de la cerámica, un sector que no dejó de trabajar en la pandemia. Y si lo hizo fue lo mínimo indispensable porque el contagio y las consecuencias estaban desbordando a las personas hasta un límite inconcebible.

Increíble imperio de la cerámica, pues fue curioso ver cómo se cerraban empresas con mucha menos posibilidad de sobrevivir a la pandemia, que sin remedio dejaron de funcionar y murieron lentamente como una flor arrancada de cuajo. La cerámica tuvo un poder incuestionable en todo aquello, los trabajadores no podían negarse pero el miedo y la necesidad hicieron que las cosas se convirtiesen en conflictos sin resolver para nadie.

Fue en aquellos días cuando los empresarios con todo su poder y su avaricia miraron por primera vez a los trabajadores a la cara. Entre un duelo silencioso y una eterna espera de cambio, se hizo la vista gorda y los resultados fueron los esperados. Mucho tiempo después se supo que el sector cerámico había ganado más que nunca en aquellos días y noches de sufrimiento y miedo, que las ampliaciones y las adquisiciones de las imponentes empresas cerámicas se hicieron evidentes y bastante lamentables para todo aquel que había vivido con el corazón en un puño.

Obligados con el temor de morir por el virus o de hambre por falta de trabajo, acataban los mandatos del que se suponía miraba por el bien de todos. Con guantes y mascarilla obligada, de utilización de pocas horas y que hacían perdurar durante semanas, lavado de manos con gel desinfectante que muchísimas veces no había ni en los baños del trabajador. Separados tenían que comer y si no era posible siempre podían hacerlo en la calle, donde el calor en verano y el frío en invierno les dejaba la piel más dura de lo que ya tenían de por sí.

Miradas asustadas ante el contagio de un compañero, silenciado por encargados y jefes, perdidos entre azulejos y millones de piezas de cerámica, murmullos de angustia y ninguna esperanza. Muchos de aquellos hombres volvían a casa y no se permitían tocar a sus mujeres ni a sus hijos, se mantenían alejados en otras habitaciones ante el terror de contagiar a sus seres más queridos. Pero la obligación y la necesidad hacían que todos los días saliesen por la puerta con la mirada extraviada y la sensación de que un día no podrían esquivar a la muerte y solo sería culpa suya tal cosa.

También los hubo que se desnudaban en el rellano y se desinfectaban hasta el pelo, frotando con fuerza se hacían la piel añicos con el gel hidroalcohólico, dejaban los zapatos y demás cosas en la entrada y con cuidado entraban en sus casas, sin tocar demasiado le daban un tierno beso a su mujer en los labios, ellas no lo rechazaban y se decían a sí mismas que bien valía la pena morir por aquel hombre.

Sentimientos que arañaban el alma y dejaban poco espacio para la cordura y la paz. Maldita indiferencia de los empresarios y del poder que movía los hilos frágiles de millones de familias que nunca pudieron elegir. Pero la esencia humana es salvada de la locura entre descansos de dramas e inventos estrafalarios.

Y afortunadamente, el ser humano tenía válvulas de escape por las que se evadían de todo entendimiento, por lo que no se podía reflexionar mucho sobre los deseos de cada uno y la verdad de las circunstancias. Así que con más imaginación que otra cosa y dosis enormes de resignación continuaron con sus vidas de telenovela.

Extravagancias y extraños comportamientos hubo en todas partes, cotillas y miedosos hasta en la luna, romances a distancia por redes sociales, divorcios, riñas y buenas intenciones también.

En el mundo de la cerámica no fue diferente, y si lo fue, eso sería otra historia.

Ancianos olvidados

Solía suceder que había exceso de información y no siempre de fuentes fiables y científicas, por lo que hubo momentos en los que nadie sabía exactamente cómo se contagiaba el bicho y, como era inevitable, cada cual hacía su propio rosario de posibles maneras de contagio y cómo evitarlos.

Así que más de uno se mantenía alejado de todo y de todos, incluso dentro de casa, no podían estar seguros de si el contagio podía venir por tierra, mar o aire, y lo más aterrador de todo era no saber con certeza cómo evitarlo. Hubo gente que dejó de mirar a los demás a los ojos por si con la mirada pudiesen fulminarlo, otros se mantenían detrás de las puertas y hablaban en voz baja para no exponerse a los gritos del que esperaba para entrar en el baño, algunos matrimonios dejaron de dormir en la misma cama, por si las flatulencias podían ser contagiosas y con el sueño y los nervios se les escapaban más de la cuenta.

Todo un complejo mundo privado que hacía de la vida algo entretenido y bastante novedoso, y nunca faltaba el que sabía mejor que nadie lo que había que hacer en caso de estar enfermo. Esos eran los más hipocondríacos y los más temidos. Nadie se atrevía a contradecir a quien hablaba con la serenidad de una madre y la firmeza de un capitán, por lo que todos callaban y aun pensando en su mala suerte, dejaba todo en manos de aquel que debía ser el chamán de la familia. Aunque ello le conllevase hacer un baño de agua helada con flores de alelí y sal con pimienta, para combatir la enfermedad y curarse sin más medios que la buena suerte y los rezos del resto.

Solía ser algo sin importancia la enfermedad que sufría el individuo, como las hubo y nadie las atendió, pero con todo aquello y más, se daban con un canto en los dientes si el remedio casero y las plegarias habían dado resultados positivos. Nada que lamentar si no terminaban en urgencias por un sarpullido grave y los mocos colgando, que de todas maneras tampoco les hubiesen atendido en aquellas circunstancias, pues solo había una enfermedad en el planeta y se llamaba COVID, como si todo lo demás hubiese desaparecido por arte de magia.

Comprendiendo la saturación de los médicos y las enfermeras, los celadores, personal de limpieza y demás trabajadores de la sanidad pública, se ganaban el cielo cada día y cada día soñaban con volver a sus rutinas de enfermos mentirosillos. Casos leves de golpes y pocas emociones durante la jornada, lo único positivo de todo aquello fue que los accidentes de tráfico habían desaparecido, las compañías de seguros debieron aburrirse mucho en la pandemia, pensaba más de uno cuando no salían por la tele las propagandas de éxtasis maravilloso que aseguraban de todo y nada al mismo tiempo.

Pero la vida continuó para todos y no siempre de una manera equilibrada, las fobias y los miedos hacían su aparición en los momentos más inesperados.

Los ancianos se recluyeron en sus casas e hicieron un fuerte armado ante la enfermedad, motivos no les faltaba para ello. Las noticias eran desalentadoras para los más mayores y la responsabilidad del resto dejó mucho que desear. Las autoridades y los que no pintaban nada pero manejaban el cotarro decidieron que los ancianos no valían tanto como el gasto que se hacía por ellos. Clara imagen y egoísmo en estado puro se vivió en aquellos momentos, de quien se había dejado la vida por todos y era olvidado sin más palabras que el estigma de la vejez.

Las residencias de ancianos se cerraron como prisiones con carceleros a las órdenes de los sicarios elegantes que daban ruedas de prensa en color y en diferido. Y los familiares solo podían rezar para que los muertos que salían en la tele, día sí y día también, no fuesen sus padres o abuelos, el dolor de la pérdida y la soledad en la que se vieron dejó al mundo conmocionado por la entrega de muchos y la indiferencia de otros.

Ancianos de asilos y viejos sanos encerrados entre paredes que no dejaban ver el cielo, la carcoma en el cuerpo les llegaba entre susurros de voces roncas que les erizaban la piel, ignorados y olvidados, cuando podían abrir los ojos y mirar el futuro, muchos solo veían la muerte y la soledad que no les soltó el alma ni en sus últimos momentos de vida. Lágrimas ardientes y fuego en el corazón recordando la risa de nietos y los hijos que nunca volvieron a ver.

Desgracias que en muchas ocasiones se pudieron evitar, pero la codicia se cebaba en los indefensos, así como la maldad que existía en los crueles políticos que nunca quisieron cambiar sus beneficios por las vidas de ancianos que les habían dado la vida y la dignidad que estaban disfrutando desde que nacieron, y nadie fue justo con ellos.

Como siempre se quedó todo en el impune y protegido círculo del intocable, del frío chaleco antibalas y de la inexistente conciencia de los que pudieron evitar semejante desastre y no hicieron nada, excepto contar sus mentiras y alardear de privilegios después. Desechando ancianos como si sus vidas fuesen el daño colateral del entramado sanitario y político que se hizo a espaldas del mundo, culpando a los responsables y a otras autoridades de unas decisiones que solo se podían considerar de espanto.

Lágrimas de dolor e impotencia se lloraron mucho tiempo y los recuerdos no se borraron nunca, la rabia continuó durante cada latido de pérdida en cada casa donde el vacío gritaba a plena voz la injusticia, la degradación del débil anciano, lágrimas de odio y la infamia de lo ocurrido no abandonaron nunca la historia y la memoria de las familias.

Como todas las tragedias que no ocurrieron por circunstancias inevitables, estos hechos todavía se reclaman en voz alta frente a instituciones públicas para no dejar en el olvido la maldad y crueldad que se impuso por inventado decreto. En el proceso de buscar justicia para lo vivido, todavía hay quien niega lo ocurrido. Pero esa es otra historia.

Todas las situaciones que se dieron en la época de confinamiento y las reacciones a tal acontecimiento, se consideraron normales y de cuestión humana irreversible, por lo que perduraron en el tiempo extraños pensamientos y nuevas costumbres que dejaban a todos un poco descolocados.

Siempre había personas de supuesto pensamiento positivo y de actitud abierta, algo que debió quedarse en estudio científico y miradas sospechosas del resto.

Dichas gentes solían dar lecciones y charlas en redes sociales, de todo se hizo en aquellos días, entretenimientos divertidos y de escaso pensamiento, desde deportes hasta maneras de cocinar en la era del confinamiento, como si la gente no supiese hacer la comida hasta ese preciso instante. Hubo otras cuestiones más complicadas a las que se prestó una atención demasiado superficial y que calaron en la sociedad de una manera inesperada.

Drama intenso, momentos de ansiedad compartida y la euforia al saber que se propagaría en las redes sociales más rápido que el virus, hacían que los videos y grabaciones, fotos y demás impactos visuales hiciesen su trabajo sin contratiempos. No había nada más poderoso que las imágenes en la red, muertos, enfermos, experiencias aterradoras, quejas, críticas, enfados y un millón de cosas que se consideraron normales dadas las circunstancias.

Aquello dejó a los que verdaderamente sufrían de soledad, enfermedad, falta de atención, sin recursos y desesperados, en una nube perdida entre la verdad y la mentira, como los enfermos de cáncer y otras enfermedades graves que dejaron de tener importancia. Solo en caso de desastre absoluto salían en la prensa y daban por enterrado al perjudicado. Muchos se taparon la cara por dolor y otros muchos por vergüenza, y miles de ellos solo se sintieron afortunados por no ser esa alma en pena que corría entre gemidos de muerte y falta de humanidad en los demás.

Impotencia de familiares cuando no eran atendidos sus hijos, hermanas o padres, y con todo fueron comprensivos ante la marabunta de gente enferma del virus, dejando su terminal enfermedad para último lugar. Y que pagaron con sus vidas muchos de ellos.

Todo era difícil, las explicaciones del personal médico no compensaban la necesidad de atención, la carencia de medios y la impotencia de ambas partes no daban para calmar los miedos y las angustias, la rabia y la aceptación de que solo un milagro haría que todo fuese un mal trago y la vida que se debía y quería disfrutar se perdiese entre lamentos de miedo a la muerte sin remedio. No había cosa más difícil que aceptar la ausencia de cura y la soledad que venía por la calle sin más barreras que los ruegos silenciosos de quien amaba su futuro y lo dejaba sin más en manos del destino.

Fue lo más duro y complicado de la pandemia, asumir que el mudo se había vuelto loco de miedo, pero sobre todo de obsesión por mantener lo suyo y poco más a salvo.

Mientras voces desgarradoras salían a los balcones y entrecortadamente pedían que la sanidad pública se blindase para siempre, que fuese un estamento intocable y perdurase en el tiempo la atención que todo ser merecía, sacando entre esperanzas las protestas más humanas y más humildes, pero nunca más sinceras.

Sociedad como la nuestra no se vio jamás en ningún sitio, con las voces en alto y la empatía en el cuerpo, pero memoria tan corta tampoco. Todos sabían que solo estaba blindada la mentira, la codicia, la estafa, el circo público, y los intocables ricachones que hacían creer al resto que eran víctimas de las políticas injustas y por lo tanto no tenían más remedio que actuar en consecuencia.

Sin olvidar sus ganancias y sus chanchullos, sus mentiras y sus imperios, pero todos sabían, desde la derecha, la izquierda, del medio y hasta los del cielo, que los únicos blindados que había en aquel país de emociones intensas y pocas soluciones, eran los que había siempre detrás del escenario, el personaje que movía las almas y las necesidades más importantes, como marionetas entre juegos de aburridos hombres con poder, indiferencia y avaricia infinita.

El resultado de todo aquello y mucho más, fue la aceptación de la resignación y que según qué gobierno estuviese en el trono, se podía esperar más miserias y mentiras que menos.

Lo más divertido que podía resultar de todo aquello, por no llorar de vergüenza, era ver y oír al currante descompuesto y arruinado defender al jefe que lo estafaba y lo vendía al mejor postor, y la violencia que utilizaba para disculpar la podredumbre que escampaba el rico y rodeaba al pobre, culpando solo al igual y nunca al que robaba sin disimulo, jugaba con el futuro de las gentes y sonreía ante las desgracias del que ayudaba a enriquecer sus arcas y patrimonio.

Todo ello no era más que un ejemplo de la intimidad intocable e impenetrable de cada familia, de las creencias personales y sobre todo de la influencia del miedo que llevaba muchas décadas haciendo el trabajo sucio en la sociedad más perdida.

La impotencia, compañera de muchos y enemiga de otros tantos, era el estandarte de la palabra y la definición de cultura entre gentes que su único sentimiento era culpar al resto, no importaba demasiado si formaban parte de todo un conjunto responsable de decisiones y errores, no, nada llegaba más profundo a la mente, ni tan rápido como la mentira contada entre copas y exageraciones.

Por lo que todo aquello del confinamiento, enfermos en la UCI, y demás noticias que llegaban al mundo a través de fuentes nada fiables, daban un cariz tétrico y funesto a cada momento del día o de la noche, bombardeo interminable de televisiones, radio, vecinos, compañeros y algún que otro animal de compañía que se tapaba las orejas con las patas porque no quería saber nada, hacían casi imposible mantener la calma, la serenidad y lo más necesario de todo, la perspectiva equilibrada ante lo que parecía el fin del mundo. Un mundo del que solo querían saber si les seguiría proporcionando las continuas vidas vacías, desechos con crédito hipotecado y sueños a plazos.

Convivir entre miedos y mentiras

En la recién estrenada empresa de mascarillas, todo resultaba nuevo y diferente, nadie tenía experiencia en la producción de aquellas pequeñas heroínas que se ponían en la cara, era de todos conocido el saber de pocos en aquella tarea infinita de telas y filtros, alambres y gomas, colores y tamaños, que de todo se hizo entre aquellas ruidosas y enormes máquinas.

Los turnos de mañana, tarde y noche se hacían eternos, las preguntas sobre la calidad del producto llegaban a desbordar a las encargadas, dudas en torno a la resistencia del pegamento, sobre lo largo que debían ser las gomas, algo importante, no fuese que las personas que las usaran se quedasen sin orejas en la primera media hora de uso. Fue la época de llegar a ser orejones y sufrir en silencio las molestias de las benditas y malditas mascarillas.

Como era de suponer y del todo respetable, nadie quería que sus apreciadas orejas fuesen motivo de burlas cuando todo aquello terminase, porque algún día todo llegaría a su fin, o inventarían la mascarilla sin dolor, sin agobios de calor y que permitiese ver algo más que los ojos del que tenían enfrente.

Esas cosas también eran habituales en la empresa. Sobre todo al principio, después con el paso de los meses y la camaradería entre ellos, llegaron a conocerse incluso en distancias largas.

Poniendo todo de su parte y la implicación de los trabajadores, los resultados fueron el ejemplo y el orgullo de los jefes y de muchos otros que fueron imprescindibles en todo aquello, responsables e involucrados hasta el fin, la mayoría de la gente se volcaron en conseguir que sus esfuerzos se viesen recompensados.

Si no fue así, nadie le dio más importancia, se sentían afortunados de haber hecho posible un triunfo de pocos y la protección de millones de personas.

Pero no todo terminó ahí, ni en aquel momento ni mucho después. La falta de personal en meses de máxima tensión, pedidos infinitos y otros más humildes eran la constante en la dirección que recaía en las encargadas, en algún que otro mecánico y sobre todo en las gentes que luchaban entregadamente en un intento de contrarrestar el caos que se adueñaba de todos en los momentos de más trabajo.

Cientos de preguntas que se resolvieron con aclaraciones importantes y específicas que duraban exactamente hasta el día siguiente que volvían las dudas con fuerza y eran contestadas con la precisión del hartazgo.

Mujeres en calidad, mirando sin pausa las posibles fallos del producto, otras emblistando sin descanso lo que salía de las fauces del monstruo feroz que no dejaba de funcionar ni bajo mandato divino, otras en las mesas empaquetando la producción en cajitas pequeñas, era el momento del éxito o del fracaso, pues aquellas mujeres tenían vista de águila y eran capaces de distinguir sin problema el error más ínfimo y pasar por alto cualquier otra cosa que no tuviese que ver con ellas.

En aquellos tiempos eran contratados docenas de personas, sin experiencia y con algo parecido al descubrimiento estelar, era en esos momentos cuando se hacía más evidente que solo la determinación haría continuar con la rutina y no cometer más errores que los necesarios.

Poco a poco los nuevos dejaban de serlo, los más antiguos enseñaban todo cuanto sabían para que el trabajo fuese hecho entre todos y la calidad del producto no se viese implicada en el proceso de adaptación.

Se daba por sentado que siempre habría novatos que en su inmensa arrogancia despreciarían las enseñanzas del resto, pero normalmente solían causar más incomodidad que problemas, por lo que se les ignoraba y se les concedía el derecho de la duda y la reflexión, algo que funcionaba hasta que las voluntades del individuo se hacían evidentes.

Paciencia, grandes dosis de paciencia hicieron falta para que las más experimentadas no mandasen todo a freír espárragos ante la desfachatez de muchos novatos henchidos de ego y poco cerebro. Pero la experiencia era un grado y por lo tanto un reto para llevar a cabo trabajos en los cuales hubiesen dado parte de su sueldo para gritar cuatro frescas al arrogante e inmaduro recién llegado.

Y todo aquello se realizaba con buenas maneras y de forma educada, sin altercados que pudiesen perjudicar a nadie, o por lo menos eso era lo que querían creer todos. Pero la realidad era diferente. Refunfuño en cada máquina, lamentaciones de cambio de compañeras, murmullos de incomodidad y un sin fin de quejas que se quedaron entre bolsas de desechos que había que sacar a los contenedores de reciclaje. Todo iba a parar allí, hasta los gruñidos.

En su infinita sabiduría algunas de las más antiguas y con más experiencia en el trabajo y en las relaciones complicadas que siempre iban acompañadas de muecas indefinibles, miradas intensas incluidas. No faltaba nunca la suprema estrella del circo, quien se consideraba a sí misma juez, jurado y verdugo, sin más aliento que su propio ego y la falta de empatía con el resto. Como ejemplo de semejante virtud, Paqui se llevó la medalla al mérito de la soberbia y la personificación del tirano feliz, con ideas de elevar la esclavitud a nivel de éxtasis mundial reconocido.

Se recordaron sus comentarios durante semanas y el caos que creó el intenso sistema para doblegar a los nuevos, funcionó con tanta eficacia que casi llegó a patentarlo. Si hubiese conseguido un poco de pasta por ello, no lo hubiese dudado ni un momento en planteárselo a los jefes.

Pero ante todo era discreta, por lo que no pudo ser más eficaz a la hora de comprobar su sistema tiránico con todo cristo. Se sintió satisfecha consigo misma hasta el punto de rememorar todas las noches acostada antes de dormir, el valor de su disciplina y la indiferencia como orgullo personal.

Nadie podía entender semejante alarde de engreimiento y falso compañerismo, pero todo era cuestión de tiempo y dejar que cada cual presentase su manera de ser, algo que ocurría más pronto que tarde, era inevitable.

Por lo que llegaba en su debido momento, casi siempre el espectáculo estaba servido, aunque fuese entre chismes contados en el baño, o con gritos poco discretos cuando las máquinas no dejaban oír bien el cotilleo del día.

Por supuesto con la máxima discreción y con el oído al tanto para evitar que llegase a la mujer que consideraba a todo el mundo inferior y sacaba el látigo con sus compañeros como herramienta de trabajo. Los comentarios se extendían como la peste y las bromas que se hacían para hacer más llevadero el tormento, eran complejas entre los que convivían diariamente.

Y los ojos ajenos que pretendían saber todo lo contado y un poco más para poder continuar con la noticia más tiempo que la novedad y la sorpresa. Y nadie, absolutamente nadie era inmune a tal cosa, azúcar envenenada que tragaban todos, hasta el gato que vivía en la parte de atrás de la nave.

Se aprendían clases apresuradas de cortesía y convivencia, todo el que no conseguía graduarse en ello era apartado en los límites del incomprendido, solitario o sencillamente raro.

Así de simple se catalogaba al resto de compañeros, nada de exceso de psicología y tolerancia, eso solo funcionaba con las cuestiones más mundanas, cosas como falta de novios, rupturas de pareja y sobre todo por falta de halagos entre descanso y descanso, triste pero cierto, mujeres y hombres más inmaduros que los niños de colegio.

También los hubo, pero esa es otra historia.

Residuos eternos

Algún muchacho se encargaba de tirar las docenas de bolsas con los restos de plásticos, telas y desperdicios al final de cada turno, que no valían para nada. En muchas ocasiones fue necesario la ayuda extra de las mujeres que recogían todo y lo depositaban en los grandes contenedores que había en un lateral de la fábrica, preparados para ello.

Un millón de veces pensó Magda en todo aquel supuesto proceso de reciclaje, y no podía evitar preguntarse dónde iría a parar todo aquello, en qué lugar se podía reciclar semejante cosa, viendo los contenedores llenos hasta los topes y la enorme cantidad que se hacía diariamente. La inquietud que surgía de su mente no podía decirla en voz alta, más de uno se lo hubiese tomado como una estupidez y otros hubiesen sospechado de alguien tan ecológico. Parecía incompatible tirar basuras a toneladas y preguntar si todo aquello no sería más peligroso que el propio virus. Sí, nada que ver con lo que ocurrió un poco más tarde, cuando miles de mascarillas aparecían en el mar, en las calles, en las alcantarillas, en los parques y otras tantas en lugares inconcebibles, pero que dejaron un rastro de porquería en todos los rincones del planeta. Y que seguramente permanecerían eternamente en la tierra.

Se protegían del bicho y con esa maravillosa excusa de vida o muerte, dejaban abierta la puerta de la dejadez, la suciedad, la indiferencia más práctica, impasibles, en resumidas cuentas eran inmunes al reguero de contaminación que iban a dejar para cientos de años y que llegaría sin filtro al espacio y más allá con toda seguridad.

Y nadie se informó de nada, nadie pidió explicaciones al respecto, nadie exigió saber dónde iban todos aquellos residuos de gomas, plásticos y telas, las prisas y el beneficio de la duda eran algo bastante común. El corazón más blando se volvía duro como la piedra ante la posibilidad de perder el trabajo por preguntas tontas y respuestas inciertas. Solo podían rezar para que cuando todo llegase a su fin, los pillase durmiendo y fuese algo rápido, porque al ritmo que iba el desastre del virus y las codicias que destruían más que beneficiaban, todo era posible.

La mente humana tenía ese don de no pensar en los daños que causaba, ni en las consecuencias, ni en la posible miseria que todo ello dejaría, no, el pensamiento humano llegaba para cobrar un sueldo, pagar el alquiler, colgar fotos en las redes, demostrar lo felices que eran sin serlo y cuidar de su cara como si fuese un cuadro de Picasso. Comer todas las porquerías posibles y de vez en cuando emborracharse con ganas, todo lo demás eran historias de *hippies* inventores del amor y de la paz, cuentos aburridos para dormir tres días seguidos.

Nadie quería ser el responsable del futuro, ni siquiera del presente, responsabilidad demasiado grande y eterna para que alguien hiciese algo por mejorarla, lamentaciones de mundo injusto y crueldades que nunca serían rectificadas, posibles horizontes negros y de dudosa esperanza. Pero nada de eso llegó nunca a ningún sitio, la mayoría de los trabajadores solo quería vivir en paz, dejar de pensar en todo cuanto podía salir mal y poner la tele en cuanto llegasen a casa, nada que ver con las preocupaciones, ya era suficiente no saber cómo terminarían de pasar el mes sin un céntimo. Todo lo demás era un conflicto que no podían solucionar ni querían hacerlo, se les había enseñado bien a ser indiferentes y apáticos ante el desastre, para eso ya tenían las telenovelas, los programas basura y la necesidad de parecer algo que no eran ni serían nunca.

Y sobre todo las quejas de lo desgraciados que eran y lo mal que tenían la vida por culpa de la pandemia, por culpa de los sueldos, de los bancos, de los vecinos escandalosos, de los gatos que comían del basurero o del perro del cuarto que lloraba cuando lo dejaban solo. La cuestión es que según aquella sociedad avanzada y de cultura refinada con aditivos, no faltó nunca la excusa perfecta y sólida para no intentar mejorar nada.

Se daba por hecho que no valía la pena unirse para manifestarse ante las necesidades importantes y mostrar al gran poder que dirigía el cotarro que había que mejorar las cosas. Ni era importante mantener unido el núcleo laboral y sindical, ni la solidaridad ante los más vulnerables, eso era cosa del pasado. Como no daban muestras de sentir más angustia que la falta de salidas de tardeo con amigos y dinero en la tarjeta de crédito. Se rendían antes de haberlo intentado, solo los viejos y los tontos sermoneaban al resto para abrirles los ojos a la gente joven. Sí, no podían mover conciencias por pura apatía y pura indiferencia. O se movían tanto, tan fuerte y de una manera tan sorprendente que empezaban a llevar banderas y el brazo en alto con saludo preocupante.

Se habían hecho muy bien las cosas en el pasado no muy lejano, la individualidad y la sabiduría del refrán «si ves las barbas de tu vecino cortar pon las tuyas a remojar», había quedado descartada en el tsunami que resultaban sus complicadas vidas entre grandes pantallas y otras pequeñitas digitales y mantenerse en la forma más hipócrita posible. Resultaba triste y desolador la fuerza que mostraría la juventud cuando ya no lo fuese tanto.

Y no es que lo tuviesen fácil, ni siquiera eran culpables. Solo los habían educado para creer merecer todo, para que no se les negase nada y para no tener que mover ni un dedo si algo no les agradaba. También había juventud llena de esperanza y con la ecología en la conciencia, la defensa de los animales y de los pobres, la continua lucha por la mejora del sistema, la educación y el progreso sostenible como esencia de vida, pero resultaron tan pocos los que dejaban oír sus voces, que la protesta, si hubiese llegado, hubiese resultado pobre. Muy digna y fuerte, pero solitaria.

Se les dio alas para volar sin haber advertido que la libertad, la justicia y la dignidad tenía un precio muy alto, y aun con todo el esfuerzo podía resultar difícil por no decir imposible en muchas ocasiones. Lo que nadie debió olvidar, ni viejos ni jóvenes, hombres ni mujeres, fue que si se perdía de vista lo que los convertía en humanidad, todo sería frágil y pasajero al perder el camino que los convirtió en civilizados. Algo que había sido bastante complejo y que sobre todo había requerido valentía y sentido de sociedad unida en lo importante.

La diversidad entre criterios y esperanzas, ideales y trámites de conciencias, resultaba de una riqueza imposible de ignorar. Pero también era la división de la sociedad más pasiva y la de sermones infinitos e inútiles.

Pues sobre todas estas reflexiones que a Magda le hubiesen encantado debatir y discutir, escuchar y aprender de sus compañeras y compañeros, nunca se manifestó el interés y en pocas ocasiones tuvo la suerte de poder dialogar con gente inteligente y con criterio propio del mundo, la política y los necesarios cambios. La mayoría de intentos para que las mentes estrechas, como llamaba Magda a los que no opinaban o eran indiferentes al tema, comprendieran sus preocupaciones, la dejaron con la sensación de vivir una realidad paralela. Y hubo otras muchas personas que no querían amargarse la vida con líos del mundo irreparables a las que las charlas de Magda los dejaba con ganas de tirarse por la ventana por pesimista, pesada, agotadora, exhaustiva y sobre todo porque nadie sabía cómo cambiar el círculo interminable en el que vivían desde que tenían uso de razón.

Ante semejante impotencia y la rabia que se acumulaba entre ceja y ceja al escuchar una desgracia tras otra y una injusticia y otra más, la mayoría intentaba llenar los espacios de su mente en cosas banales y que no requerían más complicación que sentirse un poquito bien.

Y aunque le supo a arena seca y difícil de tragar, Magda tuvo que reconocer que ella tampoco sabía cómo cambiar, mejorar y progresar en los tiempos que les tocó vivir. Así que se resignó a callar en muchas ocasiones, otras fue imposible y los pensamientos fueron más rápido que la lengua y se aturrullaba entre ruidos y cuentas de mascarillas, por lo que más de uno valoró seriamente si Magda necesitaría unas infusiones para relajarse un poco.

Carmen y Paqui la dejaron hablar durante largas y tensas horas en los turnos que compartieron y le contestaban con monosílabos y asentimientos de cabeza, más que nada para que no se notase lo perdidas que estaban en debates incomprensibles. Pero nunca le hicieron pregunta alguna y ella siguió durante días y semanas con la matraca. Debió cansarse, pensaron las otras, porque un buen día dejó de quejarse y sermonear para no hablar durante las jornadas de trabajo ni en los almuerzos tampoco.

La confianza que se depositaba en la gerencia de la empresa era un poco complicada; por un lado todo aquel que tenía un contrato largo y de posibles ganancias, decía maravillas de los jefes, por el contrario los que estaban por ETT y de duración determinada, refunfuñaban todo el tiempo y sus descansos los utilizaban para investigar quién se quedaba y quién se iría a la calle, algo normal por otro lado, y muy humano desacreditar al compañero y muy mezquino llegar a la difamación, pero los hubo allí y en todos los trabajos del mundo.

En general todo el personal se convenció de que estaban allí por decisión divina del dios del cielo y que su labor se definía como el choque de la realidad y la ficción que salía en los medios. La vida cotidiana y sosa de la mayoría ayudó a soportar los sobresaltos de una sociedad bastante aburrida de todo y llena de posibles e imposibles soluciones para sobrevivir entre tanto miedo, mentiras, tonterías y divertidas historias que se contaron y se vivieron.

Solo preocupaba el futuro más cercano y la continuidad del trabajo, con tanto sufrimiento se les había quedado el cerebro estreñido y la inteligencia metida en un aparato de veinte centímetros, que sacaba imágenes fantásticas de la vida que se estaban perdiendo por pensar en la contaminación, el desastre ecológico, la pobreza y desigualdad en el mundo, las crueldades con los semejantes y por supuesto con la más difícil situación de no poder ser la persona de la foto del móvil con el cuerpo perfecto, la sonrisa perfecta y la mentira perfecta, pero todo eso hacía más soportable la mediocridad de la sociedad en la que todos vivían, y para ello necesitaban un referente que cumpliese los requisitos, algo tan irreal que todos lo creyeron.

Pero aquellas cosas solo eran reconocidas entre espejos solitarios y en conversaciones privadas. Así que lo máximo que se difundía en aquella nave era lo mismo de siempre. Noticias de la tele, chismes de vecinos y algún que otro soponcio de entierros en las familias de compañeros. Y las cosas siempre se difuminaron con la rutina y las charlas entre gente corriente que sabía sacar el lado divertido de la situación.

Por lo que circulaban entre máquinas y empleados bromas sobre lo que se les permitía o no hacer en el día a día.

Se discutía por lo que estaba prohibido y lo que no, no se podía salir a la calle, no se podía ir a comprar más de dos personas, no se podía ir a la playa, mucho menos ir a cualquier institución pública, obligado ir con mascarilla aunque fuese un trapo atado con una cuerda y mantenerse alejado más de tres metros del resto, y por supuesto imposible quedar con amigos para tomar algo, eso era una total falta de juicio y podían verse en un grave problema con los suyos y la policía. Pero algunos lo hicieron y se cuidaron mucho de contarlo, podía resultar un peligro decir semejantes verdades. Cada cual actuaba de acuerdo con sus necesidades y su propia lógica, algo que pasaba por alto en cuanto las cosas se ponían un poco espesas y la soledad se convertía en una lacra imposible de evitar.

En situaciones de emergencia siempre se podía contar con las llamadas a los tarotistas y preguntar si la vida le daría una gran sorpresa y le dejaría vivir como una reina el resto de su existencia, la respuesta a semejantes preguntas no se hicieron públicas jamás, podía darse el caso de que quedase como un bobo y pagando una factura muy sustanciosa, o acertar en las cartas del destino y que no le creyese nadie, que era peor todavía.

Bien se podía pagar con el ahorro de no salir de bares ni a comprar ropa, ni adquirir trastos inútiles en el chino, con todo aquel dinero podían perfectamente comprar más cervezas, chocolates y papel higiénico, y descargarse ñoñerías en el móvil, todo el mundo había cambiado, para en el fondo no cambiar nada.

Sin duda por los sueños de pacotilla de algunos y las grandes aspiraciones de otros, la melancolía que llenaba el ambiente y la intolerancia que los llevó a convulsionar el sistema, se creyó en un profundo y reflexivo pensamiento sobre la vida y lo que podían mejorar en cada casa, en cada situación, en cada decisión, y en las futuras generaciones que no merecían tanta porquería en sus vidas.

Pero todo fue en vano, fantasía y poca voluntad, un ajuste inmediato en la sociedad y todo saltó por los aires en cuanto pusieron un pie en la calle de nuevo.

Las preocupaciones se olvidaron, la empatía fue un delirio colectivo, la sanidad se dejó en las terrazas de los restaurantes y todos los sueños de mejorar la sociedad, el compañerismo, la solidaridad entre pueblos y países, la compasión y un montón de prósperos y duraderos sentimientos dejaron de importar menos que un bledo.

Ahí estaba de nuevo el sistema indiferente y cruel que les gustaba vivir y que todo el mundo daba por hecho, el sistema de sobrevivir ante todo y ante todos, subir escalones a base de derrotar a otros, de comprar la mejor televisión, el mejor coche, las mejores vacaciones, la ropa de marca, el peinado de moda. Olvidado quedaba el respeto y la implicación de gente que lo dejó todo por ayudar al resto, de honradas y valientes personas que se mantuvieron en el lugar más peligroso para salvar a la humanidad y que la única recompensa fue haber hecho lo correcto.

Atrás quedaron los sentimientos que se dijeron a plena voz en las ventanas, los cantos con guitarras, las poesías de esperanza, la profundidad de los valores que realmente importaban, la luz esperando salir a la calle en un mundo mejor, más humano, más justo, más feliz.

Como también hubo a los que todas aquellas aspiraciones fantásticas y de dudosa permanencia les pasaron por alto. Se dedicaron a espiar al marido que usaba demasiado el ordenador y averiguar si tenía algún lío por aquel aparato tan discreto, padres que sospechaban de los hijos en cuanto salían por la puerta para ir al súper, con la vigilancia intensiva de turnarse y comprobar si habían hecho algo indebido y poder gritarles con gusto.

Las abuelas pegadas al teléfono esperando las noticias del hijo con histérica ansiedad, las madres que no dejaron a los niños ver la televisión hasta que el cansancio les pudo y les dieron el mando, las rutinas de comida en absoluta soledad, las esperas nerviosas de los hipocondríacos ante las respuestas de los ambulatorios, los que gritaban a los que salían en la tele diciendo noticias devastadoras y la abundancia de chismes que se compartieron en la cama mientras se esperaba el sueño.

En silencio absoluto, dadas las circunstanciaras, sin tráfico, sin gente en las calles dando voces y los ruidos que normalmente acompañaban la rutina, era posible que lo escuchase hasta el sordo de la esquina y eso no podían permitirlo, por lo que la discreción y las lenguas mordidas fueron un continuo dolor para muchos y una satisfacción profunda para otros, hacer el amor resultó entretenido mientras la espera fue corta, después fue imposible mantener algo parecido a la intimidad entre llamadas, críos, ansiedades, cursos rápidos de autosugestión positiva cervezas y aceitunas, se dejó de hacer el amor para centrarse en las nubes negras que se avecinaban y reírse de uno mismo en el mejor de los casos.

La rutina pasó factura y el tiempo libre no lo era tanto, las parejas que no tenían hijos y nadie a su cargo marcaron límites de tiempo para el deporte, la cocina, la limpieza y el sexo, con lo cual pronto se quedaron saturados de tareas planificadas y poco espontáneas. En esos delicados momentos se libraba una batalla silenciosa, cada uno en un lado del sofá con el móvil en la mano y el mando en la otra, miradas irritadas y poca templanza, pero lo que quedaba del amor y la rutina, el cansancio y la necesidad de oír algo diferente al resto del mundo llorando hacía posible que las parejas se uniesen aunque solo fuera para combatir el tedio y la soledad.

Más de uno pensó aprovechar el tiempo y hacer cosas de utilidad y gran envergadura, por lo que hubo ideas de todo tipo y de poco futuro, ocurrencias como estudiar durante el confinamiento y salir de aquella tortura hecho todo un abogado de lo penal, las ganas de masacrar a alguien eran intensas. La modesta aspiración de algo parecido a la abogacía solo existían en la mente de algún superdotado. Sin considerar la fantasía como una necesidad de mantener la mente ocupada en irrealidades imposibles por pura supervivencia del intelecto. Pero antes llegaron las salidas a la calle con cuidados y distancias que consiguieron leer un solo tomo de derecho. Disimularon con discursos llenos de dramatismo y pocas palabras la falta de entusiasmo y la pérdida de tiempo entre cuatro paredes, el resto asintió con educación y se dedicaron a ponerlos verdes, más por gusto de practicar el perfecto sistema de cotilleos, que por decepción, así era el entretenimiento social.

Si alguien conseguía hacer algo memorable en aquellos días que se convirtieron en meses, podía considerarse un héroe de proporciones extraordinarias o, como solía suceder, un fracaso mentiroso de poca monta que se creía importante.

Nadie quería comprender que la humanidad no estaba hecha para la fuerza y la esperanza, ni la valentía de mirarse en el espejo cada día y no volverse loco de miedo. Saber que solo eran instinto y más animales que los que abandonaban en las calles o mataban en los mataderos y solo querían sobrevivir era tan difícil como entender que una mosca podía ser tan entretenida como los pensamientos que siempre rondaban cerca y volvían una y otra vez. La insignificancia de todo aquello y lo pequeños y poco importantes que eran los seres humanos, el favor que se le haría al planeta si desaparecían por completo hacía entender que toda la grandeza del hombre solo existía en su mente y su orgullo.

Tan insignificantes como la llama de una vela ante la fuerza del aire.

Pero para todo tenían olvidos y sugerencias, maneras y fachadas, incluso en los mejores casos y en los peores momentos.

Enormes vacíos que se llenaban con petulantes sonrisas de anticipación a sabiendas que todo era provisional y durante un rato funcionaba, todo dejaba de existir menos ir de compras.

Lo mejor del día

Y siempre quedaba esa opción, algo que daba la suficiente libertad para observar al prójimo, hubo casos de todo tipo. Colas que rodeaban toda la manzana del supermercado con distancias entre la gente suficiente para poner un camión, pero el miedo y la tontería estaba siempre presente por lo que normalmente se ignoraban las excentricidades y se ponían a la cola como todo dios.

Era en esos momentos cuando más se tenían que guardar las apariencias con los demás, normalmente con gafas de sol y la mascarilla no lo conocía ni su padre por lo que podían observar con total impunidad las ropas de las personas de la cola, sus zapatos, los pelos recogidos con descuido, los carritos de compra que siempre resultaban sospechosos, la vecina de enfrente, el joven simpático y tontorrón que no dejaba de hablar e incluso la madre de un niño que le pegó al suyo hacía más de veinte años y a la que no se tragaba.

Era justo el momento de girar la cabeza lentamente con suavidad y dejar claro sin una palabra que no le afectaba nada de lo que allí estaba pasando, con elegancia y serenidad miraba a la plaza y encontraba algún despistado con el perro arrastrando la lengua de agotamiento, y como no podía ser de otra forma el suspiro de impaciencia dejaba a todo el mundo con la curiosidad dentro, pero aún faltaba lo mejor de todo.

La gran entrada al súper, con el control del muchacho de seguridad dando paso a la cantidad de personas que debían entrar y hacer esperar al resto, era un momento sublime. Y lo más importante, no había tiempo límite para ello.

La gente miró tanto y tantas cosas, sin tocar, sin acercarse, dando vueltas como zombis andantes pendientes de los vivos curiosos, solo miradas intensas que terminaron por desgastar los envases y que consiguieron aprenderse el código de barras en varios intentos de compra. Cuando hacían eso dos veces en el mismo día, el chico de seguridad les echaba el ojo y ponían pies en polvorosa, iban echando leches a la caja y salían con prisas y con sofoco añadido.

El truco consistía en cambiarse de ropa, caminar dos calles más abajo y entrar en otro súper que el de seguridad no lo conociese demasiado, y todo volvía a empezar, inquietante la actitud del personal y de diagnóstico, grave el que lo hacía día sí día también.

Muchas veces se oían mujeres sobre todo, dar explicaciones a las cajeras, el encargado y a todo aquel que quisiera escucharlas, sobre la necesidad de ir a comprar varias veces al día por necesidades que se escapaban a su control, como la despensa vacía, la leche caducada, la carne seca y los macarrones amarillentos. La cuestión era de otra índole, si hacía suficiente teatro y un poquito de escándalo, nadie se volvería atrever a cuestionar sus constantes visitas.

Los hombres eran más discretos y más vergonzosos, en la segunda advertencia dejaban todo lo que llevaban y con cara de enfado, los mofletes de un color rosado y los párpados caídos, sin mediar palabra, salían del comercio y no volvían en varias semanas, excepto algunos que acusaron a sus mujeres de enviarlos por una urgencia familiar.

Pero a nadie le faltaba el postre, el café y el licor en la sobremesa, el tabaco, los pintaúñas, las cremas de piel, el masaje con la ducha y muchísimas cosas más, así como las quejas de lo mal que lo estaban pasando. Nada que ver con la pandemia de hacía más de un siglo donde la gente murió a millones y no pudieron dejar de trabajar, de pasar hambre, frío, dolor, solos, sin atención médica, perdidos entre familias enteras enterradas sin más resignación que la vida misma.

La única conexión con la pandemia pasada fue la incertidumbre, el miedo y el dolor por las pérdidas de familiares, eso en el peor de los casos, en el mejor podían sortear la mala suerte y sobrevivir sin demasiados contratiempos.

El mundo de las comparaciones era algo terrible, nadie quería reconocer que a pesar de todo, las necesidades acuciantes del sistema y la pobreza llegaban más lejos que cualquier contagio. Estaban cómodos en sus pequeñas zonas de confort, alimentados, calentitos en invierno y fresquitos en verano, atendidos por médicos, aunque fuese vía telefónica. Y ser conscientes de los sermones que se dieron entre convencimientos alucinados, fue lo que caló más profundo y más rápido. Era demasiado egoísta enfrentarse al pasado de los libros y la historia y darse cuenta que lo único que tenían entre las manos eran quejas, monsergas y poco cerebro, sí, el avance no había sido tan grande, la humanidad seguía siendo infinitamente egocentrista, eso podía salvarlos o llevarlos al desastre, nunca se supo la respuesta.

Con todo, se salvaron millones de personas, pero no todo el mundo quiso ser consciente del adelanto en medicina y ciencia, prevención y posibles estrategias que ayudaron al pueblo enfermo. Demasiadas cosas estaban en juego para aportar la honradez que aquel país necesitaba, sobre todo las elecciones futuras de nuevo presidente que serían la sangría entretenida del adversario. Más mentiras encadenadas una detrás de otra y la población dejó de valorar lo conseguido para buscar la ofuscación que saltaba entre gente decente como piojos muertos de hambre.

Las nuevas tendencias, la convivencia, el respeto, el progreso, la ciencia y las nuevas leyes imprescindibles para continuar en el camino de la sostenibilidad entre personas modernas, o eso se creyó, se dejaron en el olimpo de los sueños rotos. Parecía que la sociedad estaba emperrada en retroceder todo lo posible a una época oscura y tiránica, donde la única verdad era las grotescas palabras y comparaciones que salían de sus bocas en cuanto tenían una cámara delante. Y siempre en contra de las mujeres, los negros, los colectivos LGTBI y la cultura enseñada en los colegios, contra los cuales acusaban de enseñar pornografía a los niños. Sin querer entrar en serio en el debate del consumo pornográfico de niños, con ingredientes violentos y macabros, y darlo por normal y educativo. Ese tema resultaba menos propagandístico que hacer creer al padre o madre preocupado, que eran los profesores quienes inducían al menor a ser un violador en serie en cuanto tuviese la mayoría de edad, si le enseñaban lo más básico e importante de su propia sexualidad.

Dado el nivel de majaderías que soltaban en ratos de inspiración, lo lógico era percatarse de que la única pornografía que llevaban estos representantes políticos, en sus mentes retorcidas y despreciables, dejaba un olor a podrido que se quedó como el perfume del triunfador de las arcas llenas de dinero fácil. Pues eso es lo que querían conseguir y lo hicieron. Y disfrutar de un poder insano y retrógrado para alimentar sus más bajos instintos de poderío dictatorial.

Amenazas en todos los ámbitos que no entrasen en sus criterios de supuesta cultura, y mantener el miedo a toda costa entre familias que creyeron que con palabras insultantes y mano dura, la sociedad se vería más equilibrada. Siempre y cuando la suciedad no saliese de debajo de la alfombra, que es lo que querían los que hacían aquellos discursos de vergüenza.

Ya podían temblar los pobres y los endeudados, los homosexuales y demás géneros, los sindicatos y las familias desesperadas, los de ideas más progresistas y los que nunca se callaron por dignidad. A partir de aquellos momentos, el miedo empezó a entrar por las ventanas a media noche sin que nadie fuese del todo consciente de la gravedad del asunto. Malos presagios y violencia llegarían más pronto que tarde si el sistema de poder político y mediático resultaba ser la exaltación del odio y la mentira.

Pero todo se quedó, como siempre, entre charlas contadas en voz baja y las dudas del que no quería saber nada, y sin embargo pregonaba las maravillas del que vendría con la bandera en la mano, la pistola en el cinto, la cruz en el pecho y la miseria como hijo predilecto.

Un eterno debate que no llevó a ningún sitio y que defendieron con uñas y dientes los propios trabajadores, las mujeres maltratadas y los pobres desgraciados que no tenían para comer. Y por supuesto las élites más rancias con sueños de volver al franquismo añorado. Exactamente la pregunta fue unánime: ¿estaban todos locos?

No hubo respuesta para ello y la vida continuó con el olvido que daba la telebasura y los fines de semana borrachos.

Y las preguntas seguían en el aire, como una brisa fría que cortaba la piel más fina.

¿Ese era el futuro de aquel país? ¿Volver al mundo de las cavernas?

¿Nadie podría cambiar aquellos discursos de barbaridades fascistas? ¿O sería un episodio que se recordaría con cierta preocupación?

Nadie tuvo respuestas y nadie quiso tenerlas, por lo que se dejó como democracia y libertad a un partido político que llenó y entretejió una telaraña invisible donde cayeron muchos bajo sus redes y cuando la sociedad abrió los ojos, ya era tarde.

En el siglo de las modernidades y las infinitas oportunidades, la ingenuidad y la estupidez iban juntas, la inteligencia se había quedado en el cajón de los cubiertos y en un pequeño aparato digital que vendía como el mejor comercial la vida que salía entre frases llenas de halagos personales, y poco sentido de una sociedad abocada al fracaso.

Y la valoración de lo decente dejó de importar mucho tiempo atrás, cuando se regaló la vida por una Coca Cola y una tele de plasma. Y como todo aquello no tenía remedio ni solución, hubo cosas que marcaron las conversaciones en las noches de silencios, dejando los debates inútiles y los enfrentamientos entre compañeros para conversar sobre tonterías que no llevaban a ningún lado. Exactamente como el criterio político, pero esa es otra historia.

Lo que estuvo presente en todas las conversaciones, e hizo un gran revuelo en todo el país fue el permiso de apertura de las peluquerías. Eso debió advertir de la magnífica expectativa que tenía el pueblo en temas importantes. Desde siempre se supo que el circo evitaba pensamientos profundos, por lo que fue una alternativa de fácil solución y resultados fantásticos. Y en caso de que no hubiese sido la intención gubernamental, ya se encargaban algunos de propagar el tema como al contagio.

Porque si eso era el gran enigma y la preocupación de las gentes, podían apagar la luz y dejarse morir de risa.

Todos se quedaron sorprendidos, pasmados y llenos de una curiosidad que se convirtió en fábulas dichas en voz baja y con cuidado.

Estaba claro que el gobierno no quería que la gente saliese de sus casas cuando todo hubiese pasado, con los pelos hechos un desastre. No, de ninguna manera iba a permitir que la sociedad se convirtiese en barbudos y peludos que harían creer a cualquiera que los viese en un atajo de *hippies*, radicales de izquierda, anarquistas, ecologistas, republicanos con las ideas revolucionadas de cambiar el mundo. Proponer que el trabajo fuese más digno y mejor pagado, que los derechos y libertades no se prohibiesen, que a los toros dejasen de matarlos en las plazas y hacerlo pasar como cultura. Y por supuesto, una sociedad sin distinción de clases, no financiar a la iglesia con los impuestos de la gente y que el gobierno dejase de hacerle la ola en cuestiones acuciantes de abuso a las multinacionales. Eso era algo que podía asustar al pobre rico y desprotegido empresario, currante devoto y todo aquel que con la fe en una mano y el palo en la otra dejase claro que no podía hacerse tal cosa. Por no hablar de los políticos que censuraban las rastas y toda la indumentaria que se pusiera un ciudadano con un estilo diferente, impensable todo aquello.

La genial idea hizo posible que todos saliesen de nuevo a la calle con el pelo corto, la barba bien afeitada, la camisa remetida dentro del pantalón y la gomina brillante, la sonrisa pegada en la cara y el moreno de balcones pequeños, todo perfecto. Y funcionó, las mejores galas, el mejor cutis, la figura de una diva y los mejores musculitos se vieron después del confinamiento. El problema es que a muchos se les olvidó cultivar las ideas, la cultura y la humildad, la decencia y la honradez. Descartada la inteligencia y la importancia de la continuidad del mundo y oportunidad de mejoras, y por mayoría absoluta, se dejaron los comentarios y se dio por bueno el resultado.

Pero básicamente todo continuó igual que antes, el que estudiaba con algo parecido a la obsesión dejándose el pellejo y los dientes cuando se quedaba dormido encima de un libro, lo hizo durante el tiempo que duró la orden de no salir a la calle. El que se cuidaba con todo detalle y se miraba al espejo más de cien veces en un día antes de encerrarse —por algo tenía un espejo en el recibidor, en la puerta del armario y en el techo del baño de su casa—, lo hizo mucho más en los momentos de tensión mundial. El que era indiferente y todo lo veía en colores blancos o negros y nunca sabía qué pensamiento era el acertado, lo fue en los peores momentos de la enfermedad contagiosa; las parejas que se aburrían de la presencia del cónyuge y rezaban para que se fuese a trabajar aun con riesgo de muerte, sintieron desilusión por no haber vivido el drama en carnes propias. Los hijos que debían convivir con sus padres un tiempo ilimitado y tuvieron ideas suicidas, las familias que dieron todo para convivir y resultó un estrés demasiado intenso, los pulcros y aseados que lavaron las cortinas, la funda del sofá, la alfombra y lo tendieron a la vista de todos para quedar como los exquisitos del vecindario, los abuelos entre mirillas de la puerta con la escopeta en la mano por si la cosa se torcía y debían disparar sin miramientos, afortunadamente todos perduraron en el tiempo y el espacio de las cosechas más mundanas como el ego, la vanidad, la tontería, el postureo y la poca madurez que los perseguía donde quiera que fuesen.

¿Cómo no iba a llegar todo aquello a la empresa de mascarillas? Fue inevitable que la vida real, absurda y de conciencia incierta alcanzase los límites del trabajo intenso, perpetuo y les diese con fuerza.

Era del todo conocido el criterio de trabajo y las obligaciones laborales, lo que no lo fue tanto era la necesidad de sentirse vivo, de salir y gritar de impotencia, sentir la lluvia en la cara, abrazar al primero que pasaba, afortunadamente eran pocos, de lo contrario los contagios hubiesen saltado la barrera de los números conocidos. Y todo pareció aceptable y correcto, admisible y normal, cuando la realidad fue que nada de todo aquello era lo esperado y las consecuencias fueron aceptadas como algo inevitable y por lo tanto llenaron de nuevo de apatía a las gentes.

No faltaba la continua cháchara de mujeres en las máquinas, en el encajado, las encargadas y los pocos hombres que compartían la dura tarea de mantener el mundo lleno de mascarillas con filtro y venderlas lo más caro posible. Vivían dentro del margen permitido, con la única salida del día al trabajo, con los salvoconductos que dio la empresa y que todo el mundo guardaba en la cartera como si fuese la bonoloto, pues en caso de no tenerlo y la policía lo pillase por la carretera en un control, algo que fue normal durante un tiempo, podían multarlo y de paso arrastrarlo hasta su casa de los pelos.

Escaquearse era complicado, no había manera de evitar el número de polis y menos camuflarse entre la multitud, exactamente porque no había tal multitud.

Era una sensación bastante siniestra tener que hablar con el guardia civil de turno, que se parapetaba a cinco metros del coche y con las mascarillas puestas a grito pelado, para dar una explicación potable y lógica del porqué estaba deambulando en las desiertas carreteras. El drama estaba en el punto álgido cuando le pedían que se bajase la mascarilla y verle la cara, comprobar que era él y no un impostor que se había vuelto loco. Toda la patrulla de policías se alejaban lo suficiente para protegerse del virus que era certero y directo como las balas en distancias cortas. Y acertar más por instinto que por comprobación que la persona que extendía el brazo fuera del vehículo con la identificación en la mano era el correcto y no un peligroso terrorista.

En aquellos casos fueron imprescindibles las gafas de lejos y la tranquilidad del que llevaba el coche, pues nadie podría ver que no se había lavado la cara, que llevaba el pelo sucio y que los dientes los tenía torcidos. Sí, era maravilloso pasar por alguien que mejoraba con la distancia, eso entre muchas otras cosas que se pensaron en la intimidad del control policial.

Pero también hubo decepciones al esperar cierto coqueteo con algunos jóvenes militares o guardia civiles que resultaron más duros de roer que un trozo de pan seco, reconociendo que en la mayoría de las veces fue mejor así, de lo contrario las incógnitas caras y las miradas sugerentes se hubiesen dado un trastazo al descubrir que nadie era tan guapo y tan perfecto como su imaginación le sugería. Todo un repertorio de prototipos imaginarios para terminar carraspeando por la fealdad ajena, nada que ver con la educación y la forma de tratarlo.

Sí, todo un abanico de colores que se parecía al rosario de las beatas en vez de contar los padres nuestros y aves marías. Se marcaban los lugares por donde no se debía pasar ni en caso de emergencia, por si encontraban a la policía y porque los salvoconductos no servían para ir a ver a la novia al pueblo de al lado.

Aquellas cosas no se consideraban importantes y urgentes, nada que alegar de conversaciones telefónicas, eternas y calenturientas en sus casas, susurros y gemidos entre las sábanas solitarias. Demencia por echar un buen polvo y la frustración hacían de todo aquello la peripecia de coger el coche y circular entre matorrales, pedruscos, caminos de cabras y cruces de ríos, por lo que costaba arreglar los bajos del coche. Algo imposible de justificar ante la compañía de seguros y que tocaba pagarlo o dejar el coche hecho un desastre. Pero todo era poco si con aquello conseguían tocar la piel de su amante, oler su perfume y desahogarse con más ganas de las que podrían recordar en toda su vida. Algunos quisieron echar el tiempo atrás y volver a ese suspiro eterno de deseo y lejanía, daban fe de ser el mejor afrodisíaco y la ausencia de riñas entre amores compartidos.

Todas esas inquietudes las tenían los trabajadores de producción de mascarillas, pero entre la conciencia maldita y la responsabilidad de mantenerse limpio de enfermedad y las posibles complicaciones que serían inevitables, dado el caso de salir cuando no debían y donde no debían, era algo a tener en cuenta, se jugaban mucho, mejor dicho, se jugaban todo.

Pero el ser humano era algo un tanto incomprensible y en mucho irresponsable, por lo que llegó a oídos de compañeros las aventuras de algún muchacho joven y loco, con las hormonas a flor de piel y el amor en las venas, que se dejó llevar y con todos los cuidados y discreción posible se regocijó entre los brazos de su amada, apareciendo en el trabajo al día siguiente con ojeras, chapetones en el cuello y la sonrisa más tonta que se había conocido en tiempos de la cristiandad.

Seguramente recordaría durante toda su vida aquel polvo entre miedos y misterios, escondidos y atentos, pero que le serviría para justificar que la vida era un instante y nadie era capaz de resistirse a ello.

Eso si no se contagiaba y del susto se quedaba impotente para el resto de la pandemia, porque a pesar de todo la memoria la tenían corta y la vida acechaba entre risas y mentiras dulces y amargas, creíbles y estúpidas, pero nada como el sentir para cometer imprudencias.

Ante aquel acto de héroe y la osadía del chico, todos lo comprendieron y callaron con sonrisas socarronas y miradas envidiosas, la juventud era un grado que debía ser comprendido y aceptado. De lo contrario debían enfrentarse a las quejas infinitas, los lamentos más sinceros y las lágrimas de todo un mundo de ilusiones y poca cordura. En aquellos casos se disculpaba y se mantenía la creencia de que si no hacían locuras de jóvenes, no las harían de viejos.

Algo que era una gran mentira, pues los hubo también que fueron a visitar a las queridas mujeres, cerca o lejos, con causa o sin ella, deseosos o sencillamente impacientes, con el poco decoro de esperar algo más que ternura y mucho más que sexo.

Las diferencias fueron evidentes inmediatamente, los mayores de cuarenta para arriba se permitieron hacer semejantes cosas porque su hombría era impetuosa e imparable, que lo que tenían entre las piernas no los dejaba pensar y la necesidad era urgente, los sentimientos de ternura y amor los dejaban para los locos enamorados que con la excusa del amor se dejaban la piel entre huidas en plena noche y palabras dulces.

Sin duda fueron momentos intensos, indiferentes a la edad que se tuviese y las ganas de líos que le permitiese el cuerpo, porque todos tenían ese hambre de necesidad de contacto, ansias de comprensión y, lo más importante de todo, tener conversaciones cara a cara de lo bien que hacían las cosas en el confinamiento. La madurez se sobrevaloraba en todos los casos, daba igual que fuese por sexo, amor, terapia de crisis existencial y lo que le viniese al cuento en aquellos momentos para la posteridad, expertos en disculpas aceptables, en vivencias y totalmente perdidos en la realidad del momento.

Con las mujeres fue distinto, porque desde siempre se supo que eran las portadoras de la inteligencia, la responsabilidad y la cordura más inmediata. Nada que ver con la desconfianza y la experiencia en tergiversar situaciones, actos y sobre todo palabras. El interlocutor que tenía la suerte o desgracia de contar con una mujer de ese tipo, terminaba perdiendo los calzoncillos en una muestra de fidelidad, amor y compromiso, algo que se escapaba entre risas tontas de superioridad que tenía la mujer cuando conseguía lo que buscaba, que en muchas ocasiones no era un polvo rápido y poco satisfactorio. Era cuestión de tener quién la escuchase más tiempo que el que la mente le permitiese volver a buscar otro ingenuo. Con la excusa del loco deseo por su cuerpo dejaban bien claro que no había más mandato que las ocurrencias femeninas que tuviesen en mente.

Porque las mujeres también necesitaron sexo y locura, contacto y ternura, amor y amigos con derecho a roce, y como excepción alguna se enamoró de quien no debía y se dejó llevar por la foto atractiva del móvil, charlas profundas y de conexiones increíbles, dejando las dudas a un lado y la certeza del error al otro.

La suerte siempre estaba con ellas, si algún chico quería sus atenciones tenía que buscarse la vida para llegar hasta ella, nada de encuentros en medio del caos y lugares perdidos entre malezas, ni considerar peligros innecesarios, todo quedaba controlado por la llamada que siempre tenía la respuesta esperada.

Deseo contenido llevaban entre sus corazones las mujeres jóvenes y mayores, solteras, viudas o divorciadas que vivían solas, algo que habían ignorado durante años, pero que con el confinamiento se convirtió en una necesidad inexplicable, la de dejar de lado una vida perdida entre búsquedas inútiles y desilusiones profundas, los errores pagados con dolor y la desconfianza en todos los que se acercaban demasiado.

Al aproximarse la muerte y la desesperanza en el corazón, muchas de las mujeres sin pareja y con la soledad arrastrando todo, olvidaron sus reservas y se dedicaron a enamorar y enamorarse con todo el corazón y poder llevarse en el alma lo vivido sin más respuestas que el amor y el deseo. Y si no fue por eso, debió ser por pura necesidad de sentirse vivas.

Eran parecidos en añoranzas y deseos hombres y mujeres, solo necesitaban amar y ser amados. Pero esa es otra historia.

La modernidad era para todos, nada de censuras por declarar el deseo en todo su esplendor, con detalles innecesarios en muchas ocasiones y competiciones de algunos que confirmaban y dejaban en clara evidencia la mediocridad masculina, porque muy a pesar de las nuevas tendencias y las más que preparadas mujeres que no permitirían la vejación y la humillación, había muchos hombres de este siglo, del pasado y del futuro que se comportaban como trogloditas y sus insultos, desprecios y falta de educación, dejaron a algunas chicas con el regusto amargo de que la modernidad nada tenía que ver con la época en la que vivían, solo con la cultura con la que eran educados, o por pura gilipollez, que también era posible.

Por supuesto que las trabajadoras de mascarillas tenían todo tipo de inquietudes, dudas, deseos y sueños, algunas evidentes y otras muchas disfrazadas de confianza ciega en la experiencia adquirida con los años. Pero la mayoría poseía el don de ignorar todo cuanto fuese imprescindible, por lo menos en el trabajo, ya que siempre estaba la que guardaba su apariencia como un tesoro, el brillo en los ojos disimulado, la sonrisa perfecta y la esperanza en el bolsillo de la bata esperando ser la próxima enamorada con recíprocos sentimientos.

Nunca faltaba la maya ajustada, la camiseta con escote, la depilación perfecta y las curvas sugerentes que dejaban claro que nada tenía que ver la pandemia con sentirse atractiva y guapa, ni con las perspectivas de futuro. Porque la vida era una esencia de dimensiones inconcebibles y la fortuna de poder vivirla era demasiado importante para ignorarla.

Culturas distintas y diferentes ambiciones, pero hermanas de añoranzas y similares necesidades, por lo que no importaba si eras de Castellón, Onda, Vila-Real, Cuba, Venezuela, Rumanía o del inframundo.

Fuerza de voluntad para dejar todo atrás y construir nuevas vidas en aquel desastre de familias lejanas en países olvidados, y la perseverancia del nuevo amanecer que siempre dejaba la oscuridad atrás.

Detrás de cada mirada, de cada persona, había una historia llena de experiencias, muchas de ellas sorprendentes, otras parecían más insignificantes, pero importantes todas ellas así como sus recuerdos para mantenerlas a flote. Pero todas con matices relacionados a las esperanzas humanas, el esfuerzo y el sacrificio, el amor sin sentido y la posibilidad de conseguir algo mejor.

No importaba dónde hubiese nacido, ni siquiera cómo había llegado hasta allí, en aquellos momentos solo eran conscientes de que el trabajo y los compañeros serían su apoyo y confidente durante mucho tiempo. Como si fuese lo más natural del mundo haber recorrido miles de kilómetros para hacer mascarillas con personas desconocidas que terminaron siendo la familia que no podían tener cerca.

Preparadas para todo

Resultó un conjunto de personas y situaciones donde todos se sintieron cómodos, agradecidos y respetados en sus manifestación más humilde, como también algunos se dejaron ver en su más oscura versión y la maldad salió a la superficie sin tapujos y sin vergüenza. Dependía de cuál fuese el premio a ganar se descubría el rasero de muchos que nunca sintieron ni tuvieron la suerte de compartir, perdonar, cuidar y respetar a los que llegaron como desconocidos y fueron los mejores amigos.

Igual que el resto de personas que llegaron hasta allí, los cubanos fueron un referente de gente trabajadora y honesta.

Eran tres matrimonios cubanos de nacimiento, los hombres llegaron antes y las mujeres después, con unos meses de diferencia y la pandemia pisando los talones a todos, el tiempo justo para poder establecerse en un pequeño pueblo y tener una vivienda en condiciones, después saltó la alarma y el confinamiento se hizo con todo, el espacio-tiempo se ralentizó y debieron aguardar mejores momentos.

Mecánicos en la empresa y buenos trabajadores, pronto consiguieron que sus parejas fuesen compañeras de trabajo, eso y el hecho de que había una necesidad urgente de contratar personal para la producción.

Mujeres con el espíritu lleno de fuerza y la determinación en todos los propósitos que se abrieron en sus futuros, la rápida adaptación que haría posible conservar el trabajo y el buen hacer entre compañeros era esencial en la rutina diaria y la confianza que daban a todo aquel que llegase sin saber que se encontraría en aquella empresa.

No todo eran flores y benditos cubanos, también los hubo rancios y arrogantes que dejaron el recuerdo de las miserias que llevaban encima como una indigestión que los demás no podían evitar, independientemente de dónde le habían parido y de la educación recibida, pero con todo ello solo se resaltaba el carácter alegre, escandaloso y generoso del resto.

El matrimonio más joven había dejado a su hijo de ocho años con la abuela materna, dejando atrás lo que más querían y el dolor que aquello les causó. Lucharon con uñas y dientes para conseguir llevarlo con ellos a la tierra que los acogía con trabajo y esperanza, tardaron tiempo en poder reunirse de nuevo, pero el día que fue posible, el mundo sonrió con dulzura y sus padres sintieron la paz que tanto habían necesitado.

Colegio nuevo y nuevas amistades, adaptación y añoranza por lo conocido, pero el tiempo el amor de los padres y la vida que se abría paso entre nubes y tormentas, harían que aquel niño se sintiese como en casa, aunque costase sonreír ante la adversidad.

De eso se encargaron el resto de cubanos que sustituían a la familia que había tenido que dejar en el país que los había visto nacer.

Los padres tuvieron que hacer todo tipo de malabarismos para poder atender al niño y mantener el trabajo, y todo fue bien, el resultado fue bueno para todos, pero sobre todo para la criatura que se sintió feliz de tener a sus padres cerca.

Este era uno de los ejemplos que se daban en cada familia extranjera, en cada situación difícil y de dudoso arreglo. Pero no por ello perdían la esperanza, la fuerza y la alegría que les hacía sonreír y mostrar la fiereza que los ponía en marcha, sin rendirse jamás.

Otro matrimonio cubano vino por separado. Él llegó antes y buscó trabajo, encontrando en la empresa de mascarillas un empleo con buenas perspectivas; ella llegó después con los hijos y tuvo que construir un nuevo hogar entre gentes desconocidas y miedos al futuro. Los hijos fueron los que mejor se integraron y los que consiguieron congeniar enseguida con otros niños de su edad. Como siempre eran los pequeños los que con su inocencia y ojos sin prejuicios daban lecciones a los adultos de convivencia, respeto y sobre todo de reconocimiento humano ante las necesidades más importantes de todas las sociedades del mundo.

La madre, con su habitual sentido práctico y positivo, daba gracias a la vida que la había llevado hasta aquel lugar donde todavía quedaban buenas personas, hizo amistades de profunda conexión y a pesar de que en el trabajo las cosas no resultaron como esperó desde un principio, nunca perdió la esperanza de poder ganarse la vida con sus conocimientos.

Desde luego que no era necesario ser una eminencia en cuestiones de cultura y preparación, pero ayudaba bastante y se reconocía la diferencia, con el matiz de que el hábito no hacía al monje y la educación, el respeto y la sonrisa se llevaba en el carácter, no la enseñaban los libros, y de ese tipo de persona había muchos, como tantos otros de Castellón, que a pesar de todas las diferencias los acogieron con cariño y les brindaron su apoyo.

También llegó un matrimonio de edad más madura y con circunstancias complicadas que se instalaron entre sus compatriotas, compartiendo trabajo, vehículo y experiencia, sabios de vida y llenos de ganas se incorporaron a la empresa y pronto sus risas, bromas, chistes e historias se hicieron imprescindibles.

Y cada día, entre frustraciones y éxitos, en aquella nave, en pleno invierno, medio congelados, donde los radiadores eran escasos y las manos se congelaban dentro de los guantes de goma, se desgranaba la vida de docenas de personas que habían arriesgado todo por encontrar un futuro mejor o peor, solo se sabría con el tiempo. Pero eso era otra historia.

Venezolanos, peruanos y otros más llegados con pocos meses de diferencia, acogidos por sus compatriotas y compartiendo los pequeños pisos donde se podía dormir y comer, intimidades pocas y espacio menos, pero no era algo de lo que solían quejarse, daban por hecho las incomodidades y las penas, dejando para el mañana los recuerdos que contarían a sus nietos.

Colombianas que llegaron a Castellón hacía mucho y las circunstancias las llevó a fabricar mascarillas, encontrando más amigas y amigos donde menos lo esperaban, y entre lágrimas y sonrisas de comprensión se sabía de sus hijos dejados atrás con los abuelos o las tías, imposible traerlos y menos en aquellos momentos de duelo mundial.

Muchas se habían mentalizado y seguían con sus vidas intentando que el recuerdo de sus familias no les dejase marcas en el alma, asumiendo que nada podía cambiar a quien no tenía ni para sí mismo, que la esperanza se había roto hacía mucho y nadie podía arreglarla.

Y casi todos eran creyentes de un dios al que rezaban, pedían y agradecían, extraño compromiso que llevaban en sus almas de quien adoraban sin disimulo y respetaban con efusión, cuestión de lógica y cuestión de fe, esa era una de las curiosidades que se vieron en aquel tiempo de pandemia.

Pero en el fondo de todo aquel caos controlado de trabajo, vidas cruzadas, culturas distintas y un sinfín de detalles, era innegable la diferencia cultural de todos ellos. Diferencias que nunca se interpusieron en la convivencia, el respeto y la cháchara con la que se contaban sus secretos y tonterías. Ni cuestiones políticas ni creencias espirituales, ni nada que los apartase de la comprensión hacia el resto. Y si lo hubo, se guardó de comentarios dolientes y humillantes, dado que a nadie le importaba demasiado las cuestiones esenciales de un futuro lleno de mentiras envueltas con papel de celofán.

Llegados desde otros puntos de España, y por necesidad de trabajo, también se vieron con la encrucijada de quedarse allí y seguir haciendo mascarillas o seguir buscando lo que podía hacerles más feliz o desgraciados, aun a pesar de los tiempos revueltos y la falta de estabilidad laboral.

También eran extranjeros en su país los andaluces, gallegos, catalanes y otros tantos más cercanos, no lo eran por desprecio ajeno ni por pequeñas decepciones, lo eran por la añoranza de su casa, de sus costumbres, de sus comidas, de sus familias, de sus bailes, sus bromas que solo entendían los de su entorno. Pero los pasos y las necesidades les habían hecho llegar hasta allí con el firme propósito de que sería por poco tiempo, que volverían pronto a los brazos de su madre y con ello le darían otra luz de esperanza al futuro incierto, que la tierra que se había llevado dentro del corazón no les dejaría echar raíces en otro lugar, pero como todo en la vida, el tiempo y la continua vorágine del día a día dejaba poco espacio para volver la mirada y añorar a los suyos.

Y eso era lo más difícil de todo, saber que si volvían atrás sus sueños caerían dentro del saco de los tesoros olvidados, que la ilusión se volvería amarga y la sonrisa moriría de pena, por lo que aun a pesar de todo, salieron en busca de trabajos mejores, mejor sueldo, más garantías de futuro y sobre todo con la fuerza que los haría volver a casa con el arcoíris entre las manos.

Todo era lo mismo y todo diferente, pero aquellas personas de lugares lejanos del mundo y mucho más cercanos a Castellón, tenían en común lo más importante, la esperanza y los sueños y en el peor de los casos la ingenuidad y la fe de un futuro lleno de gloria.

Después estaban los afortunados, llamados así por tener a la familia cerca, los hijos, los maridos, la casa de toda la vida, las costumbres que no faltaban, el idioma, la conocida comida mediterránea y sobre todo por tener la suerte de haber encontrado trabajo cerca de los suyos.

Se suponía que debían sentirse felices y satisfechos, contentos y despreocupados, pero la realidad normalmente no iba con las suposiciones y confirmaciones que todos daban por hecho.

Muchísimos de aquellos trabajadores que llevaban la vida y el trabajo como podían, también tenían sus enormes problemas y frustraciones, la carencia de trabajo, de sueldos decentes y las necesidades eran igual de importantes para todos, sin dejar de resaltar las cuestiones de salud y soledad que reinaban en aquellos tiempos, porque la enfermedad no tenía fronteras ni entendía de regiones, todos estaban al alcance de morir de un día para otro.

Así que cada cual se las apañaba con lo que podía, hacía de tripas corazón y continuaba en el sorteo incierto que le había tocado sin haber jugado nunca a la lotería, por lo que se dieron circunstancias complicadas y que la lógica no llegó a comprender jamás. Circunstancias que desde siempre iban acompañadas con la carencia de oportunidades en los países de origen y la necesidad de sobrevivir y mejorar que se llevaba en las entrañas desde que el humano pisaba la tierra.

Como una manada que cuidaban unos de otros y los gruñidos de descontento que se tomaban con filosofía, así eran las relaciones entre hombres y mujeres que llegaron a conocerse y entenderse mejor de lo esperado.

Envidias sanas y de ligeras risas eran habituales en las horas de descanso, se les pasaba por la cabeza la suerte de no tener a los hijos cerca o los maridos o la libertad de elegir, olvidaban por unos momentos que no había libertad en acatar la necesidad más pura y evidente, la pobreza que conllevaba vivir sin protección institucional y sin respaldo económico.

Pero aun con todo, las rivalidades eran en muchas ocasiones roces molestos y silencios incómodos, las comparaciones solían salirse del debate normal e incluso saludable y daban paso a un enfrentamiento abierto. Encontrando en temas de conversación bastantes controversias, que en algunos momentos causaban diferencias de opinión que llegaban a molestar a los demás. Había todo tipo de conversaciones, desde la política de cada país hasta teorías increíbles que cada uno contaba a su modo y manera. Por lo que en contadas ocasiones se llegó al acuerdo de no volver a hablar de temas peliagudos, excepto de comida, sexo, amantes y riñas de enamorados, eso entusiasmaba a todos. Sobre temas alimentarios se daban cursillos cortos e intensos. Sobre cuál de las frutas, de aquí o de fuera, era más buena, más sana y que curaba hasta las hemorroides si lo tomabas en el desayuno durante todos los días de años bisiestos y los no bisiestos solo los domingos, hasta ahí llegaba la terquedad humana y la credibilidad del nostálgico.

Con tanta convicción se decían unos a otros aquellas barbaridades, que alguno pensó que el cerebro se les había licuado y goteaba de recuerdos sin más filtro que la imagen de lo vivido.

De Colombia solo se decía que escaseaba la carne y que la generosidad era infinita, que la pobreza hacía que todos compartiesen lo poco que tenían y se hablaba de las escaramuzas y calamidades consideradas normales para vivir con algo más que lo puesto. Las clásicas comidas y frutas de aquel país no fueron plato de buen gusto para sus hijos de patria, más por haberlo dejado en circunstancias de pura necesidad que por la falta de recuerdos en el corazón.

Lo que sí comentaban continuamente las colombianas era la necesidad de cuidarse, acicalarse, vestir con ropa atractiva y ser una dulzura de corazón, parecía que el mundo escaseaba de amor y las colombianas tenían todo el cariño para dar y regalar.

Mujeres atractivas e inteligentes, con la piel morena y suave, con sonrisas afectuosas, cuidadas y de buen ver, amantes de los líos de corazón y protagonistas de sus propias vidas, no dejaban para nadie lo que debían hacer ellas, luchar, defenderse, aprender y sobre todo ser libres y felices.

Queridas por todos y criticadas por algún que otro zopenco que siempre los había.

Cada país tenía una fama determinada, normalmente equivocada y desproporcionada, y la visión del resto podía dejar en mal lugar a los que amaban su tierra y no pudieron cambiar las historias que se pregonaron sin tener ni la más mínima idea de lo que hablaban, porque en todas partes existía la miseria, en algunos sitios mejor escondida que en otros.

Cada recuerdo de sus países de origen eran atesorados y contados minuciosamente a todo aquel que quería saber de las vivencias ajenas. Pero todos compartían la nostalgia y el eterno sueño de volver a su tierra mejor de lo que se fueron de allí en busca de fortuna.

Había cosas que eran internacionales, sobre todo en mujeres trabajadoras y de carácter empático.

Todas las mujeres de la empresa estaban preparadas para enfrentarse a cualquier problema que surgiese en las largas jornadas de trabajo. En sus mochilas, bolsos y demás equipaje necesario que solían acompañar a las trabajadoras durante meses, en sus continuas idas y venidas, los cambios de turno y horarios, las horas extra, y un millón de cosas que decían necesitar, hacían que todas sin excepción llevasen en aquellos misteriosos bolsos un surtido inacabable de accesorios importantes.

Podía darse el caso de llevar los planos del banco y hacer creer que iban a cometer un atraco o que tuviesen folletos de información esencial sobre inversiones en bolsa y forrarse con un solo vistazo. Pero no, nada de eso era lo que atiborraba las mochilas y los bolsos de grandes dimensiones, eran cosas más mundanas y en las que por una casualidad mundial coincidían todas las mujeres jóvenes, mayores, viejas y el punto intermedio de las culturas femeninas.

Y lo normal y necesario que resultaba aquel mejunje era de lo más tierno y de comprensión silenciosa.

La verdad es que no faltaba de nada: pastillas para el dolor de huesos, para el dolor de cabeza, para dolores menstruales, gotas para los ojos resecos, jarabes para la tos, caramelos para la garganta y sobre todo analgésicos fuertes para quedarse adormecida ante los ruidos que las volvían locas. También era fácil encontrar en aquellos agujeros negros las compresas, los tampones, las bragas de repuesto y los sujetadores viejos. Toallitas para refrescarse, toallitas para el baño, maquillaje para cubrir desperfectos, crema de manos, corta uñas, limas para desastres inesperados y antihistamínicos para la alergia comunitaria. Alguna camiseta y bocadillo para el hambre fuera de jornada. Pronto se vio que cualquier cosas era posible encontrarla solo con preguntar a las compañeras. Desde hilo y aguja para que en el caso de reventar los pantalones no se viesen las vergüenzas, hasta tiritas y espadrapo en rollos industriales, como gasas envueltas en bolsas de plástico. No llevaban material quirúrgico por pura impotencia de lo pesado que resultaría llevar la mochila, porque en caso contrario hubiese habido quien lo hubiese intentado sin problema.

Y coincidían en los remedios caseros, infusiones para los nervios, capsulas de vitaminas extra rápidas y que ponían las pilas en un santiamén, gominolas que repartían como si fuese la paga extra y continuos transportes de comidas en túper que se dedicaron a probar y compartir recetas.

Pero lo más importante y de una necesidad divina eran las fotos de familia, hijos, nietos, fiestas de cumpleaños y que hacían de las horas del almuerzo un mejunje de esperas aburridas entre entusiastas expresiones del bebé más mono o la típica foto de familia en grupo. Por supuesto en el magnífico móvil.

Por lo que todo era imprescindible, de primera necesidad y el conjunto resultaba como un avispero que construía lentamente el panal que las protegería y las mantendría a salvo y, en caso de no ser así, no sufrir por falta de remedios en sus mágicas mochilas de diario.

Porque no había nada más duro y más triste que alguien tuviese un problema, daba igual cuál, y no tener la solución a mano, rápida y de proporciones inconmensurables, con agradecimientos eternos y recuerdos imborrables.

Lo cierto que todos aquellos artilugios que se trasportaban como misiles en los hombros de las docenas de mujeres, resultaron en la mayoría de las veces, algo a tener en cuenta y que resolvió muchos problemas que nadie en su sano juicio hubiese podido solucionar en la nave que no tenía más que mascarillas y sin embargo rebosaba de ingenio, remedios y astucia.

Algunas de las chicas no llevó nunca mochila ni bolso, ni nada parecido. Llevaban la bata en la mano y las prisas en los pies. Olvidaban todo excepto el horario del turno y agradecieron la atención y ayuda que le brindaron las demás, ya que por desgracia solía darse a menudo lo de las batas rotas, las manchas y los dolores de barriga. Para los mocos y demás temas de dudosa procedencia se les aconsejaba ir al médico y mientras tanto, se les proporcionaba una buena dosis de pastillas mágicas que curaban durante un tiempo ilimitado, y si no lo hacían nadie lo cuestionó nunca.

También se pusieron de moda los consejos para alimentarse de una manera saludable, poniendo como ejemplo las típicas comidas que cada uno conocía, gracias a las madres y abuelas que llevaban cientos de años cocinando para toda la familia y que resultaron un largo viaje de información valiosa y desinteresada para generaciones venideras que no hicieron el menor caso y se dedicaron a comer hamburguesas, patatas fritas y zumos azucarados. Ignorando la mayoría las costumbres y el valor de una alimentación que sería uno de los bienes más importantes, que se había despreciado en pos de la comida basura y los adictivos condimentos que destruían las arterias, el hígado y el cuerpo en general, pero que triunfaron tanto y tan rápido que como evidencia empezaron a preocuparse por la obesidad de millones de ciudadanos, para volver a preocuparse por la otra parte del mundo que pasaba hambre y se moría de desnutrición. Incomprensible y absurdo pero de una realidad aplastante.

Un debate de proporciones impensables era la manera de cocinar de las mujeres de otros países y de otras regiones, y por supuesto la de las Valencianas. Expertas en todo tipo de condimentos, especias, carnes, pescados y un millón de potingues que se debían poner en la comida si querías estar sano, joven, lustroso y con las tripas limpias de todo lo que podía llevarte a una desnutrición peligrosa.

Era por ello por lo que en la mayoría de ocasiones se impartían clases apresuradas entre descansos y meadas rápidas en el baño de mujeres, de cómo hacer una determinada cena o comida con los ingredientes necesarios para salir de aquella experiencia hecha una estrella de cine, como poco.

Cientos de charlas y temas diferentes llenaron las horas y los días de trabajo, entre descansos, almuerzos, cigarrillos y algún que otro momento de letargo compartido, confidencias de importancia divina y chismes de todo aquel que tenía ojos, orejas y boca, porque no había nadie que se librase de opinar por asuntos ajenos. Conversaciones profundas y de interés compartido hubo pocas y las que hubo se diluyeron como el virus entre bobadas y cachondeo, todo dependía de quién fuese el que sermoneaba y quién el que atendiese al discurso de cuestiones imposibles o vivencias extracorporales. No se pudo eliminar la diferencia y todos por unanimidad consideraron que no venía a cuento tanta seriedad y formalidad sobre la vida de cada uno, tan normal y tan sencilla. Eso sin tener en cuenta la versión del que había llegado como caído del cielo, o del que había recorrido un infierno para después de la experiencia de las mascarillas tener que ir a otro exactamente igual.

Vacunas a la carta

El tiempo de los agobios y de las prisas pasó con más rapidez de lo que esperaban y menos intenso del fin que se aproximaba sin remedio. Pedidos pequeños, bajada de horas, cambios de turno y reducción de días laborales, y sobre todo despidos a gogó. Irremediable y triste pero efectivo en todas las circunstancias. Síntomas que se percibían en el trabajo y otros tantos que se expandían como rumores y presagios del desastre. Atención de todos en las noticias sobre la eliminación de las mascarillas en calles, después en los bares y las terrazas y poco tiempo más tarde en todas partes, menos en los ambulatorios, hospitales y algún que otro sitio de más precauciones.

Y por supuesto lo primero fue la llegada de las esperadas e indeseadas vacunas, ya que durante meses la desconfianza al remedio llenó las casas y las mentes de todo bicho viviente, después la sospecha por haber sacado vacunas en tiempo récord, más tarde la duda de cuál sería mejor y con ello llegó el miedo a los efectos secundarios.

Hubo todo tipo de especulaciones y más desconfianza que nunca, ya que entre las más reconocidas y prestigiosas farmacéuticas y científicos, sabios y médicos, ilustres eminencias del mundo de la farándula empresarial que se dedicaron en cuerpo y alma para tener remedio eficaz rápido y de pocas consecuencias, con aparente decencia en el coste y la distribución, salió al aire que alguna que otra vacuna tenía efectos adversos y extraños en cuanto inyectaban el potingue en el cuerpo humano.

Nadie sabía cuál era la mejor opción, ya que las precauciones para evitar quedarse cojo, bizco, *atontao* y bastante inútil con las vacunas fantásticas que salieron al mercado, fue la comidilla que se impregnó en la sociedad sin más drama que tragarse el miedo y asumir que la posibilidad de tal cosa solo tenía solución en caso de demostrar que la culpable era la vacuna y nada que ver con los genes heredados y las ñoñerías personales. Dejó a todos con la mosca cojonera en la oreja y con más miedo que menos, nadie estaba dispuesto a dar el paso de ser el conejillo de indias para averiguar los posibles arreglos y hacer funcionar aquello tan espontáneo.

Pero a pesar de todos los inconvenientes y noticias terroríficas que dejaban temblando y sin saber si era mejor morir por el virus o por la vacuna, se consiguió llegar al apaño de superar el miedo a base de pregones en la tele y de cansancio a morirse de asco.

En todos era evidente la duda y desconfianza, el rechazo y la opción de negarse a recibir el antídoto del bicho en su cuerpo, pero a pesar de la infinita desconfianza humana, nadie quería morirse por gilipollas y dejaron que los llamasen como a borreguitos en fila india para recibir, de manera gratuita, la dosis que salvaría el mundo de la locura compartida y los remedios caseros.

Fue en aquellos días de trajín mediático, fórmulas magistrales para hacer llegar a la población las noticias de que tenían la vacuna perfecta y que cada uno recibiría su dosis en toda la sociedad, empezando por los más vulnerables, como ancianos y enfermos, en los que fue evidente que se diluyeron los pocos honores que quedaban de una crisis mundial como no se había visto nunca.

Hubo personajes de un poder indiscutible, dado sus puestos de recepción y distribución de la vacuna, que no eran precisamente los médicos ni personal sanitario, ciertos sinvergüenzas que después de haber jurado sobre la tumba de su madre que no querían vacunarse, se dedicaron a hacerlo en secreto y a toda su familia, compañeros de ministerios y demás allegados que debieron sumarse a la desfachatez del acto.

Pero la disculpa fue recibida con cierta filosofía social, de todos era sabido que solo hacía falta un poco de falso arrepentimiento y explicación absurda para olvidar la fechoría, ya que en aquel país de burócratas y trámites interminables, pregoneros exaltados y burradas creíbles, nadie quería saber de la vacuna y sin embargo casi se matan entre ellos para ser los primeros en recibir la dosis. Un caos que dejaba la evidencia de la cultura del espabilado y egoísta que se palpaba en los aires desde siempre.

Nadie estaba seguro del efecto que tendrían las vacunas y menos todavía de quién era el artífice de semejante milagro, pero se daban noticias bastante fuera de órbita y mucho morbo sobre los posibles desperfectos en el cuerpo humano si no se acertaba en la elección. La casualidad o el interés hicieron evidente que las vacunas baratas y de fácil proceso no eran lo bastante buenas, como casi todo lo que se comercializaba, solo lo más caro y lo más difícil funcionaba y era digno de los ciudadanos. Y esas mentiras las creían casi todos, nadie sabía exactamente el porqué, pero se eliminaron de la lista secreta que tenían los gobiernos y dejaron fuera sin comentarios a las farmacéuticas que intentaron ser honradas. En aquel mundo de miserias solo las cosas rentables para unos pocos daban margen de aceptación, de lo contrario se enterraba entre cotilleos de medios y grandes explicaciones incomprensibles.

Y por supuesto estaban los personajes de eterno debate en contra de vacunarse, que mantenían la inamovible teoría de que el gobierno ponía un microchip en el potingue y lo inyectaban con eficacia milimétrica para poder manipular el sentido común, la política, la cultura, la decencia y la verdad, que no era otra que estaban dentro de una nave espacial y los chinos se habían mosqueado con los extraterrestres y lo habíamos pagado todos, castigados en confinamiento.

Hubo teorías inverosímiles para todo y para todas las preguntas que no tuvieron la respuesta ansiada y esperada de conspiración mundial, para volver locos a los que ya estaban más allá de lo necesario. Como si la indiferencia, la codicia y la maldad como diversión no fuesen un síntoma evidente de majadería comunitaria en todos los rincones del planeta, había que demostrar que la guinda del pastel era la PANDEMIA.

Y las consecuencias, la lógica locura que vendría después, sin remedio ni vacunas para evitarlo, de eso sabían mucho las eminencias de la tele, de la radio y los curas que se pusieron morados de sermones dramáticos para hacer sentir más culpable al pobre desgraciado que sentía la intensa necesidad de confesar sus más íntimos pecados y pedir perdón por ser el causante de tal desastre en la salud del mundo civilizado. Algunos curas disfrutaron del sermón de las culpas y del arrepentimiento, por lo que solían ser claros y precisos en los arranques de furia que soltaban hasta en las pantallas de televisión que salían en algunos canales de dudosa credibilidad, extendiéndose todo lo posible en dejar claro lo que pensaban de la humanidad pecadora.

Porque según los curas, merecían todo el castigo que bajase de los cielos y los dejase fritos por malos, por modernos, por avanzar, por disfrutar del sexo, por haber dudado del pecado, por ser demasiado incrédulos, por no donar los bienes a la iglesia, por no marcar con una X la casilla de la renta a favor de la institución religiosa y por pensar demasiado y pedir demasiadas explicaciones con eso de la virgen María y el pobre José y sobre todo porque dios castigaba a los herejes y en aquel mundo había demasiados. No había problema en ser un desalmado, miserable, asesino o ladrón si después pedías perdón al dios al que rezaban día sí día también. El remedio para semejante compromiso eterno funcionaba con arrepentirse después, estaba todo perdonado y olvidado si era de corazón el arrepentimiento, pero eso solo podía saberlo el sacerdote de turno y solía ser a criterio personal, por lo que las confesiones se dejaron para momentos de cercanía y escrutinio visual. Eso sería en el caso de que aquel Dios del que hablaban estuviese presente, de lo contrario, en aquel mundo de mentiras sonrientes nadie recordaba nunca nada demasiado tiempo, por lo que hubo muchos enemigos disfrazados de buenas personas y otros tantos más listos a los que la indiferencia los dejó en el reino de los reyes sin alma y los sacerdotes los indultaron bajo juramento del arrepentimiento. La iglesia no quería nada de avances en la ciencia y la explicación del contagio, ni de versiones científicas, de eso no querían saber nada. Con Dios y sus rituales tenían suficiente para evitar que la humanidad cayese en la desgracia de morirse sin confesarse y sería inevitable que fuesen todos al infierno y el diablo tuviese más acólitos que el propio papa de roma. La preocupación por tal cosa causaba un estrés intenso en la mayoría de obispos y curas bien instalados en el mundo de la fe, o eso parecía. Debió ser el resultado del pago de millones de euros que hacía el gobierno a la institución eclesiástica que les daba el don de la verdad, y la soberana ley del castigo divino directamente del dios al que rezaban para mantener su estatus, nada de compasión por el prójimo, esas cosas estaban bien mientras no molestase a los de arriba, que no eran otros que los más poderosos y los que nunca tuvieron que pasar calamidades con el confinamiento, la falta de recursos para subsistir entre ayudas miserables, con lo básico para no morirse y la esperanza de encontrar a los suyos sanos.

También hubo curas decentes y solidarios, de los cuales nadie supo nada hasta que en voz bajita y entre susurros en las iglesias más humildes reconocieron que la ciencia y la tecnología era importante. No demasiado, no fuese que se invirtiese demasiado dinero en ello y dejasen las teorías del pecado y la fe en el último escalón del criterio mundial.

Y como en la mayoría de incógnitas del mundo, siempre hubo creyentes que se jugaron la vida por echar unos rezos entre cuatro paredes de fría piedra, llena de imágenes de un dios torturado y muerto con la virgen a un lado, con el párroco de la iglesia más cercana y entre mascarillas, distancias y mucho miedo, llevaron al altar de su fe, arrodillados y arrepentidos, la súplica de pedir protección para sus negocios, sus familias y sobre todo pedir perdón por los pecados pasados y los que cometerían en el futuro sin remedio aparente si se salía con vida del embrollo.

Pero también hubo sectores de otras creencias que nunca tuvieron explicación y se les dio por perdidos. Esos eran los más irascibles y metomentodos, a los que nadie quería tener cerca. Los acérrimos a la negación del virus y que con la evolución del tiempo en confinamiento y demás teorías espectaculares y mucho convencimiento personal entre redes sociales y conjuros de brujas y sangre de dragón se vieron en la necesidad de contar al mundo la gran mentira y la única verdad que era su palpable e irrefutable teoría de la invención de enfermos, muertos en los hospitales y montajes de los médicos que no tenían otro trabajo que contar horrores entre mascarillas y trajes de astronautas. Todo un repertorio de justificaciones ante lo desconocido y la conciencia tranquila de haber cambiado el curso de los acontecimientos con la actitud del arrogante e ignorante ciudadano, que no pudo gestionar las vivencias y se dedicó a cultivar un jardín en el cerebro lleno de abejorros. Se negaron a vacunarse y quisieron salir de casa con pancartas de crítica muy imaginativa, o por lo menos lo intentaron.

De este tipo de personas también las hubo en la empresa de mascarillas, la diferencia consistía en callar las opiniones y dejar que cada uno hiciese lo que le daba la real gana. La eterna espera de la fábrica para recibir el justificante de vacunaciones personal de cada trabajador y la confianza que se depositó en que sería correspondido. Algo que se quedó en una espera infinita y que muchas personas se tomaron como un entretenimiento divertido. Excepto cuando llegó la obligación de estar vacunado y la realidad les dio la excusa para hacerlo sin remedio. Con quejas y monsergas, con críticas y enfados, pero sin querer oír los comentarios de sus propios compañeros sobre la estupidez en la que se habían enredado.

Corrillos de compañeras que no daban pie para explicaciones extensas y menos para comprensiones sociales. En todo caso la picardía de cada persona hacía su vida más fácil y sin pregoneros en altavoces.

Debates sin sentido y mucha necesidad de verse en la tele, críticas sin base real y pocas explicaciones al respecto de decisiones arriesgadas. Pero que nadie intentó cambiarlos, más que nada por no tener que soportar más historias que creaban insomnio, que por necesidad de protegerlos del bicho malo que había en el aire. Todos sabían o intuían que no valía la pena dar cifras o datos de la cantidad de enfermos o muertos, resultaban infinitas e inútiles las convicciones de unos para convencer a los otros. En todo caso podían desearles lo mejor y mantenerlos lejos, sobre todo para no sentirse culpables en caso de contagiarlos, ya que no podían estar seguros de que sin vacunas no cayeran como mosquitos entre insecticidas.

Las vacunas y las semillas del triunfo sobre el virus empezaron a germinar antes de que las personas sintiesen la seguridad en los huesos y las mejoras sanitarias, que no llegaron nunca y se perdieron como en un laberinto. Igual que las intenciones de mejoras y los presupuestos para seguir con la fantástica labor de hacer un bien humano con los impuestos de los contribuyentes.

Se dio por bueno el gasto en vacunas y también en los *fregaos* que se dejaron a medias entre pandemia y ganancias oscuras, con compras de mascarillas a la familia, contratos sospechosos y que dejaron las arcas llenas en las cuentas del extranjero de algún político popular en las pantallas famosas por ser portadoras de la verdad y honestidad ante todo, dicho con el mayor de los cinismos. Sobre todo por indecencia e impunidad ante la desvergüenza con la que se tapaban entre unos ladrones a otros.

Era normal sentir la estupidez en el cuerpo, en la mente y en la vida diaria. No había medio de comunicación que contase las verdades sin disimulos y con la valentía para dar las noticias tal y como sabía el pueblo entero, pero nada de eso fue nunca lo honesto. Lo más normal era las mentiras descaradas y la credulidad de los pobres espectadores que se lo tragaban todo. Y con todo solía ser la mitad de la mentira y la otra mitad que se daba por perdido, al ser consciente que no podía cambiar absolutamente nada. Con las vacunas llegó a ser algo parecido durante mucho tiempo.

Como no podía ser de otra manera, en la fábrica de mascarillas milagrosas y de más garbo que función real, dado el efecto de las vacunas y de la muerte inmediata del virus, fue un logro continuar con la producción, por pura precaución del contagio que resurgiera de entre las tinieblas y volviese a dejar al mundo *espachurrao*, sin que los trabajadores que allí había se dejasen llevar por los proyectos fantásticos y fabulosos que solían contar los que como portavoces de la empresa hacían llegar a los empleados. Proyectos de futuro, un futuro que todos consideraban de proporciones irreales y con más incredulidad que otra cosa.

Nunca se tuvo consenso político ni de cualquier tipo de ideología y de creencias más complejas en la empresa, pero todos coincidían en el final irremediable del invento. Dado que la mayoría dejó los conceptos religiosos, y muchas otras versiones de sí mismos para futuros más felices, la mayoría se dejó llevar por la dinámica laboral y la frase del eslogan, que no era otra que: «TO BUENO TO PRIMERA», creada por un mecánico fabuloso que llegó a la empresa entre mares revueltos y se marchó con la misma marea de perspectiva deprimente. Solo los currantes de aquella empresa sabían que con esa frase estaba hecho el trabajo. Y que se daba ánimos al resto para no dar importancia a nada que no tuviese solución, como el final del invento. La sonrisa, la broma y la complicidad.

Nada era eterno y todos lo asumían con bastante humor y mucha resignación, en lo que eran expertos de por vida y nacimiento.

Y llegaron las vacunas a la empresa. Entre muchos de ellos también a Carmen, a Paqui y a Magda .

Llegó el momento del cartoncito de la vacunación y con ello llegaron las mentiras entre trabajadores y empresas, los días que se recibía tal pinchazo hubo quien se puso tan enfermo que tuvo miedo de haberse equivocado y diñarla fuera de plazo. También los hubo que dijeron estar pochos y se quedaron durmiendo entre sábanas frescas. Pero lo normal era tener dolores y cosas raras que si no eran por la vacuna, se le atribuían igual y se buscaban síntomas a cada minuto y control del pulso con ojeras profundas y taquicardias esporádicas.

El reparto del pinchazo por edades y por necesidades más acuciantes dejó los agujeros negros del universo llenos de preguntas y reproches sin respuesta y la lógica que se extravió como un tique del supermercado. Se dio por sentado que los currantes que tenían que seguir trabajando y saliendo de sus casas sin remedio debían ser los primeros en vacunarse, que los médicos y personal sanitario los primerísimos, los ancianos los primerísimos. Al final todos debían ser los primeros y hacer todo el proceso en tiempo récord. Pero los asesores gubernamentales pagados con millones de euros de dinero público debieron tener prisa por hacer la lista del preferido y al final nadie supo quién empezó a vacunarse y quién fue el último en recibir la dosis. Como el caos de la cantidad de vacunas necesarias para ser inmune al bicho malo, resultaba divertido contar las veces que la gente iba al ambulatorio, los ponían en fila alrededor de un contenedor rectangular de metal con un cartel en la puerta, y se dejaban la mañana en esperas para que los extraterrestres que allí habitaban les inyectasen algo parecido a la salvación.

Una, dos, tres o cuatro veces que también los hubo, sin dudas de poder recibir otras tantas dosis en el futuro más cercano. Porque igual que hubo quien no quería saber de vacunas también los hubo que no vivían para otra cosa, atesorando en sus memorias los pinchazos y la exquisita sensación de haberse salvado por los pelos.

Personas que juraron tener efectos secundarios durante años y otros que no sintieron nada y pensaron que la vacuna era un placebo que los hacía más tontos de lo que normalmente eran. Y es que nadie estaba libre de opinar lo que le diese el cerebro, y la oxigenación debía fallar de vez en cuando para decir semejantes disparates. Gente de pocas luces y mucha imaginación, pero que hacía girar las especulaciones como el tío vivo de la feria. Lo más divertido era la teoría de la conspiración mundial, que resultó tener la solución guardada entre cajones de locos matasanos a sueldo de los gobiernos, y que esperaron el tiempo justo para dejar morir a millones de personas, para sacar a la luz el milagro que les haría estar agradecidos eternamente. Una sumisión que necesitaban los capitalistas, dictadores y demócratas del planeta para vivir tranquilos. Como si no fuese suficiente la locura del mundo entre la riqueza mal repartida y la indiferencia del rico por los más pobres, la pandemia no dejó indiferente a nadie y algunos adinerados ampliaron más sus fortunas en momentos de desgracia ajena que en el resto del tiempo en sus propios imperios del fraude, las inversiones y números rojos en cuentas ajenas.

En países avanzados y de cultura civilizada supuestamente demostrada, se dieron casos de recibir cada individuo un dinero para permitir que les inyectasen la vacuna, llegando los sanitarios a perseguir a los desconfiados con determinación militar, ya que sus democracias, leyes y cosas parecidas permitían la elección entre ponérsela o no. Y a nadie le extrañó en absoluto que los rumores ante esto se hiciesen como actos divertidos y de debate en la sobremesa.

Lo dicho, la libertad bendita, divina, maravillosa y necesaria para el buen funcionamiento del cachondeo entre países que querían arreglar el mundo y que solían dejarlo hecho un auténtico desastre, no había consenso para caprichos en los votantes que les hacían volar en alfombras mágicas.

Pero a nadie se le ocurrió regalar las millones de vacunas a los países más pobres y más necesitados como los de África subsahariana, de los que se había aprovechado el mundo durante siglos, y hubo cincuenta y un países que no llegaron ni al diez por ciento de vacunas en su población. La gran brecha entre ricos y pobres alcanzó a sesenta y siete millones de niños sin vacunas y los maravillosos informes de la Unión Europea que dejaban las conciencias en el *spa* de los más afortunados que nunca quisieron saber nada. En ese caso no habría hecho falta convencer a nadie de la necesidad de vacunarse para sobrevivir, los más afortunados depreciaban lo que otros necesitaban. Un mundo lleno de mentiras y con barbaridades infinitas. No la querían para ellos, pero tampoco para los que no tenían más opción que no tener vacuna y dejar que la suerte les alcanzase para vivir sin el virus en el cuerpo.

La maldad siempre tuvo varias definiciones, pero entre aquellas gentes del placer terrenal, superficiales, frívolos, indiferentes, con poder absoluto en las vidas de los desgraciados, saqueadores de riquezas ajenas y con el don de la palabra como embrollo mundial, se sintieron las verdades como pedradas, abriendo las cabezas de los de siempre, gentes sin recursos, sin sanidad, sin posibilidad de futuro y sin ayudas de ningún tipo. Pero se disculpaban con eficiencia y desvergüenza al conquistar la mediocridad de los pueblos más ricos que no querían saber nada, sobre todo por miedo a que la pobreza fuese contagiosa y porque el repelús no entraba en sus planes.

Cada país tuvo su intento de crear vacunas, no todos lo lograron y no todos tuvieron esas posibilidades, como siempre se trataba de países con poco desarrollo científico o de países sin más alternativa que esperar al resto del mundo y la esperanza de la bondad como bandera. Nada más irreal, pero no había más remedio.

En la población se quedó la huella imborrable y dolorosa, que se hizo visible solo para unos pocos más sensibles y de conciencias honradas, ya que no era muy extendido el conocimiento sobre la miseria de otros lugares y la única referencia solía ser propagandas para reclutar socios en ONG, organizaciones religiosas, asociaciones humanitarias y la colaboración en ayudas imprescindibles para pueblos desesperados. La única verdad era la indiferencia y las excusas que se decían entre charlas insulsas los ciudadanos de lugares con ansiado futuro y bienestar acumulado, las buenas intenciones y el cansancio por soluciones que no venían a cuento ya que todo cristo deseaba dejar atrás las penurias de la pandemia, confinamiento, soledades eternas y kilos de más por los atracones que se dieron mientras el miedo y la incertidumbre asolaba sus perfectas vidas. Como se podía apreciar, las comparaciones resultaban insultantes y nadie se permitió el lujo de ponerse en el lugar de otros más desesperados y con muchas menos posibilidades de sobrevivir al virus. Independientemente del criterio humano de cada cual, eso solo eran palabras mal recibidas y gruñidos de «sálvese quien pueda», que funcionaban a la perfección.

Cabe resaltar la parte humana y decente de muchas personas que lo intentaron con todas sus fuerzas y la hostia de realidad los dejó sin recursos, sin esperanza y con la tristeza en sus corazones. En la empresa donde se conocieron aquellas mujeres trabajadoras de lugares tan lejanos como la imaginación podía abarcar, fueron un ejemplo para la solidaridad entre culturas y la presencia de algo más valioso que la vacuna, el compromiso de no olvidar a nadie como también no dejaron que la crudeza del momento hundiese todas las perspectivas y continuaron en el camino del esfuerzo por mejorar las vidas de los más vulnerables en la empresa. No conseguían cambiar mucho la situación, pero tampoco podían rendirse ante la falta de ayuda institucional y decente del resto de personas.

Una tarea enorme y de plazos interminables, pero que dejaba el sabor más dulce si conseguían que una sola persona no se hundiese en la miseria y soledad que traía consigo la pobreza y las consecuencias de la enfermedad.

Pero siempre estuvo la diferencia con el compromiso desinteresado, y las apariencias más fotogénicas que debían proteger los políticos cuando les preguntaban en los medios de comunicación más populares sobre los más desfavorecidos.

Y a pesar de la dificultad para comprender discursos extraños, palabras en idioma marciano y medallas al mérito en su propia chaqueta de fina tela, la mayoría de la gente no estaba dispuesta a perder un solo minuto con las chorradas del político de turno. Con excepciones muy evidentes, como los radicales que se interesaban en todo lo que pudiesen adaptar a sus vidas y salir a la calle con el discurso del emigrante ladrón, el racismo y el amor a la patria, un amor retorcido y mal oliente que no permitía una convivencia justa y pacífica. La gasolina para un latente conflicto que resultó peligroso y que no se pudo extinguir con la rapidez que debió hacerse, por lo que permaneció entre el populacho con un arraigo de difícil compresión. Pero como todo en la vida, aquellas cosas no calaron entre gente decente y humilde hasta mucho después que todo fue inevitable. Pero eso era otra historia.

Cuando llegó el momento de la vacuna para Paqui y las amigas, fue un antes y un después de las circunstancias. Más divertidas que preocupadas, se dedicaron a chismorrear sobre cuánto tiempo duraría el trabajo en la empresa de mascarillas. Todas ellas tenían una edad entre los cuarenta y muchos y cincuenta y pocos, por lo que el turno de llamada para la vacuna solo se diferenció unas semanas entre ellas.

La primera fue Paqui en recibir la inyección que la pondría a salvo, una experiencia que contó con pelos y señales al resto de compañeras, quienes despejaron las dudas de todos sin desearlo y sin ganas para seguir oyendo las penurias de la susodicha.

Y por fin el esperado día.

Paqui se vistió con sus mejores galas para la ocasión, con su falda estrecha y corta de color blanco más elegante y la blusa más bonita y moderna con mangas trasparentes de color chocolate, los tacones más sexis de diez centímetros de altura con plataforma, de marca y pura piel, de un color marrón claro a juego con el bolso, y el pelo brillante por el champú que usaba para mantener el color más vivo. Llegó al centro sanitario donde había una cola enorme, tan larga que daba la vuelta a la manzana y que le recordó los tiempos de la entrada al supermercado.

Se planteó el problema que tendría si tenía que esperar de pie durante mucho rato, dado que los zapatos eran preciosos, pero demasiado incómodos para hacer la espera más amena.

Con la mascarilla se perdía todo el atractivo de su cara, que sentía desperdiciado al no poder enseñar sus dientes y sus tersas mejillas, ganadas a base de tratamientos y derroche. Pero se sintió la reina de la fiesta cuando al llegar su turno la atendió un hombre joven, alto, de proporciones atléticas, pelo oscuro, con unos ojos preciosos y voz amable. No recordó preguntar cuál era la vacuna que recibía y se dejó llevar por la experiencia médica que era lo acertado, con dos sonrisas y algún comentario divertido, se dio por satisfecha con el hombretón que le había tocado en suerte con la vacunación. Dentro de su pensamiento se advirtió que con las mascarillas las sorpresas podían ser desagradables, así que cuando todo pasó y le pusieron una pequeña tirita en el brazo, se fue a casa y mientras esperaba la reacción terrible del potingue y los dolores de muerte que debía soportar, se dedicó a imaginar la cara del enfermero que había sido amable y simpático con ella, creyendo que hubiese tenido una oportunidad de no haber tenido el rostro tapado, olvidando convenientemente la diferencia de edad y la falta de modestia.

Esperó con tantas ganas las reacciones adversas que a media noche se sintió burlada y se acostó con la sensación de haber sido engañada. Se encontraba tan bien que no pensó en ir a la farmacia y comprar paracetamol, que era el fármaco estrella en aquellos tiempos, y sin más puso el despertador para ir al trabajo a la mañana siguiente. Cuando sonó la alarma del reloj, pensó que había estallado una bomba en medio de su cama, el dolor de cabeza y del brazo la estaban matando y sentía los músculos sin fuerza, sudando como nunca lo había hecho, con el estómago revuelto.

Buscó el teléfono móvil para avisar a la empresa de su indisposición y se fue al baño, en cuanto se vio la cara y la pinta que tenía dio un grito del susto y se metió en la cama sin poder encontrar un fármaco que le calmase la tortura que estaba sufriendo. Al final fue su madre la que le llevó medicación y le dijo que no se levantase sin ayuda. Días después el único consejo que daba a las compañeras y lo advertía con insistencia, fue que tuviesen paracetamol y un colchón blandito cerca.

No se atrevió a preguntar al resto por su aspecto cuando volvió al trabajo y sintió verdadera pena por Carmen y Magda a las que les llegó la cita para la vacuna pocos días después.

Carmen se vacunó en el polideportivo de su pueblo, en un lado de la cancha las mesas con las jeringuillas y las neveras con las dosis, batas blancas de estreno que se podían vislumbrar por lo acartonadas que estaban en los cuerpos del personal sanitario. Cada espacio estaba a pocos metros de la siguiente con las mismas características y el clon de enfermeras idénticas, que si no abrían la boca, todos hubiesen jurado que se trasformaban en dobles y atendían a la gente como una sola: nerviosas y apresuradas en mantener un ritmo frenético sin mucha charla y con pocas explicaciones. Unos sillones antiguos donde se sentaban los receptores de la vacuna era lo único que daba un toque de confort al evento. Con filas interminables de sillas blancas de plástico alejadas de los enfermeros y el personal sanitario, separadas por seguridad y que terminaron siendo el corrillo de los vacunados. No tuvo que hacer cola porque había poca gente esperando y parecía más una maratón que por la paciencia que debían tener con las preguntas y dudas de los vacunados, algo que a la mayoría le indignó, pero callaron las quejas por si les negaban la preciada vacuna.

Carmen pensó que les pagaban por la cantidad de pinchazos y por lo tanto rendían lo máximo posible. No prestó atención al nombre de la vacuna y tampoco se interesó por las preguntas que le hicieron los sanitarios, solo sintió las prisas del personal y la rapidez con la que salían de entre los biombos las personas con el brazo al aire y las camisas y camisetas arremangados. Carmen fue práctica y debajo del jersey grande con el que salía normalmente de casa, se puso una camiseta de manga corta para evitar contratiempos parecidos. Unos pantalones vaqueros y las cómodas zapatillas de deporte, nada extraordinario para la ocasión. No pensaba mucho en la apariencia y le importaba un comino lo que pensaran los demás. Para ocasiones importantes tenía el arsenal de ropa más moderna y más delicada, pero para vacunarse solo quería ir cómoda, por si le daba un yuyo y tenían que reanimarla.

Era elección del paciente si se sentaba en las sillas alejadas después de la vacuna para evitar un susto de posibles desmayos o no le daba importancia y se marchaba con tanta prisa como tenía todo el mundo en aquel pabellón convertido en hospital. Lo que sí percibió fue la indumentaria de la gente: arreglados, elegantes, modernos, primaverales, veraniegos y un sinfín de desfiles entre hombres y mujeres que debían tener hambre de carne humana entre sábanas, porque no se quitaban ojo unos a los otros. Eso pensaba Carmen en el rato que estuvo sentada esperando el susto que nunca llegó.

Aquellas cosas a Carmen le hacían gracia y se divirtió un buen rato observando sin disimulos, hasta que le preguntaron si se encontraba mal y no tuvo más remedio que dejar el entretenimiento y marcharse. Se dedicó al juego de intentar reconocer a la gente con la mascarilla por si conseguía ver algún amigo, vecino o familiar, para poder apreciar si la pandemia y el confinamiento los había dejado desgraciado, paticortos o *atontaos*, pero no pudo constatar que a nadie le hubiese pasado algo parecido. Lo único que percibió fue lo hermosos y hermosas, también un poco pálidos, que estaban la mayoría después del confinamiento y se sintió identificada, porque ella misma y sus hijas habían hecho dieta de chocolate, bollerías, dulces y mucho chorizo con pan. Así que decidió no ponerlos a caldo y se marchó directamente a la farmacia para comprar el calmante que necesitaría a grandes dosis.

No tuvo gran reacción al potingue, por lo que no dejó de trabajar, aunque varios días después el brazo parecía más una sartén al rojo vivo que su propia piel. Dio por hecho que no era importante y se atiborró a calmantes. Durante meses pareció que un lagarto había anidado en su antebrazo y no se puso manga corta en todo el verano.

No tenía nada que contar de la experiencia con la vacunación y se dedicó a pregonar que todo era un montaje para que la gente estuviese muerta de miedo, pero que no había nada que temer, solo los miedicas decían lo contrario. Cuando decía aquellas cosas, solía mirar a Paqui con una sonrisa de fingida inocencia. Paqui callaba por no entrar en recuerdos dolorosos y menos esperar la compasión del resto. Eso ni loca.

Para Magda fue distinto, era de suponer que aquella mujer tomaría nota de todo, preguntaría todo y se informaría de tal manera que volvería locos a los enfermeros y médicos que estuviesen presentes. Y para no decepcionar a nadie, así fue.

Magda llegó a primera hora, a pesar de que tenía cita a partir de las doce de la mañana, inspeccionó el centro sanitario todo lo que le daba la vista, ya que no podía pasearse por allí como si fuese el camino de Santiago. Contó cuánto personal sanitario estaba en la labor del vacunado, cuántas mujeres y cuántos hombres. En el ambulatorio solo estaba la sala de espera para hacer la función de vacunar, los despachos de los médicos cerrados y las sillas de la sala a un lado sin poder permanecer cerca unos de otros. Muchos de pie y otros sentados en las sillas donde había cartel de dejar vacío el asiento, distancia entre las personas y silencio tenso repartido de manera invisible. Se fijó en las edades de todos, y resultó que casi todos eran de una edad cercana a la suya, un pensamiento que no llegó a profundizar y continuó con el escrutinio de calibrar reacciones, mareos, nervios y demás emociones que se palpaban en el aire.

Eligió como vestuario las nuevas tendencias que le gustaban y que le hacían sentir más segura. Por lo que con unas mayas negras ajustadas, una camiseta roja de tirantes y una camisa de color verde pistacho que le llegaba a las pantorrillas, se sintió moderna y juvenil. No se había mirado al espejo antes de salir por si le flaqueaban las antiguas costumbres y dejaba el armario vacío en el afán de encontrar algo con lo que sentirse perfecta.

Pero todo dejó de importar ante la magnitud de lo que estaba viviendo, algo que estaría en los libros de historia, que se leería en el futuro y que daría a las nuevas generaciones una perspectiva de lo vivido en aquellos tiempos. Así que se sintió con la obligación de memorizar cada instante, cada situación y anotar lo que consideró información única e irrepetible. Tanto fue así que cuando llegó su turno se había despistado de tal manera que tuvo que preguntar a todos los sanitarios dónde debía vacunarse. La mayoría de ellos pensaron que era una lunática antivacunas y cuando explicó que solo quería ver con sus propios ojos el gran engranaje de las vacunas y el esfuerzo del personal sanitario, la miraron con cierta desconfianza y con bastante resignación ya que personas como aquella solían dar más problemas que otra cosa.

Antes de poder pincharla ya había preguntado qué vacuna era la dosis que le inyectaban, si tenía algo que ver el peso y la edad del paciente para la cantidad del líquido, si los efectos secundarios eran parecidos en todas las personas y un millón de cosas que marearon tanto al pobre hombre que la pinchó, que pidió un rato de descanso para poder respirar tranquilo.

Magda se fue a casa extasiada, emocionada y con la boca llena de murmullos alucinados por la capacidad humana ante desastres mundiales como el que habían vivido. Se le olvidó todo el reconocimiento cuando la fiebre la dejó traspuesta y la diarrea la mantuvo toda la noche pegada al wáter, no pudo ir al trabajo y le pidió a su marido que avisara a la empresa. Este quería sentirse útil ante las dolencias de su mujer y con aquella petición se sintió importante, nada que ver con la confesión exhaustiva de la descomposición de Magda que llegó hasta los oídos del jefe y en cuanto volvió al trabajo fue la primero que le preguntó. Con lo que esta tuvo ganas de matar a su marido por lo explícito que resultó con los detalles de su dolencia, pero se rindió ante las explicaciones de las amigas, que no eran otras más sublimes que el que todos los hombres eran idiotas.

Todas fueron solas a vacunarse, nada de compañías innecesarias para un trámite que querían pasar sin más expectativas que su propio equilibrio personal, eso y que no dejaban entrar a nadie para hacer la complicada labor de mantener su mano en el hipotético caso de desmayo inminente. Pero en lo más profundo y sincero de todas ellas solo la curiosidad más retorcida hizo posible que lo viviesen como un viaje al mundo de lo desconocido, después del descalabro y los millones de muertos, haber sobrevivido.

Como la experiencia de no llegar a perderse entre meses de angustia, aplausos en los balcones, necesidades de cariño sincero y palabras de aliento, soledades indiferentes, telediarios apoteósicos, porquerías en las comidas, meriendas y cenas, beber más de la cuenta y permanecer cuerdas, les dio muchas perspectivas de lo que no querían volver a ser jamás. Nada había cambiado, pero todas sabían que había cambiado todo.

Continuaron en el trabajo con calma y buen hacer, se quedaron atrás los conflictos y enfrentamientos entre las empleadas .Y se dedicaron a valorar lo que les quedaría de futuro para mujeres de más de cincuenta años perdidas entre la juventud y la vejez más evidente. Sin respuestas para personas que debían seguir pagando sus casas y alquileres, comer y vestir. Nadie se interesó por aquella situación y la mayoría se vio en el paro y con ayudas de pacotilla en los meses que siguieron a la pérdida de la mascarilla como artículo imprescindible.

Otras más jóvenes tampoco es que tuviesen mucha suerte, el trabajo escaseaba y pocas mujeres consiguieron salir adelante sin perder la amargura que llegó sin remedio y sin interrupciones.

Pero todavía quedaban cosas por contar y muchas otras para recordar.

Lo inevitable

La cuestión era sencilla, pero como siempre se supo, el ser humano era una constante fuente de conflictos y de pensamientos incoherentes que se propagaban como la peste, en este caso, como la pandemia. Y nunca faltaron sabiondos *enteraos* de todo, que se sentían como pez en el agua ante las más complicadas explicaciones que se recibiera en fase RAM, mientras el sueño reparaba las mentes y les comía el coco con deleite y avaricia. Lo más divertido resultaba grotesco, ya que sin esfuerzo y pocas palabras se conseguía convencer al mundo de necesidades de inversión, falta de capital, desastres económicos por la pandemia, déficit en los países, la bajada de la bolsa (algo que nadie sabía muy bien cómo funcionaba pero debía ser un Dios para prevenir la miseria de unos pocos en el deterioro de muchos). Remedios increíbles que nunca funcionaron para la pobreza extendida como la peor plaga pero sin tratamientos a la vista. El lavado de cerebro al pensar en la estupidez de repartir las riquezas entre todos, poseer la fórmula secreta del triunfador y dejarse la piel para que otros tuviesen privilegios eternos. El consumo imparable y la necesidad más dolorosa de ser persona de bien si hacían lo correcto, que no era otra cosa que sobrevivir a base de destruir todo a su paso.

En aquellas circunstancias tan desesperadas como inimaginables, se dieron todos los ingredientes para las estrecheces que la mayoría tuvo que soportar, tanto económicas como de desatención en instituciones públicas, sin contar con la sanidad que tenía un *merde* de los grandes. El resto de necesidades se cubrieron con más imaginación que otra cosa. No faltó partido político que negaba la pandemia y la necesidad de ayudas, negaba presupuestos para los más necesitados y propagaba todo tipo de barbaridades para crear más conflicto del que ya había entre lágrimas y desesperación. Pero fueron los primeros en querer la dosis de cura que todo el mundo debía recibir. Exactamente igual que los bancos solidarios y atentos con la gente, que no dejaron de cobrar las hipotecas, ni los créditos, ni siquiera se dignaron a dejar de robar entre despachos vacíos y charlas por Internet, con lo que el negocio no se resintió con la desgracia del pobre, del enfermo, del histérico, y sobre todo de los más renegados que se callaron por no joder más al personal que por arreglos eficaces. Como mucho se llenaron más los bolsillos de dinero sangriento con los desahucios y los cobros astronómicos de comida y alquileres y la indiferencia que solía ser su marca.

La única realidad más irrefutable siempre fue la supervivencia de todos los de la familia y las consecuencias de una enorme carencia de futuro entre los despojos que quedaron como escombros de derribo. Y la imagen de la convivencia humana, que en muchos casos y casas dejo un vacío irreparable y las apariencias de haber contribuido al bien común a toda costa.

Con todo ello las vacunas se consideraron la salvación de millones de personas y se dio por ganada la batalla al virus asesino, la continuada existencia de vidas desgraciadas, sueldos de miseria y lamentaciones entre copas de vino tinto.

No había tiempo para enjuagar lágrimas ajenas y mucho menos para recomponer el mundo con más amor, compasión y equidad en todas las sociedades que sufrieron las consecuencias. Esas cosas no entraban en los grandes proyectos de los personajes ocultos que movían los hilos del mundo.

Seguían las desconfianzas y las murmuraciones entre críticas a todo aquel que se saliese de lo correcto, de las conspiraciones que siempre surgieron como entretenimiento general, y de las mentes sencillas y sumisas que dieron por sentado que de vez en cuando el mundo conocido debía resurgir de la oscuridad y los horrores de las crisis entre personas capaces de emprender un camino diferente con perspectivas espléndidas. Lo dicho, mentiras bien contadas y que solo unos pocos del planeta tierra recibían las compensaciones a tanto desastre y tanta diferencia de clases, de estatus social, economías de proporciones increíbles para familias de poco sentido del reparto y mucho postín. Y dar la espalda al desgraciado que no tenía para subsistir y sin embargo debía seguir generando la sangre fresca que mantendría al poderoso entre nubes de blanco y dulce algodón. Porque si algo estaba claro, era que a los pobres no podían dejarlos morir, sin ellos no tendrían los privilegios y desproporciones que solían disfrutar sin remordimiento ni conciencia. Pero tampoco dejarlos vivir demasiado tranquilos, las consecuencias podían resultar embarazosas si la plebe sentía la necesidad de pensar y cambiar situaciones injustas, por lo que era de imprescindible urgencia dar solo lo justo e indispensable para que sobreviviesen, el resto era cuestión de radicales anarquistas, comunistas, endemoniados, descerebrados, ultras de izquierda y un millón de cosas más que calaban entre la plebe y que se dejaban marchar como espuma de cava revenido.

Un mundo que nadie comprendía, pero que resultó más mediocre que otra cosa entre pandemias, necesidades, mentiras, desgracias, personas miserables y desgraciados que se creyeron por un instante los amos del mundo.

Porque desde siempre se expandió la teoría de que había que adorar a los verdugos, como práctica y única solución para sobrevivir en aquel mundo de locos y esclavos. Felices de considerar la vida como un servicio eterno al poderoso, tan importantes se les consideró, que dejaron su tierra y todos los recursos al alcance de las mafias legales que decían dirigir y proteger el bienestar de la sociedad. Como si fuese posible tal cosa en un planeta destrozado que estaba más allá de las maldades y codicias.

Y es que aquel mundo de estrafalarios, bondadosos, alegres, tristes, depresivos, sociópatas y un millón de variedades más en el ser humano, nunca entendió que el planeta no les pertenecía, solo estaban de *prestao*. Así lo habían dejado... como trapos para el suelo.

Pero las cosas no terminaron con soluciones fáciles ni consuelos disparatados. Todo llegó como debía ser y todo se terminó cuando fue el momento preciso. Por lo que la memoria esquiva e independiente dejó recuerdos imborrables en todo ser humano que compartió penas, alegrías y millones de mentiras con pandemia entre medio de vidas sin sentido, donde el miedo consiguió, por un pequeño espacio de tiempo, unir en armonía.

En la empresa se dio por terminado el trabajo temporalmente, llegó el momento del despido con garantías de vuelta. Algo que no creyó nadie y se callaron por pura empatía con los jefes y las chicas de la oficina, ya que la realidad era innegable y de poca respuesta objetiva. Pero el ser humano tenía un dispositivo para emergencias y circunstancias sin explicación, era entonces cuando se acogían a la fe en dios, a la teoría del karma, a los milagros, a la eficiencia como respuesta y sobre todo a dejarse la piel y los dineros para continuar en un proyecto más muerto que vivo.

Solo unos pocos permanecieron entre las paredes de aquella vieja nave y se dedicaron a contar las mascarillas como un diccionario de mejores momentos. El tiempo pasó rápido y los pedidos no volvieron jamás, algo que agradecer, ya que en caso contrario la empresa habría triunfado en economía y contratación de personal, pero el dinero solo habría servido para poder cubrir necesidades de salud y borracheras en privado. Nada de salidas ni de gastos en compras, viajes, fiestas, ya puestos ni siquiera en caprichos eventuales. El mundo se habría ido a la mierda definitivamente y para siempre. Si no hubiese sido así, seguramente algo muy parecido.

Pero la esperanza resultaba difícil de matar y se quedó dentro del corazón de muchos, con la más que demostrada teoría del que persevera triunfa, sin retroceder ni un milímetro en echar un vistazo a los acontecimientos recientes y la falta de emprender un camino distinto antes de verse en la tesitura del despido sin edulcorantes.

Muchas mujeres y hombres se fueron con el despido entre los dientes y el enfado entre las cejas, siendo educados y respetuosos a la hora de decir cuatro verdades que consideraron inoportunas y callaron por respeto. Otros no quisieron volver a saber de aquel invento de trabajo intermitente y se buscaron una estabilidad más convencional. Y muchos más se dedicaron a esperar la solución mágica y milagrosa que llegaría en el preciso momento de la resurrección del trabajo, con otro tipo de producto y de producción que haría resurgir a la empresa del socavón que los había dejado a todos.

La realidad fue que se quedó en un letargo silencioso y eterno, que la empresa avisó al personal de los ERTES y que nadie trabajaría, de momento.

En la última visita a la vieja nave todos atesoraron en sus recuerdos los meses pasados, las noches frías, los cafés calientes, los cigarrillos en el *parking*, las bromas, los chistes verdes, los cotilleos y los buenos deseos que todos compartieron. También participaron de ello Carmen, Paqui y Magda.

Solo unas horas hicieron falta para despedirse del pasado, solo unos minutos para saber que nada volvería a ser igual. Y solo unos segundos para descubrir que la vida continuaba y que lo vivido sería un maravilloso cuento para los que quisieran escuchar las historias de unas mujeres locas pero libres.

Nunca fueron tan sinceros los abrazos entre ellas, ni tan sentidas las palabras que se dijeron entre máquinas silenciosas y material guardado con esmero. Ni las sonrisas más tiernas como en aquellos tiempos de despedida, sin saber qué les deparaba el futuro y si tendrían el coraje de volver a verse tal y como se habían conocido: sin tapujos, sin mentiras y sin miedos a la verdadera mujer que surgió entre aquellos rollos de colores de tela infinito.

Fue la primera y única vez que Paqui lloró de verdad por emoción y no por rabia al destino que le había tocado con el ex y su hijo. Por unas horas olvidó el tema divorcio y se sumergió en la amistad que encontró en aquellas mujeres con las cuales se sintió parte de un todo y de las que sin embargo no soportaba muchos de sus actos y palabrotas. Tuvo que reconocer que las quería, que las echaría de menos y que había aprendido muchas cosas maravillosas gracias a las que en un principio no quería ni ver. Nunca lo comprendió, pero las llevó consigo a todas partes y en su piso mediocre y oscuro, muchas veces se encontró a solas hablando con sus amigas de temas que no podría compartir nunca con nadie. Esperando consejo de lo más inverosímil, pero atenta para dar con la respuesta certera que causara la discordia. Sonreía al imaginar tal conversación y se dejaba llevar por la nostalgia. Otras tantas veces pensó en llamarlas, quedar y tomar cervezas. Tanto las echó de menos que pensó renunciar a sus ideas intocables sobre el alcohol y la comida basura e invitarlas a comer en el búrguer. Por barato y porque su economía no daba para más. Después se le pasaba la euforia y de un sopetón bajaba al suelo para darse con un canto en todo el cogote y recordarse la más cruda realidad, que no era otra que el hecho de que las distancias solían hacer marchar las amistades por el camino del olvido. Posiblemente fuese lo mejor, se dijo en muchas ocasiones. Aun así permanecieron en contacto mucho tiempo por redes sociales y por WhatsApp, pero si en algo tuvo razón, fue en que las distancias no eran fuente de amistad. Se sumergió en la búsqueda de trabajo y en cobrar del paro el día diez de cada mes. No tuvo reparos en pedir ayuda a su madre cuando no pudo con todos los gastos y se juró que no volvería a ser tan tonta en ningún trabajo temporal.

Atesoró los recuerdos como lo único bueno de la pandemia y siguió con su vida y rutina entre grupos en redes sociales de solteras, divorciadas y amargadas que compartían sus opiniones sobre los adúlteros.

Pero no pudo encontrar a nadie que se pareciese a las amigas que dejó por el camino, y en otros trabajos en los que no tuvo más remedio que aprender e integrarse, no consiguió sentirse de la misma forma ni satisfecha. Solo consiguió trabajos mal pagados y de corta duración, a pesar de todo el empeño y la buena preparación que consiguió haciendo cursos gratuitos del INEM y un montón de currículum presentados en cientos de empresas. No mejoró su situación ni su economía y se dedicó a pedir ayudas en el SEPE para mayores de cincuenta y dos años. Algo que no cubría sus necesidades más básicas y que solo le dejó la opción de trabajar en negro, de camarera o de ayudante de cocina, pero la situación no cambió y tuvo que buscar una compañera de piso para compartir gastos. No quería tener que vivir con su madre ni pedir ayuda al exmarido. Llegó a plantearse ir a trabajar fuera, al extranjero, como Carmen, pero se sintió vieja por primera vez y no pudo contarlo a nadie. Siguió con la dieta de barritas energéticas y los chismes para entretener, salió con más amigas de fiesta y empezó a valorar la soledad de su viejo piso, sobre todo porque ya no estaba sola y de vez en cuando lo echaba de menos. Se desmelenó durante un tiempo y consiguió no engordar más de lo que permitían sus pantalones, pero por las noches antes de dormir, siempre recordaba las risas compartidas, las bromas y la sinceridad que resultaron su bien más preciado.

Y llegaron las lágrimas por Carmen y Magda, pero no lo dijo nunca, porque muy en el fondo no pensó que le dolería tanto su marcha, creyó que volverían a verse y el encuentro sería el punto de partida. Se equivocó.

En el momento de las despedidas Carmen se sintió torpe y bruta ante el dolor de la pérdida, por el trabajo necesario y por la marcha de las que fueron sus amigas. Por lo que sus abrazos de osa y las palmadas en la espalda dejaban un tembleque digno de un terremoto, pero a sabiendas de que eran con el amor más puro y la necesidad del compromiso vivido, todos la disculparon. No pudo expresar con palabras lo que sentía por dentro y se dedicó a dar gritos de tristeza y llorar al mismo tiempo, como era su estilo. Casi todos lo comprendieron y algunos la evitaron durante toda la jornada, por no salir escaldados más que otra cosa.

Carmen no se fijó en las máquinas apagadas ni en las cajas vacías que se quedaron en el suelo, ni tampoco en la oscuridad que se hizo cuando apagaron las luces. Solo fue consciente de su final cuando llegó a casa seria y callada y nadie se atrevió a preguntar, tal era su tristeza y frustración que la dejaron a solas en el salón con el mando de la tele, algo que hubiese agradecido en otras circunstancias y que en aquellos momentos no sirvió de nada. Durante días no habló, no se enfadó con las hijas ni con la madre y no pensó en la necesidad de trabajo, solo se centró en los recuerdos que le sabían a poco, con la convicción de que volverían a verse, a quedar como antes y mantendrían la amistad costase lo que costase. Pero las grandes distancias no lo pusieron fácil, el tiempo pasó y la vida la llevó lejos, con sus hijas estudiando fuera del país gracias a una beca y la madre que se fue con su hermano, ya que era la única que lo quería y era capaz de soportarlo, se planteó seguir a las niñas y buscar trabajo en el extranjero. Se sabía mayor, pero en todas partes había trabajo para fregonas y el idioma internacional que no era otro que las necesidades más evidentes, por lo que con el empeño de sus hijas y la soledad entre lo vivido en aquel piso pequeño, se despidió de todas las amistades y se fue como los recuerdos, con más esperanza que miedo y ganas de vivir y empezar de nuevo.

A Magda y a Paqui quería decírselo personalmente, pero no tuvo el valor ni el tiempo para poder hacerlo, así que en una llamada telefónica y con toda la delicadeza del mundo , que no era mucha, les dijo adiós y sintió cómo lloraban sus amigas por la despedida. Por sus silencios, por las preguntas, por la amistad que se quedaba en el pasado y sobre todo por no poder escaparse con ella y sentirse capaces para poder hacerlo.

Como siempre se saltaron las normas y se dijeron palabrotas con cariño, se contaron sus más profundos secretos y se mandaron fotos para no olvidar ni un momento. De lo vivido, de lo pasado, del trabajo entre riñas y bromas, compañeros y encargadas que las cambió para siempre y daban gracias por ello. No quiso dejarse llevar por la morriña y se dedicó a buscar un inquilino para el piso que fuese decente y bien pagador. Solo le gustó un señor mayor, viudo y sin hijos, que la convenció de la necesidad para cuidarle las pertenencias que se dejaba. Juró que no estropearía nada y le pagó la fianza por adelantado; en esa misma semana Carmen le dio las llaves y se alejó de su pasado con alegría y llamando un taxi que la llevaría a la estación con las cuatrocientas maletas que estaban en el portal de la vivienda, necesitando ayuda para poder llevarlo todo. El taxista casi sale corriendo al ver semejante equipaje, pero la persuasión de Carmen y su famoso mal genio evitaron el desastre y los gritos. Del contrato no se acordó, pero tampoco dejaba nada fuera de sitio, con su madre cerca, aquel hombre no podía imaginar lo que se le venía encima.

Se instaló en un país lejano con más frío que sol, en un piso grande y moderno que compartió con las hijas y dos chicas más, llegadas todas de fuera. Sus hijas compaginaban trabajo y estudios, amores y fiestas y alguna cosa más que no quiso saber. Más que nada por no empezar con mal pie y porque estaba convencida de que sus chiquillas eran más inteligentes que ella y no dejarían que un desgraciado les arruinase la vida. Tuvo trabajo en cuanto llegó y con eso se sintió satisfecha, aprendió a convivir entre personas de otro país y otro idioma y se dio cuenta de cuán atrasados estaban en su pueblo.

Puso en práctica lo aprendido entre mascarillas y mujeres educadas, por lo que siguió vistiendo bien, según su criterio de moda, y se cuidó más de lo que nunca pensó que lo haría. Fue a clases de inglés y resultó la diversión del resto, sobre todo por los tacos y palabrotas que les enseñó a todos en castellano.

Y la vida continuó de una manera que jamás imaginó.

La sorpresa vino meses después cuando su madre se encaprichó del viejo y se pusieron a vivir juntos en el piso, como si la vida solo fuese una diana y acertasen de milagro. Algo parecido debió pasar para que el pobre hombre no tirase a su madre por el balcón, pero siempre que fue de visita, y tardó mucho en hacerlo, los vio bien y parecían felices. No estaba segura si estaban cuerdos o se habían contagiado la locura, pero le daba igual.

Vivir y dejar vivir, ese era su lema y dejó de mirar el pasado. Solo en alguna ocasión se permitió recordar al novio abandonado y a sus amigas, y rememorar sus sonrisas y sus consejos. No quería echar la vista atrás por nostalgias y tonterías parecidas, pero encima de su mesilla de noche siempre tuvo una fotografía de las tres juntas en el último abrazo que resultó la despedida. El consuelo lo encontró al mirar la imagen todos los días.

Magda se sintió perdida, no era capaz de llorar por lo que pasaba, pero tampoco pudo reír y decir las tonterías que solía decir en momentos de crisis. Los abrazos le resultaban embarazosos y evitaba dar besos a diestro y siniestro, no era dada a mostrar tanta vulnerabilidad y pareció más fría que un pingüino en el polo norte. Las lágrimas ajenas la descompusieron y tuvo que ir al baño varias veces para evitar ponerse en ridículo.

No consiguió mantener la serenidad y asintió como una marioneta ante las explicaciones que dieron los jefes para encajar con cierta elegancia el inminente despido, sin fecha de vuelta y con promesas bastante deprimentes. El cerebro se le paró y la máquina infalible que tenía en la cabeza se desintegró y no fue capaz de hacer preguntas inteligentes para respuestas sencillas, que nadie hizo y llegó a la conclusión de que todos debían estar tan perdidos como ella. Sin darse cuenta llegó la pena y también las promesas de quedar para verse, de hablar por teléfono, de comer juntas algún día.

Miró por última vez las máquinas y toda la nave, se quedó con el silencio extraño y con las miradas tristes que compartieron todas las mujeres que allí trabajaron, y vio por primera y última vez las dimensiones de todo el trabajo hecho, los millones de mascarillas que repartieron por el mundo, la fuerza con la que consiguieron trabajar sin descanso y la recompensa que tuvo al sentirse parte de todo aquello. Nunca le regalaron ni un céntimo, pero tampoco le escatimaron lo suyo y en aquellos tiempos era de agradecer cualquier gesto honrado y decente. Pero lo que marcó su vida e hizo despertar los cambios que llegaron con ganas y alegría, fue la amistad de dos mujeres tan valientes como volátiles, tan locas como amables y tan sinceras como el día que llegaba sin remedio.

Y las quería, con un sentimiento desconocido pero cierto y fuerte, las quería. Y las quiso siempre con la sonrisa ante el recuerdo, con la pena por no volver a verlas, pero con todo el cariño que siempre tendría de ellas.

Magda cambió todo en su vida, la pérdida de trabajo y amistades la dejó renovada por dentro y por fuera, marcó las diferencias con su marido y decidieron separarse como lo que siempre fueron, buenos amigos. Los hijos se fueron con el padre, más que nada porque no tenía normas de convivencia y porque se lo pasaban todo por el forro. De todo aquello a Magda no le molestó nada en absoluto, se sintió feliz y libre después de criar a los hijos con todo el amor y toda la paciencia, pero con todas las ganas de verlos partir con su padre. Había llegado la hora de disfrutar la libertad.

Su exmarido y los hijos se quedaron en el piso y Magda se buscó una vivienda muy lejos de todos ellos, quiso estar cerca del mar y su presupuesto no daba para mucho, pero como no tenía que colaborar en la manutención de sus hijos, algo que decidieron entre todos, se pudo permitir un pequeño y viejo apartamento en una zona rústica desde la que podía ver la playa, donde en invierno no iban ni los peces, pero que le gustó por las vistas y por el precio. Encontró trabajo cerca y se instaló con más emoción que el día de su boda con piso nuevo y banquete caro.

Sus padres se disgustaron mucho y durante meses no quisieron verla, tampoco es que le preocupase en exceso, solo consiguió la promesa de su madre para quedarse con los gatos y compartir gastos. Supuso que lo de sus padres se debía más a la vergüenza por los vecinos que por haber hecho algo malo, afortunadamente su madre nunca echaría los gatos a la calle. Eso se decía cuando no podía razonar con ella. Los hermanos la apoyaron y le dieron abrazos a distancia, con muchas llamadas telefónicas pero poco más, porque ni en aquellos momentos dejaron sus vidas para visitar a Magda, celebrar el reencuentro, y el haber sobrevivido a la pandemia.

Sus suegros se lo tomaron mejor y solía tomar café con ellos muy de vez en cuando, para comprobar cómo estaban los perros y poco más. Resultó un alivio llevarse bien con la suegra y comprobar por sí misma que se entendían sin mucha explicación. Estaba convencida de que era el resultado de haber alentado la idea de que los chicos viviesen con su padre, pero nunca lo preguntó y se conformó con mantener la armonía entre todos.

Estaba en otro trabajo más entretenido que las mascarillas y no resulto fácil conseguirlo, por la edad y por la experiencia, tuvo suerte y al final lo consiguió, agradeció por fin no ser una funcionaria y tenía otras compañeras y compañeros con los que conectó. Su nueva imagen no resultó tan exitosa como esperaba, pero le dio la sensación de rejuvenecer su alma lo suficiente para sentirse bien. Echó de menos a Paqui y Carmen durante mucho tiempo y se dejó llevar en los momentos más tristes por la nostalgia y los recuerdos. Cuando tenía muchas ganas de hablar con ellas, siempre dejaba un mensaje en el móvil, y mientras lo hacía miraba al mar como si pudiese comprender los caminos que la llevaron hasta allí. Durante un tiempo funcionó, pero después poco a poco la vida se hizo con todo y la dejó con el tiempo justo para trabajar, dormir, salir a tomar copas, cuidar de las colonias de gatos, soñar y tener esperanza. Como si todo aquello no fuese un mundo entero. No vivía mejor que antes cuando estaba casada, pero disfrutó como nunca lo había hecho.

No volvió a tener pareja porque estaba convencida que la compañía masculina arruinaría su autoestima, lo máximo que consiguió fue tener amistades en el trabajo y con eso se sintió bien. Amigas de profunda amistad no llegaron a su vida y con los animales, fiestas y trabajo siguió el curso de su vida.

Tomaba sus propias decisiones y era algo increíble. Es lo que más agradeció a la amistad con dos mujeres que le dieron la fuerza para no renunciar a sí misma.

Los recuerdos le asaltaban de vez en cuando y las sonrisas discretas fueron siempre el reconocimiento al pasado donde tuvo en el corazón y el amor por dos mujeres que fueron irreemplazables.

Docenas de mujeres se mantuvieron en contacto, se crearon amistades para siempre, se cuidaron los secretos mejor guardados y se invitaron a comer con las familias los días de fiesta. Siempre hubo quien se fue sin mirar atrás y también las que no dejaron que la distancia y el olvido las alejase de todo lo vivido, lo compartido y la fraternidad difícil de encontrar. Culturas distintas, mujeres tan diferentes en su aspecto como el negro y el blanco, pero con algo llamado cariño y respeto que les enseñó a todas el valor de la unión para seguir con sus vidas, la fuerza y la lealtad.

Todos tenían sus penas y preocupaciones, sus momentos amargos y falta de trabajos bien pagados, las miserias llegaron igual y las necesidades más básicas las cubrían como podían, se contaban penas y desdichas, chismes, cotilleos y amores de cuento como adolescentes en plena crisis hormonal, pero se entendieron como lo habían hecho en el pasado y con ello crearon unos nuevos lazos.

Como a Paqui, Carmen y Magda, las distancias y la rutina también les pasó factura y con el tiempo las llamadas y los días de celebrar se fueron espaciando, las obligaciones no les dejaron espacio y solo se veían para tomar un café rápido, pero efectivo en abrazos y palabras llenas de apoyo, de consuelo y de cariño. Muchas fueron las que encontraron en aquella nave la mejor amiga, la media naranja y la fuerza para seguir. Y muchos más que se quedaron con los recuerdos de la gente que conocieron y con la que compartieron días inolvidables. No todos, ya que hubo quien no se mereció amistad y sin embargo todavía está presente, aunque solo sea por no olvidar las maldades que formaron parte de la experiencia.

Con el paso del tiempo algunos volvieron a sus países de origen, otros se fueron a ciudades más grandes y con más oportunidades. Madrid, Barcelona y demás destinos buscaron los que no tenían nada que echar de menos en Castellón y mucho que ganar por estar cerca de los suyos, como los hijos, la pareja y la posibilidad de mejor trabajo. Y de otras gentes nunca más se supo de sus destinos ni del futuro que se buscaron, pero consiguieron hacer reír a todos a pesar de la ausencia con las bromas, las excusas en el trabajo y la comprensión que la mayoría les brindó.

Sobre todo a los jóvenes locos y enamorados que se mantuvieron lo bastante cuerdos para conservar las fuerzas y continuar en otro sitio. A los mecánicos cansados y de eterna cháchara. A los jefes que sintieron la despedida como un reconocimiento. A las mujeres que se dejaron las lágrimas y las risas entre mascarillas. A los oficinistas que nunca supieron del eterno trabajo de producción. Y a todos los que hicieron un enorme trabajo lleno de esfuerzo, reconocimiento y mucha voluntad.

Y las experiencias de muchos otros que no se contaron pero que eran igual de importantes y reconocidas. No habría libro capaz de abarcar todos los matices y detalles de cada ser humano que pisó aquella fábrica y con ello marcó la diferencia con su única e irrepetible forma de ser.

Amantes de la música, del debate absurdo, de las constantes riñas por la falta de sensatez y la disculpa de la mayoría que siempre tuvo presente la buena voluntad. Demasiados rostros se quedaron en la memoria y no todos pudieron ser agradables y permanentes, pero nada pudo cambiar el trascurso de la historia y con ello se vivieron algunas experiencias excepcionales de la pandemia.

Así que todas aquellas personas que permanecieron al lado del compromiso y el empeño en continuar, se despidieron con lágrimas y mucha gratitud por haberse conocido, promesas de eterna amistad y agradables recuerdos la mayoría. Compañeros y compañeras que se habían encontrado en el trascurso de una pandemia mundial y que permaneció en sus corazones para siempre.

Cada uno de ellos siguió su camino y sus sueños, pero eso es otra historia.

ÍNDICE

Este libro se terminó de editar en Granada
en abril de 2024 por

Aliarediciones

www.aliarediciones.es

info@aliarediciones.es